길은 여기에

(제1부 청춘편)

최 봉 식 옮김

지성문화사

책 머리에

저자 미우라·아야꼬(三浦陵子)는 우리 나라에도 잘 알려진 작가이다. 그의 소설 「빙점」은 우리 나라 70년대 독자에게 많은 감명을 주었고, 「양치는 언덕」·「집짓기 상자」 등도 번역되어 비단 젊은 독자뿐 아니라 나이 지긋한 사람들에게도 충격을 주었다.

여기 번역된 「길은 여기에」는 계속되는 속편 「이 질그릇에도」「빛이 있는 가운데」와 연결되는 작품으로 저자의 자서전적인 영혼의 기록이다. 따라서 소설적인 흥미나 재미를 기대하고 읽게 되면 잘 이해가 안 되는 점도 있을 지 모른다. 그러나 그러한 독자라도 우선 주의깊게 읽기를 부탁하고 싶다.

저자 미우라 아야꼬는 신문의 1천만엔 현상소설에 「빙점」이 당선되기까지 전혀 알려지지 않은 한낱 평범한 주부였다.

그러나 이 작품을 통해 알 수 있듯이 특이한 이력——국민학교 교사로 있다가 패전을 맞고, 다시 폐결핵으로 쓰러져 13년 간의 투병 생활을 한다. 한마디로 13년 간이라고 하지만, 그것은 깁스 베드에 묶인 채 똥오줌을 가리는 일조차 타인의 손을 빌리는 생활이었다. 저자는 의식적으로 묘사하기를 피했을 테지만, 그 동안 얼마나 많은 정신적 고뇌를 겪었는지 상상하고도 남음이 있다. 그녀는 아마도 매일이면 매일처럼 천정을 바라보며 죽음의 공포와 싸웠으리라. 그러던 그녀가 온갖 역경을 이겨내고 희망을 갖게 된 까닭은 무엇인가? 바로 기독교의 만남이었다.

「길은 여기에」는 신약 성경 요한복음 제14장 「나는 길이요, 진리요, 생명이로다」에서 딴 것이다. 그러나 저자는 순조롭게 기독교에 입문한 것은 아니다. 깊이 통찰하는 독자라면 작품의 행간(行間)에서 저자가 쓰지 않은 회의, 고뇌, 반발 등을 읽을 수가 있으리라.

현재 우리나라는 아시아에서 손꼽는 기독교국으로 신자는 1천만이 넘는다고 되어 있다. 그런데 일본은[실질 인구로선 우리나라의 3배이지만] 최근의 통계에 의하면 기독교 신자수가 220만 명에 불과하다고 한다. 그것도 압도적으로 노인층이 많고, 지역적으로 홋까이도에 많이 있는 것으로 알려져 있다. 거기에다 저자는 일본에서도 진보적이라는 홋까이도 출신이다.

이런 점이 미우라가 쉽게 기독교에 접할 수 있는 계기가 되었다고 여겨지지만, 아무튼 기독교를 알고 그것을 이해하고 참으로 신앙함으로써 구세주 예수 그리스도에게로 나아가는 과정이 우리에게 감동을 주게 되는 것이다.

역자는 일찍이 젊었을 때——40년 전의 일이지만——처음으로 교회에 가서 목사의 설교를 들은 일이 있다. 그때 그 목사는 말했다. 「기독교는 무조건 믿지 않으면 안 된다.」 섣불리 비판 비슷한 생각을 갖는다면 안 된다는 뜻이었다. 이것이 어쩌면 우리나라 기독교와 일본 기독교의 차이일지 모르나 저자인 미우라는 기독교에 대해 회의하고 선뜻 받아들일 수 없다는데 고뇌가 있었던 것이다. 목표는 같지만 과정이 다르기 때문에 독자로서 관심을 갖고 읽어 주기를 바란다.

「빙점」의 주제는 「인간의 원죄」라는 것이었다. 과연 우리는 가슴에 두 손을 얹고 겸허하니 신 앞에 서서 인간의 원죄에 대해 뉘우치고, 그 죄를 예수 그리스도 앞에 빌 수 있겠는가 하는 것이었다. 아마도 이런 대답을 명확히 할 수 있는 사람은 많지 않으리라. 하지만 그렇다고 절망할 필요는 없다. 인간은 누구나 죄인이고, 죄인이긴 하지만 자기의 죄를 진심으로 깨닫고 회개한다면 구원 받을 수 있기 때문이다.

　저자 미우라 아야꼬는 그런 해답을 우리에게, 아주 쉽고 명확한 말로서 전달하고 있다. 어떠한 비참한 인간이라도 최후까지 희망을 가지라고 말한다. 예를 들어, 저자를 하나님에게로 이끈 마에카와 다다시는 말한다. 「아야짱 인간은요, 한 사람 한 사람에게 주어진 길이 있지요.」 이것이 미우라 아야꼬가 입신(入信)하게 된 결정적 말인데, 우리도 귀를 기울일 만큼 값진 말이라고 생각한다.

　인간은 저마다의 「길」――인생에서 아무리 괴롭고 희망 따위 눈꼽만치도 없더라도 빛은 있다는 것을 이 책은 가르쳐 준다. 용기를 갖게 해주는 것이다. 그런 것을 만일 독자가 발견해 준다면 저자로써, 또한 그것을 번역한 사람으로도 더 바랄 것이 없으리라.

역자 씀

첫머리에

나는 여기서 내 마음의 역사를 써 볼까 한다.

어떤 사람은 말했다.

「여자에겐 정신적인 생활이 없다.」과연 그럴까? 이런 말을 들었을 때는 내가 여학교 저학년 무렵이었다. 그때 나는 이상하게도 이 말이 가슴에 와 닿았다. 왜냐하면 여자의 화제는 확실히 의상이나 머리 모양, 그리고 남의 소문 따위가 많다는 것을 소녀인 나도 알고 있었기 때문이다.

(여자에게도 영혼은 있다. 사상은 있다. 아냐. 있어야만 할 게 아닌가.)

그때 나는 내 자신에게 이렇게 말하고 있었다.

여기에 적는 이야기는 내 마음의 역사이지만 반드시 사실 그대로는 아니다. 아니 그보다는 쓸 수 없는 사정이 있었다는 편이 좋을 것이다. 왜냐하면 40대인 나의 자전적(自傳的)인 이야기가 다른 사람에게 지장을 주는 경우가 많기 때문이다. 남을 상처주는 일은 되도록 피할 작정이다. 그런 까닭으로 몇 사람은 가명을 사용했다.

그러나 마음의 역사인 이상, 나의 정신적 생활을 풍부히 하여 성장시킨 것이나 혹은 상처를 준 일들은 되도록 사실에 의거하여 써나가고 싶다. 이야기는 쇼와(昭和) 21년(1946년). 내 나이 24세 때부터 시작해서 현재에 이른다.

1

쇼와 21년(1946년) 4월, 그날은 아마 13일이 아니었을까 싶다. 다꾸보쿠(豚木) [천재적 시인으로 요절했음] 기일(忌日)이었다고 기억된다. 니시나카 이찌로(西中一郞)로부터 내게 사주가 오는 날이었다.

그런데 어쩐 셈인지 나는 별안간 빈혈을 일으키며 쓰러지고 말았다. 태어나서 24년, 일찍이 한번도 빈혈 따위를 일으킨 적이 없는 나였다. 그러므로 하필이면 약혼날에 빈혈을 일으켜 쓰러졌다는 것은 나에게 불길한 예감을 주었다.

이불 속에서 의식을 되찾은 나는 내가 어떠한 심정으로 약혼하려고 했나를 반성하지 않을 수 없었다. 실은 기가 찬 일이지만 나는 T라는 청년과도 결혼 약속을 하고 있었다. 그러니까 이중 약혼이라는 것이 된다. 이와 같이 불성실한 생활에는 다 나름대로 이유가 있었다.

쇼와 21년이라는 해는 패전 이듬해였다. 그 패전이라는 사실과 내 자신의 문제를 이야기하지 않는다면, 나의 이런 약혼도 이해하지 못할 거라고 생각된다.

나는 국민학교 교사 생활 7년 째에 패전을 맞았다.

고작 한 줄로 말할 수 있는 이 사실이 일본인 전체에게는 말할 것도 없고 나의 생애에 있어서도 얼마나 큰 사건이었던가?

7년간의 교사 생활은 나의 과거 중에서 가장 순수한, 그러기에 가장 열심인 생활이었다. 나로선 이성보다도 학생 쪽이

보다 매력적이었다.

수업이 끝나고 학생들을 현관까지 배웅한다. 그러면 학생들은,

「선생님, 안녕.」「선생님, 안녕.」

하고 나의 앞에서 고개를 꾸뻑이자마자 쏜살같이 흩어진다. 런드셀[등에 멘 가방]을 덜거덕거리며 뛰어 집으로 돌아가는 아이들의 뒷모습을 바라보면서 나는 몇 번이나 눈시울을 적셨던가?

(아무리 열심히, 아무리 귀여워하며 가르쳐도 저 아이들로선 누구보다도 어머니 곁이 좋은가 보다.)

나는 내심 아이들의 부모가 부럽기만 했다. 나는 꽤나 엄격한 교사였지만 아이들을 너무너무 귀여워했다.

어쩌면 담임 교사의 이런 애정을 어머니들은 모를 지도 모른다. 흔히 공부 잘하는 아이를 귀여워한다든가 예쁜 아이를 편든다고 담임 선생을 욕하는 어머니들이 지금도 있다.

그러나 한 번이라도 학생을 맡아 볼 수 있다면 담임의 마음을 알게 되리라고 생각한다. 확실히 최초의 1주일 쯤은 이목구비가 반듯한 아이나 적극적으로 질문하는 학생이 눈에 띈다. 그러나 그것은 눈에 띈다는 것이지 특별히 시선을 보낸다는 것과는 다르다.

하지만 1주일 쯤 지나면 공부를 잘 하는 아이거나, 못하는 아이거나, 예쁜 아이거나 돋보이지 않는 아이거나 한결같이 귀엽게 여겨지니 이상한 일이다. 그것은 결혼하고 나면 얼굴같은 것에 그리 구애되지 않는 남편과 아내의 관계와도 꼭 닮았다.

나는 학생 하나 하나에 관해 매일 일기를 썼다. 다시 말해서 학생의 수만큼 일기장을 가졌던 것이다. 학생이 돌아간 휑뎅그렁한 교실에서 높이 쌓아 올린 일기장 하나 하나에 나는 일기

를 써 나갔다.

「국어 시간에 느닷없이 일어나 차렷! 하고 구령을 한 히토시 군. 깜짝 놀라서 그를 빤히 쳐다 보았더니 머리를 긁적이면 서 앉았다. 나는 싱긋이 웃었다. 오늘은 맑게 개인 가을 날 씨로서, 아까부터 운동장에선 후르까와 선생이 4학년 아이들 에게 구령을 연발하고 있었다. 그 구령에 정신을 빼앗긴 히 토시 군. 그만 자기도 덩달아 구령을 하고 싶어졌으리라. 장 래 어떤 젊은이가 될지 즐겁기만 하다」든가 「미술시간 비행 기를 잘 그리는 마모루 군. 책상사이를 오가면서 잘 그리네 요 라고 칭찬해 주었더니 코를 훌쩍이면서 칭찬받은 비행기 를 자랑스럽다는 듯이 옆자리나 뒷자리의 벗들에게 보이고 있다. 이윽고 미술 시간도 끝날 무렵, 마모루 군의 그림을 보니 온통 새까맣게 칠해져 있었다. 대체 어쩐 일이냐고 물 었더니 마모루 군은 싱글벙글하며 선생님, 비행기가 날고 있 는 사이 심한 폭풍우를 만났지요 한다. 나는 감동하며 말없 이 마모루 군의 머리를 쓰다듬었다.」

이런 류의 일기가 저녁 가까이 되기까지 나의 일이 된다.

한 반인 55,6명의 학생가운데 매일 세 명이나 네 명은 아무 래도 인상에 남지 않는 아이가 나타난다. 그런 때에는 이튿날 첫번째 시간에 기억에 없었던 그런 아이들에게 질문을 하든가 책을 읽게 하든가 한다. 이것은 담임 교사로서의 은밀한 혼자 만의 일이었다.

내자신 꽤나 열성적인 교사라는 자부심이 있었고, 학생을 깊 이 사랑하고 있다고 믿었다. 한 과목이 끝날 적마다 국어라면 반드시 한 학급 전원에게 낭독시킨다든가 산수라면 문제를 모 르는 아이를 꼭 남겨 방과 후 가르치든가 했다. 이것 때문에 어쩜 학생들에게는 매우 귀찮은 교사로 여겨지지 않았을까 하는 생각도 든다.

그들로선 단지 무턱대고 엄한 선생으로 생각했을 지도 모른다. 그런 일의 하나로서 이런 일도 있었다.

반에 도이 요시꼬(土井芳子)라는 학생이 있었다. 그때 4학년이던 요시꼬는 각 과목 모두 성적이 좋았으며 특히 작문이 뛰어났다. 상당히 어른스런 감정을 갖고 있음을 담임 교사인 나는 미덥게 여겼다.

어느 날 쉬는 시간의 일이었다. 그 아이를 중심으로 너덧 명의 아이들이 사방치기를 하며 놀고 있었다. 그러자 다른 아이가 와서

「나도 끼워 줘.」

라고 부탁했다. '끼워 줘'란 함께 놀게 해 달라는 것이다. 그애는 집도 가난하고 성적도 별로 좋지 않았다.

「싫어.」

라고 요시꼬는 매정하게 대꾸했다.

나는 곁에서 다른 아이들과 줄넘기를 하고 있었는데 두 사람의 거동에 주의를 기울여 가며 보고 있었다.

「끼워 줘, 요시꼬짱.」

그 아이는 계속 졸랐다. 그러자 이번에는 아무런 대꾸도 없이·요시꼬는 그 애의 얼굴만 보고 있을 뿐이었다.

「끼워 줘, 응 끼워줘.」

그 아이는 어지간히 사방치기를 하고 싶었나보다. 세 번, 네번 애원했지만 요시꼬는

「싫어.」

라고 했을 뿐 이미 그 아이 쪽은 보려고도 하지 않았다. 다른 아이들은, 이를테면 여왕을 섬기는 시녀 같은 태도로서 아무런 참견도 하지 않았다.

「요시꼬짱, 함께 놀아 줘요.」

내가 말했더니 요시꼬는 잠자코 외면한 채 대답하지 않았다. 그때 3시간째의 수업 시작 벨이 울렸다.

교실에 들어간 나는 교과서를 펴지 않고 먼저 요시꼬의 이름을 불렀다.

「요시꼬짱, 친구와 함께 놀 수가 없다면 함께 공부를 하지 않아도 좋아요.」

나의 엄한 말에 요시꼬는 깜짝 놀란 듯이 고개를 떨구었다.

「일어나세요. 요시꼬짱은 공부하지 않아도 좋으니.」

요시꼬는 울기 시작했다.

「요시꼬짱과 함께 놀고 있던 사람들은 왜 끼워 달라고 남이 말했을 때 끼워 주지 않았습니까?」

그렇게는 꾸짖었지만, 그 아이들은 그대로 책상에 앉혀 두었다. 요시꼬는 울면서 빌었지만, 나는 결코 용서하려 하지 않았다. 이 현명한 아이가 지금 뼈골에 사무치도록 알아야만 할 일을 나는 단단히 일러 주고 싶었다. 마침내 그 날은 요시꼬를 교실의 구석에 앉혀둔 채 자기의 자리에는 돌아가지 못하게 했다.

이튿날, 그리고 그 이튿날인 3일간 요시꼬는 끝내 자기의 자리에 돌아갈 수가 없었다.

나는 은근히 요시꼬에게 기대하고 있었다. 가난하다든가 성적이 나쁘다든가 하는 일로 인간을 차별해선 안된다는 것을 소녀적에 단단히 마음에 새겨 주었으면 하고 바랐던 것이다.

생각해 보면 요시꼬에게 3일간이나 그런 벌을 가할 필요는 없었을 것이다. 영리한 아이었던만큼 나의 심정을 요시꼬는 금방 알았을 테니까. 하지만 나는 젊었다. 그래도 요시꼬에게 기대한 나머지 3일간이나 그 자리에 앉히지 않았음은 지나친 것이었다.

그렇지만 나는 열심이었다. 아마도 놀이에 끼지 못했던 아이가 너무나 가엾어, 나는 진심으로 분노하고 있었는 지도 모른다.

자기는 진지하다는 속셈으로 교육을 하고 있었지만, 사실인즉 교육이 무엇인지를 아직은 잘 몰랐던 게 아닌가 싶어진다. 만일 교육이라는 게 어떤 것인지 알고 있었다면 나는 결코 교사가 되지 않았을 것이 틀림없다.

2

만 17세가 못되어 국민학교 교사가 된 나의 첫 부임교는 어떤 탄광 도시에 있었고 40명 쯤의 직원이 있었다.

첫째로 출근 시간이 빠르다는 것. 오전 5시면 교장을 비롯한 몇 명의 선생이 벌써 출근했다. 사실은 6시 반까지 가면 되는데 교장이 5시면 출근하였기 때문이다.

어떤 선생이 어둑컴컴한 교정에서 비를 들고 있는 교장 모습에,

「죄송합니다, 늦어서.」

라고 했더니

「당신은 언제나 미안하다 하지만 나보다 빨리 올 수 없으시오?」

라고 핀잔을 맞은 이야기를 작년의 추억담 속에서도 들었다.

아무튼 전시 중의 일이다. 온 나라가 어딘지 미친 것만 같은

시대였으므로 이런 학교도 있었던 셈이리라. 오전 5시부터 6시 경까지 봉안전[奉安殿 : 교정 한 구석에 있고 천황의 사진이나 교육칙어를 모셔 둔 사당 비슷한 것] 둘레의 교정은 그야말로 비로 쓴 자국이 남겨진다. 그 빗자국을 밟고 등교했을 때 주눅이 들었던 일은 지금도 잊혀지지 않는다.

오전 6시 반부터 7시까지는 수양시간이라 하여 전 직원이 자기를 위한 수양서를 읽는다. 7시엔 직원 조례. 교원에게 내린 '칙유' [천황이 내린 유서]를 봉독하고 교육가를 부른다.

「샘물이 비록 흐려지는 일이 있을 지라도
거기에 피는 꽃을 깨끗이 키우는 게 우리의 사명일세.」

이런 뜻의 가사였다고 생각된다.

노래하고 나면 당번인 교사가 교훈적인 일화를 소개한다. 예를 들면 다음과 같은 이야기가 인상에 남아 있다.

「눈이 오는 날 교정을 가로 지를 때 똑바로 걸으려고, 목표를 정하고서 걸어간다. 목표한 곳에 이르러 뒤돌아 보았더니 똑바로 걸었을 터인데, 자기의 발자국이 여기저기 심하게 구부러져 있음을 알았다.」

이런 이야기를 한 '모리타니 다케시'라는 선생은 특히 국어 실력이 좋았던 선생으로서 나도 존경하고 있었다. 이 말은 여학교를 갓 나온 17살인 나에게는 매우 함축성이 있는 말로 들렸다.

이런 시간이 끝난 뒤 교장이 감상을 말한다. 아침이 빠르다는 것은 괴로웠지만 나로선 이 직원 조례는 재미있는 30분이었다.

7시부터 7시 반까지 학생들 자습시간, 7시 반부터 조례로서 2천 명 이상의 학생이 정렬하여 운동장에 모이고, 또 교실에 돌아가는 데 만도 30분은 넉넉히 걸린다. 수업이 시작되는 오전 8시에는 꾸벅꾸벅 조는 선생이 있다는 일화가 생길 만큼, 아무튼 출근 시간이 빠른 학교였다.

출근시간 하나를 예로 들어도 참으로 가공할 학교이고 또한 그런 시대였다고 할 수 있으리라. 다른 일은 미루어 알 쯔로서 이런저런 재미 있는 (지금에 와서 재미 있다고 할 수 있지만……) 이야기가 많다.

어쨌든 여학교를 졸업하여 느닷없이 뛰어든 사회가 출근 시간부터 꽤나 색다른 것이었지만, 교사라는 것은 이렇듯 아침 일찍부터 수양에 힘쓰고 공부하는 것임을 나는 의문 없이 받아들이고 있었다.

그래서 그것은 젊었던 나에게 약은 될지언정 별 독은 되지 않는다고 그때는 생각했었다.

「어떠한 영웅도 그 시대를 초월하지는 못한다.」

는 격언이 있다. 하물며 영웅은 커녕 동서남북도 모르는 애송이 계집애가 그 시대의 흐름을 정확히 파악했을 리가 없다.

「인간이기 전에 국민이 되라.」

는 쇼와 15, 6년부터 20년에 걸친 우리들의 가장 큰 과제였다. 지금 이 말을 들은 사람들은 깔깔 웃고 말리라.

그러한 시대의 교육은, 천황 폐하의 국민을 만드는 일에 있었던 셈이다. 그러므로 이런 교육에 열심이었다는 것은 나의 인간관이 근본부터 잘못되고 있었다는 것이 된다.

나에게 있어 패전이 얼마나 큰 것이었는지, 앞에서 적은 이유를 이해할 수 있을까?

패전과 동시에 미군이 진주해 왔다. 그러니까 일본이 점령되었던 것이다. 그런 미국의 지시에 의해 우리들이 가르치고 있던 국정 교과서의 곳곳을 삭제하지 않으면 안 되었다.

「저어, 먹을 갈도록 해요.」

나의 말에 학생들은 담담하게 먹을 간다. 그런 학생들의 순 진한 얼굴에 나는 눈물짓지 않을 수 없었다. 먼저 수신[修身 : 도덕] 책을 꺼내게 하고서 지시를 좇아 내가 지시한다.

「제 1페이지의 둘 째 줄부터 다섯 째 줄까지를 먹으로 지워 주세요.」

그렇게 말했을 때 나는 견디다 못해 눈물을 쏟았다. 일찍이 일본의 교사들 가운데 누가 외국의 명령에 의해 국정교과서에 먹칠을 하지 않으면 안 된다고 생각한 자가 있었을까! 이와 같은 굴욕적인 것을 귀여운 제자들에게 지시해야만 했던 교사 가 일본에 일찍이 한사람이라도 있었을까?

학생들은 묵묵히 나의 말을 따라 먹을 칠하고 있었다. 누구 도 말이 없었다. 수신 책이 끝나자 국어책을 꺼내게 했다. 먹 을 칠하는 아이들의 모습을 바라 보면서 나의 마음은 이미 정 해져 있었다.

(나는 이제 교단에 설 자격이 없다. 가까운 장래에 하루라도 빨리 교사를 그만 두자.)

나는 학생보다 한 단 높은 교단 위에 있는 일이 고통스러웠 다. 이렇듯 먹을 칠해야만 한다는 것은, 대체 어떠한 것일까 하고 나는 생각했다.

(지금까지 일본이 잘못된 것일까? 아니면 일본이 결코 잘못 하지 않았다면, 미국이 잘못한 것일까?)

나는 어느 한 쪽이 옳다면, 다른 한 쪽이 잘못 되었다고 생 각했다.

(대체 어느 쪽이 옳은 것일까?)

패전을 갓 맞아 일본이란 나라는 문자 그대로 위고 아래고 없이 대소동이었다. 내가 근무하던 학교에도 주둔하고 있던 육 군 중대가 있었는데, 패전과 동시에 절대 복종의 군기는 간 데

없이 사라지고 상관을 욕하는 자며 때리는 자마저 나타났다.

어제까지도 상관 앞에서 부동 자세로 말을 하던 병사가 걸음 걸이까지 자못 오만해졌다.

(어제까지의 군대 모습이 옳은 것일까. 아니면 지금 흐트러진 것처럼 보이는 모습이 옳은 것일까? 대체 어느 쪽이 옳은 것일까?)

나에게 있어 절실하고 중요한 것은 「대체 어느 쪽이 옳은가?」

하는 것이었다.

왜냐하면 나는 교사이다. 먹으로 지워 버린 교과서가 옳은가, 아니면 본디대로의 교과서가 옳은가를 알 책임이 있었다.

누구에게 물어도 확실한 대답은 돌아오지 않았다. 모두들 애매모호한 대답이거나 쓸 데 없는 것은 묻지 말라는 듯하며 어른인 채 하는 표정 뿐이었다.

「이것이 시대라는 거지.」

누군지 그렇게 말했다. 시대란 대체 무엇인가? 지금까지 옳다고 되어 있던 것이 잘못된 일로 바뀌는 게 시대라는 것일까?

(나는 7년간, 대체 무엇을 한사코 목표하며 살았을까? 그렇듯 열심히 가르쳐 온 일이 잘못이라면, 나는 7년을 단지 헛되게 보냈을 뿐일까? 아냐, 잘못을 저질렀다 하는 일과 헛된 짓과는 전혀 다르다. 잘못이란 두 손을 짚고서 빌어야만 하는 일이다. 아니, 경우에 따라서 패전 후 할복한 군인들처럼 우리들 교사도 학생 앞에서 죽어 사과하지 않으면 안 되는 것이 아닐까?)

그런 것을 생각하고 있는 사이 나는 교사로서의 세월보다도 나에게 가르쳐진 학생들의 세월을 생각했다. 그 당시 담임을 하고 있던 학생들은 4년간 가르쳐 온 학생들이었다. 사람의 일생 가운데 4년간이란 결코 짧은 세월은 아니다. 그들에게는 이미 돌이킬 수 없는 귀중한 4년간인 것이다. 그런 세월을, 나는 교단 위에서 잘난 체하면서 잘못된 일을 가르쳐 온 게 아닌가.

(만일 옳았다고 하면 이제부터 가르치는 일이 잘못이 된다.)

어느 쪽인지 모르는 일을 가르치기 보다 깨끗이 퇴직하여 누군가의 아내라도 되어 버릴까? 그런 것을 생각하고 있던 참에 내 앞에 나타난 것이 앞에서 적은 니시나카 이찌로였다.

(누군가의 아내라도 될까?)

하는 안이한 태도로 그와 약혼하려 했던 나에게 누군가 경고하려 했던 것일까? 사주를 받는 날 나는 뇌빈혈을 일으켜 쓰러졌던 것이다.

그리고 곧이어 나는 폐결핵으로 정말 쓰러지고 말았다.

3

쇼와 21년(1946년) 3월, 즉 패전 이듬해 나는 마침내 만 7년의 교원 생활에 작별을 고했다. 스스로 가르치는 일에 확신을 갖지 못하고서 교단에 설 수가 없었기 때문이었다. 그리고 또 어쩌면 잘못된 것을 가르쳤을 지도 모른다 하는 생각이 쉴 새 없이 나를 괴롭혔기 때문이었다.

전교 학생들에게 작별을 고할 때, 나는 다만 쓸쓸했다. 7년간 열심히 온힘을 기울여 일했다. 하지만 아무런 충실감(充實感)은 물론 자랑도 없었다. 나는 다만 잘못된 것을 잘난 것처럼 가르쳐 왔다는 부끄러움과 분함으로 가득 찼었다.

교실에 들어가자 우리 반 아이들은 울고 있었다. 사내 아이도 여자 아이도 엉엉 소리내며 울고 있었다. 그 아이들의 얼굴을 보고 있으려니까 나는 또 다시 결코 교사는 되지 않으리라는 생각이 들었다.

물론, 나도 울었다. 1학년에서 4학년까지 가르친 아이들에게 끝없는 애착을 느끼지 않을 수 없었다. 이젠 여기에 서서 하나하나의 얼굴을 보며 이름도 부를 수 없게 되는 거라고 생각하자 참으로 견딜 수 없었다.

나는 결코 다정하지는 않았다. 엄하기만 한 교사였을 지도 모른다. 그렇지만 점심 시간 짠지밖에 가져오지 못한 아이들에겐 나의 반찬을 한 젓가락씩이라도 나누어 주었다. 나누어 주지 않을 수 없는 것이 바로 교사와 학생의 연대감이 아닐까?

그러다가 나는 교장의 허가를 얻어 급식을 시작했다. 그 무렵엔 물론 급식 따위는 없는 시대였다. 학생들에게 아침 된장국의 재료를 한 웅큼씩 학교에 갖고 오도록 했다. 된장 조금과 함께 두부가 있고 배추가 있고 무우가 있고 유부가 있으며, 실로 갖가지의 국거리가 한 냄비에 넣어진다. 그것을 배불뚝이 난로에 앉히고서 수업을 한다. 점심 시간에는 된장을 넣어 간을 맞추고서 각자 지참한 공기에 나눈다.

이 된장국은 대호평을 받아 집에선 결코 된장국을 먹지 않았던 학생들도 된장국을 좋아하게 되었다. 식량이 없던 무렵, 특히 추운 아사이까와(旭川)의 겨울 찬으로서 이 된장국은 성공이었다.

이별에 즈음하니 그런 일도 오히려 슬픔의 씨앗이 되었다. (이제 이 아이들에게 된장국을 끓여 주는 일도 없게 된다.) 왠지 그만 두는 일이 나쁜 듯한 느낌도 들었다. 아이들은 끝

없이 나를 배웅하며 돌아가려 하지 않았다. 마침내 2킬로 미터도 더 떨어져 있는 나의 집까지 아이들은 전송해 주었다.

나는 그날 아이들 한사람 한사람에게 작별의 편지를 건네 주고 왔다. 꼼꼼한 아이라면 지금도 그 편지를 간직하고 있으리라.

이렇게 해서 마침내 학교를 그만 둔 나는 실연한 사람처럼 얼마동안 학교 주위를 배회했다. 다시 교단에 돌아가리라고는 생각지 않았다. 그래도 학생들의 얼굴을 잠깐이라도 보고 싶었다. 그렇지만 새로이 아이들을 맡은 교사에 대해 실례이므로 아이들의 얼굴을 보러 학교 안까지는 들어갈 수가 없었다. 수업이 시작되고 있는 학교의 둘레를 다만 서성거리고 있었을 뿐이었다.

그런 중에 나는 니시나카 이찌로나 T와 약혼했던 것이다.

두 사람 중 니시나까 이찌로부터 사주가 오던 날 내가 뇌빈혈을 일으킨 일은 앞에서도 썼다. 빈혈이 가라앉아 정신이 들었을 때에는 이미 사주가 들어와 있었던 것도 나중에 생각하니 무언가 상징적인 느낌이 든다. 어쨌든 무엇인가에 벌 받고 있는 듯한 느낌에 사로잡혀 있었다.

그리고 한 달 반 지난 6월 1일이었다. 나는 돌연 40도 가까운 열이 나고 말았다. 이튿날 아침 눈을 뜨고 보니 온몸의 마디마디가 아팠다. 나는 영락없는 류우머티스라고 생각했다. 쇼와 21년(1946년) 그 무렵, 아직도 있었던 인력거를 타고서 나는 병원으로 갔다. 의사도 류우머티스라 하였고 '자르브로'를 놓아 주었다. 그 무렵 자르브로는 여간 귀중한 약이 아니었다.

1주일 쯤 자나자 열도 내리고 발의 아픔도 없어졌지만, 몸은 이킬로그램 가까이 여위고 미열이 좀처럼 떠나지 않았다. 5, 6백 미터 떨어져 있는 병원에 다니는 데도 숨이 차고 날로 몸은 약해질 뿐이었다.

(어쩌면 폐병 일지도 모른다.)

나는 은근히 각오하고 있었다.

이 무렵에는 폐결핵이라고 했지 폐병이라고는 하지 않았다. 폐병이라는 말에는 뭔가 비유할 수 없는 음산한, 불길한 느낌이 있었다. 폐병이라고 진단되는 것은 사형을 선고받는 것과 같은 느낌이었다.

그래서 그 무렵 의사는 폐결핵을 늑막이라 하든가 폐침윤이라고 했다. 그러는 편이 얼마 쯤인가 병상을 가볍게 느끼도록 했기 때문이리라. 과연 나도,

「가벼운 폐침윤입니다. 석 달 입원하면 치유됩니다. 다만 곧 입원하지 않으면 죽습니다.」

라는 말을 들었다. 그 요양소에 석 달이란 말을 듣고 입원한 자는 그 뒤 몇 년이나 요양하지 않으면 안 되었고, 6개월 입원이란 말을 듣고 들어간 사람들의 거의 대부분은 죽었다. 하지만 자기들은 폐병은 아니고 폐침윤이라 생각하고 있었으니 얼마나 가엾은 이야기인가.

의사의 진단을 들은 아버지와 어머니는 한마디도 말씀하지 않으셨다. 월급쟁이던 아버지에게, 더구나 중학생, 국교생의 아이들이 있는 생활 속에서 나를 입원시키지 않으면 안된다는 것은 얼마나 곤란한 일이었을까? 어머니로서도 혼약이 갖추어진 딸의 발병은 얼마나 큰 충격이었을지 모른다. 당시 부모님 심정을 생각하면 지금도 울고 싶어진다.

그렇건만 불효녀인 나는 어버이의 마음 속을 헤아리기 보다는 자기 본위의 사고방식으로, 이 발병을 마음 속으로 은근히 기뻐하기 조차 했다. 그것은 학생들에게 잘못된 것을 가르쳤다는 자책감이 폐결핵 발병에 의해 겨우 엷어지는 듯한 느낌이

들었기 때문이었다.

　실인즉 나는 진심으로 거지 노릇이라도 하려고 마음먹고 있었다. 거지의 말은 사람들에 결코 큰 영향을 주는 일은 없다. 누구나 거지의 말을 신용하는 일은 없기 때문이다. 그렇지만 한 단 높은 곳에 올라간 교사의 말을 순진한 아이들은 의심하지 않고 믿어 버린다. 믿어 진다는 것의 책임을 나는 패전에 의해 문자 그대로 통감했던 것이다. 거지가 되어 누구에게도 아무런 말을 하지 않고 조용히 살아간다면, 적어도 이 세상에 해독을 흘릴 염려는 없으리라 생각하고 있었다. 그래서 그것이 학생들에게 교사로서의 자기 속죄라고 생각했다.

　(내 알뜰한 동산의 꿈은 깨어졌다.)

　안이한 생각에 의한 약혼이라고는 하나 그것은 그것대로 작은 꿈이 없었던 건 아니었다. 비록 손바닥만한 동산의 조촐한 설계일망정. 허나 폐결핵 발병은 나의 마음을 산란하게 하지는 않았다. 오히려 올 것이 온 것만 같은, 그런 심정이었다.

4

　약혼자인 니시나카 이찌로는, 한마디로 말한다면 진지하고 성실한 남성이었다. 내가 발병하자마자 그는 멀리 떨어진 곳에서 즉시 병문안을 와 주었다. 그리고 그 병문안은 그 뒤 몇 년 동안 그의 일이 되어 버렸다. 어느 달은 그 월급의 전액을 나의 병원비로 보내 준 일도 있었다. 아사이까와에 오면,

　「안돼, 그런 것을 먹고 있다가는.」

하며 연어 알이나 고기 등을 많이 사 갖고 와준 적도 있었다. 어떻게든지 병을 고치고 싶다하며 「성장의 집」 [1930년 谷口飛春에 의해 창립된 불교와는 좀 다른 계통의 신흥종교. 인간은 신의 아들이고 그 중심은 천황이라는 주장. 신도 250만.] 책을 몇 권이고 가져와 머리맡에서 읽어 준 일도 있었다.

내가 가래를 뱉으려고 하면 재빨리 손을 뻗쳐 '담 용기'를 가져다 입가에 대 주었다. 참으로 눈치가 빠른 친절한 사람이었다. 하이꾸(俳句)를 지어서 곧잘 편지도 보냈다. 생활력도 있으며 '미스터 홋까이도'에 나가라고 권유될 만큼 아름다운 용모와 뛰어난 체격을 갖고 있었다.

내 동생들에게도 친절해서 동생들은 「이찌로상」 「이찌로상」하며 잘 따랐다. 이를테면 한 점 나무랄 데 없는 남성으로 생각되었다.

그러나 나의 마음은 그를 떠나 어둡고 거칠어져 갔다. 이미 그때의 나로서는 「믿는다」는 일을 전혀 할 수 없게 되어 있었던 것이다.

23살까지 한껏 믿었던 것이 모두 무너져 버린 패전의 날 이래, 나는 믿는 일이 무서워졌다. 그와같은 나의 마음 움직임을 니시나카 이찌로가 알아 줄 것 같지도 않았다.

어느 날 나는 물었다.

「이찌로상, 당신은 어떤 고뇌를 갖고 있어요?」

「나에겐 고뇌 따윈 아무것도 없어. 고뇌란 사치품이야.」

그는 명랑한 얼굴로 아무런 시름도 없는 것처럼 대답했다. 혹은 병석의 나에게 고뇌 따위를 이야기하는 것은 금기라고 생각했는지도 모른다. 그러나 나는 젊었다. 그 말을 듣는 순간,

(고뇌가 없는 사람이란 나하고는 인연이 없다.)

고 생각해 버렸던 것이다. 나는 인간이란 고뇌해야 한다고 생

각하고 있었다.

적어도 인간이라면 이상이란 것을 갖고 있어야만 하지 않는가. 이상을 갖는다면 필연적으로 현실의 자기 모습과 대조하여, 고뇌하는 게 당연하다고 나는 생각했다. 나에게 있어 고뇌란, 어떻게든지 믿을 수 있는 것을 갖고 싶다는 것의 반어(反語)는 아니었을까?

그렇듯 친절하고 성실한 니시나카 이찌로에게 고뇌가 없지는 않았으니까. 실제, 약혼자인 나의 병이야말로 최대의 고뇌가 아니었던가. 그가

「나에겐 고뇌 따윈 없다.」

고 말한 것은 나에 대한 보살핌의 말이었다고 깨달은 것은 꽤나 후의 일이었다.

어쨌든 그때부터 나는 니시나카 이찌로와 더불어 이야기할 말을 잃고 말았다. 나는 어둔 눈을 하고서 과연 무엇때문에 살려고 하는 것일까 하며 마음 속을 탐색하고 있었다.

나의 언니 유리꼬도 역시 몸이 약했다. 하지만 1킬로미터나 떨어져 있는 요양소에 아침 일찍 와서는 식사를 마련해 주었다.

그 무렵 요양소는 간호사가 고작 두 사람으로서 급식은 없었다. 청소마저 환자가 하였고 모두 '풍로'를 부채로 부쳐가며 눈물을 흘리면서 자취를 하고 있었다. 나는 사는 일에 기쁨을 갖지 않는 나를 위해 아침 일찍 밥을 해 주러 오는 언니가 몹시 애처롭게 여겨져 견딜 수가 없었다. 언니가 다정하고 친절하면 친절할 수록 나는 무언가 마음이 무거웠다.

(이렇게 해 주어도 나는 아무런 보답도 못하고서 죽는 거예요.)

나는 언니의 뒷모습에 때때로 그런 말을 중얼거렸다.

내가 죽는다고 생각한 것은 과장도 아무것도 아니다. 패전 직후는 식량도 없고 굶어 죽는 사람조차 있었던 시대이다. 물론 스트렙토마이신도 파스도 히드라지드도 없었다. 요양소 환자들은 문자 그대로 모조리 죽어갔다. 어제까지 기침으로 괴로워하면서 쌀을 일고 있던 환자가 오늘은 대각혈을 하며 죽어버린다. 그런 일이 몇 번이나 있었다.

나는 여기서 죽는다 해도 그다지 아쉽다고는 생각지 않았다. 학생들에게 미안하다고만 줄곧 생각했기 때문만은 아니었다. 나로선 사는 목표라는 게 발견되지 않았던 것이다. 무엇 때문에 이런 내가 살아야만 하는가, 무엇을 목표로 살아가야만 하는가, 그것을 모르면 아무리 하여도 살아갈 수 없는 인간과 그런 일과는 아무런 관계 없이 살아갈 수 있는 인간이 있다고 생각된다. 나는 그 전자였다. 무엇을 목표로 살아가야 좋은가 하는 것을 모르고 살아간다는 것은 고통스런 일이었다. 나는 그 누구도 믿을 수가 없었고 이세상의 전부가 허무하게 여겨졌다. 허무적인 생활이라는 것은 인간을 못살게 만든다. 첫째로 모든 게 허무하므로 사는 일에 정열이 도무지 없다. 그뿐인가? 무엇이고 우스꽝스럽기 만한 것이다. 모든 존재가 부정적으로 생각된다. 자기의 존재조차 긍정할 수 없는 것이다.

그런 내가 니시나카 이찌로에 대해서도 정열을 잃었던 것은 당연한 일이었다. 하나 단 한가지, 나로서 부정하지 못하는 게 있었다. 그것은 제자들에 대한 애정이었다.

넉 달쯤 지난 11월, 취사도 청소도 할 수 없게 된 나는 집으로 돌아갔다. 그런 나에게 제자들은 몇 번이고 병문안을 왔다. 그리고 새로 배운 노래를 불러 주든가 학교의 이야기를 들려 주었다. 그것이 얼마나 나의 마음을 위로해 주었던지. 또한 탄광 학교 시절에 나의 반 아이였던 '나카이 다다오'는 그 무렵

아르바이트를 한 돈으로 달걀을 듬뿍 사 갖고 왔다. 너무나도 많아 '다다미' 위에 늘어놓게 했더니 다다미 한 장에 꽉찰 정도였다. 받은 나보다도 더 기뻐하는 나카이의 얼굴을 보고, 나는 다만 교사였다는 이유만으로 이렇듯 많은 것을 받아도 좋을까 하며 두렵기조차 했다. 나카이는 그뒤 코크스를 몇 가마니 보내 주어 매서운 겨울의 아사이까와에서 요양하는 나를 도와 주었다. 지금 나카이는 '게이오' 대학에 근무한다.

그리고 또 내 후임인 '니노미야 이꾸오' 선생은 제자들을 데리고서 몇 번이나 병문안을 와 주셨다. 이 선생은 내가 그만두고나서 부임해 왔으므로 하루도 책상을 나란히 근무한 적이 없었다. 그렇지만 나를 전임자로서 어디까지나 예를 다해 주셨다. 아이들이 6년을 졸업할 무렵이었다. 니노미야 선생은 전람회에 출품한 아이들의 도화(그림)나 습자(글씨)를 보내 주셨다. 남학생들이 그것을 6조의 병실 벽 가득 전시해 주었다. 나는 그것을 오랫동안 떼지 않고 두었다. 그 한 장 한 장을 몇 번이고 몇 번이고 바라보면서 그 학생들을 떠올렸다. 밤중에 문득 잠이 깨어 주위의 벽에 있는 그림이나 붓글씨가 눈에 들어오면 나는 울고 싶을 만큼 아이들이 그리웠다.

만일 아이들에 대한 애정이 없었다면 도저히 벗어날 수가 없었을 게 분명하다. 그런 나의 마음을 꿰뚫어 보기나 한 것처럼 니노미야 선생은 참으로 자주 나를 위로해 주셨다. 그 중에서 가장 잊을 수 없는 것은 졸업식 날의 일이다.

아침부터 나는 제자들의 졸업식을 생각하며 마음이 설레었다. 졸업식은 교사에게는 가장 기쁜 날로 느껴지겠지만, 실은 가장 쓰라린 날이다. 자기가 한번도 가르친 일이 없는 학생들의 졸업식조차 그만 눈물짓고마는 게 국민학교 교사라는 것이다. 하물며 담임한 학생들이라면, 너무나 꿋꿋하여 눈물과는

도무지 인연이 없는 듯한 남자 선생이라도 그만 울어 버리는
게 예사이다.

퇴직하여 2년이나 지난 나도 제자들의 졸업식을 잠깐이라도
보고싶다 하는 것은 인지상정이 아니었을까. 모든 게 시시하다
고 생각되었을 터인데 제자에 대한 감정만은 이전 그대로였다.

「안에 계세요？」

정오 가까운 때였다. 현관문이 와르르 힘차게 열려지며 남자
목소리가 들렸다. 응접차 나간 어머니가 복도를 종종 걸음으로
달려 바쁘게 나의 방으로 되돌아 오셨다.

「아야짱, 학생들이 선생님의 인솔로 왔구나.」

나는 섬칫 놀라며 이불 위에 일어나 앉았다. 좁은 병실 안에
들어오라고 할 수는 없다. 그 무렵은 아직 척추가리에스 발병
이전이라서 집 안을 걸을 수는 있었다. 나는 서둘러 옷을 갈아
입고 현관으로 나갔다.

집 앞에는 학생들이 전원 정렬하여 내 쪽을 물끄러미 쳐다보
고 있었다.

「선생님, 덕분으로 전원 무사히 졸업할 수가 있어 인사하러
왔습니다.」

젊은 니노미야 이꾸오 선생이 발랄한 목소리로 그렇게 말하
더니 고개를 숙였다. 나는 그때 자기가 무슨 말을 했는지 전혀
기억이 나지 않는다. 다만 학생들이 목소리를 모아 노래하는,

〈우러르면 귀한 우리 스승의 은혜……〉

의 노래가 지금도 뚜렷이 귀에 남아 있을 뿐이다.

니노미야 선생과 함께 눈녹은 길을 돌아보며 돌아보며 멀어
지는 학생들의 뒷모습을 바라보면서 좋은 선생님에게 맡겨진
아이들의 5학년 6학년의 2년간을 생각하며, 나 또한 행복했
다. 지금도 그때의 일을 생각하면 감동적인 영화의 한 장면처

럼 나의 가슴에 와 닿는다.

5

그러나 허무라는 것은 무서운 것이다. 이렇듯 나를 지탱해 준 학생들의 일도 결국은 나를 구해 주지는 못했다. 모든 게 시시해지고 모든 게 믿어질 수 없게 된다고 하는 그런 생활 속에서 나는 차츰 마음이 황폐해져 갔다.

자취할 수 있는 체력이 생긴 쇼와 23년(1948) 8월, 나는 다시 요양소에 입원했다. 그 요양소는 남녀 합해서 30명 가량의 작은 요양소였다. 환자 중에는 미키 기요시[三木淸 철학자, 패전 직후에 옥사함]에 심취한 휴머니스트도 있었다. 회의적인 나에게

「휴머니즘이란 것을 최고라고 생각하지 않아요?」

하며 눈을 빛내는 그 학생에게 나는 따라갈 수 없었다.

인간이 중심인 사상에 나는 아무런 감동도 없었다. 잊혀지지 않는 패전의 씁쓰름한 체험이 나에게 인간이라는 것이 얼마나 어리석고, 허약한 지를 뼈저리게 가르쳐 주었기 때문이다.

「당신은 회의를 위한 회의주의자가 아닌가요?」

그렇게도 일컬어졌다.

또한 아주 마음이 깨끗한 마르크스 주의자도 요양자 중에는 있었다. 그는 열심히 나를 마르크스 주의에 이끌려고 했다. 하나 나는 유물론을 이해할 수가 없었다. 아침의 벽 색깔과 낮의 벽 색깔, 그리고 저녁의 벽 색깔이 전혀 다르다. 벽은 확실히 객관적으로 그곳에 존재한다. 그러나 어느 벽의 색깔이 그벽

본래의 색깔일까? 나는 그런 점부터라도 인간의 객관성이라
는 것을 의심하지 않을 수 없었다. 더구나 인간의 눈은 참으로
살기 위해 중요한 것을 전부 보고 있다고는 생각되지 않았다.
아니, 살기 위해 가장 중요한 것을 인간의 눈은 볼 수가 없다
는 느낌마저 들었다. 유물론이 무엇인가 배우기 전에 나는 받
아들일 수가 없었던 것이다.

　「가난이 없어지고 모두가 균등한 부의 사회가 되는 일은 확
　실히 기쁜 일이죠. 하지만 그것만으로 인간이 정말로 행복해
　지리라고 믿기지 않아요. 석가모니는 왕자님이 돈이 있고 건
　강하며 게다가 미모의 아내와 귀여운 자식이 있었는데, 그
　성을 버리고 산에 들어갔다는 일이 무언가 무지무지 상징적
　인 느낌이 들지요.」

그런 말을 하는 나로부터 마르크스 주의자인 그는 떨어져 갔
다. ‘쓰카고시’라는 사람이었다.

그밖에 학문만이 최고라고 믿는 사람도 있고 문학만이 생명
이라는 사람도 있었다. 연애 지상주의자도 있었다. 누구나 무
언가를 지상으로 받들고 있는 듯한 발랄한 공기의 요양소내에
서 나의 마음은 혼자 우울해질 뿐이었다.

아이러니하게도 자포자기적인 생활이 되면 될 수록 나의 주
위에 남자나 여자가 많이 모였다. 나는 27살이 되어 있었으므
로 적당히 사람을 다루는 방법도 알고 있었다. 아니, 그것은
27살이 되어 있었기 때문은 아니고 자기를 소중히 하지 않는
것과 마찬가지로 남을 소중히 하는 것을 몰랐으므로, 얼렁뚱땅
남들을 대할 수가 있었으리라.

그런 식으로 되어 간 어느 날 나를 찾아온 사람은 뜻하잖게
어렸을 무렵의 소꿉친구였던 마에카와 다다시(前川正)였다.

6

소꿉친구인 마에카와 다다시를 말하기 전에, 여기서 내가 태어나고 자란 배경인 가족에 대해 말해 두겠다.

나의 아버지가 태어난 '토마마에'는 동해에 이웃한 홋까이도의 한 어촌이다. 나는 국민학교 4학년 때 처음 이 마을에 갔다. 안내해 준 고장의 친척이

「여기도 너의 집 땅이었고 저기도 너의 땅이었다.」

고 가르쳐 주었다. 그리고 앞바다 저편에 눈썹처럼 보이는 두 개의 섬, '데우리, 야기지리'를 가리키며

「네 할아버지가 이 토마마에 마을에 공이 있다 해서 저 섬을 드린다고 했지만, 할아버지는 욕심이 없어 받지 않았다고 하더구나.」

하고 이야기했다. 내가 절에 가자,

「아사이까와의 홋따네 아가씨가 오셨다.」

고 환영받았다.

조부도 조모도 내가 태어나기 전에 돌아가셔서 소녀인 나에게는 두 사람 모두 아무런 관심도 없는 존재였다. 하지만 나는 이때 비로소 조부나 조모를 가깝게 느끼고 두 사람의 일을 알고 싶다고 생각하게 되었다. 많은 가족을 거느린 아버지의 생활은 결코 편하지가 않았으므로 이미 상실된 것이라 하여도 '토마마에'의 조부나 조모의 화려한 생활은 소녀인 나에게 하나의 꿈 비슷한 것을 느끼게 했으리라.

할아버지는 16살때 단신 사도(佐渡)섬에서 홋까이도로 건너 갔다. 메이지 6년(1873)의 그 무렵, 지금은 큰 도시인 '하보로' 엔 나루터 뱃사공의 집이 하나 있을 뿐이었다고 한다. 할아버 지는 16살로 광목 행상을 하며 해안가의 어촌을 돌아다녔다. 나중에 할아버지는 쌀·된장·간장 등으로부터 잡화·토목에 이르기까지 많은 물건을 취급하는 큰 가게를 가졌다. 창고가 셋, '반도(지배인)'가 다섯 명, 하녀가 두 사람으로서 그 무렵의 작은 마을 가게로선 꽤나 폭넓은 장사를 했던 모양이다.

할아버지는 마을 '총대표' 노릇을 했다. 그 무렵은 호장(戶 長) 촌사무소시대로서 마을 의회제가 없었던 시절이었다. 밤이 면 학교의 선생들이 급료 문제로 할아버지의 집에 자주 왔다고 한다. 이 할아버지는 원만한 성격이고 성난 얼굴을 보인 일이 없는 사람이었다. 할아버지를 누구나 칭찬할 뿐이므로 결점이 많은 나하고는 아무런 핏줄의 연관도 없는 듯한 느낌마저 든 다.

할머니는 할아버지와는 대조적인 과격한 성격의 사람이었던 것 같다. 언젠가 아버지는 '야마다 이스즈'[山田五十鈴 일본의 여 배우. 전형적 일본미인으로서 유명]의 사진을 보고서,

「호오, 이것은 어머니를 꼭 닮았네.」
하며 그리운 듯이 들여다 본 일도 있다. 절의 스님이라도 할머 니 앞에 앉으면 움직이기 싫어져 좀처럼 돌아가지 않았다는 이 야기를 몇 번인가 들었다. 인심이 후해 식사 때 찾아오는 사람 에겐 소매상이든 낯설은 사람이든 안으로 불러들여 식사를 대 접했다. 대접했다고 해도 아마 된장국과 무우 짠지 쯤이었으리 라. 어쨌든 두 말들이 짠지통이 하루만에 비워졌던 일도 드물 지 않았다고 들었지만, 과장은 아닌 듯 싶다. 할아버지를 의지 하여 찾아온 사람을 두 석달 씩이나 재우고 먹여 주면서 한 채

의 가게를 내게 해 준 일도 한 두 번이 아니었던 모양이다. 지금으로선 상상도 못할 인심이 후한 이야기이다. 그러나 딱한 처지의 가난한 사람에게는 한 웅큼씩 은전이나 동전을 주었다는 할머니도 무언가 마음에 들지 않는 일이라도 있으면 전에 준 이불을 돌려 달라든가 옷을 돌려 달라고 했다 하니 상당히 어린애 같은 데가 있는 극성스런 사람이었던 모양이다.

이 할머니는 마흔 하나로 과부가 되었다. 화투놀이를 좋아하고 화투놀이에서 딴 돈은 패거리를 데리고 요리집에서 써버렸다고 한다. 키모노[여자들의 옷]부터 속옷까지 모두 명주 뿐이었다는 것도 그 무렵으로선 엄청난 사치였으리라. 이 사치스럽고 도박을 좋아하며, 성미가 괄괄한 미인이었던 할머니에 대해선 아직도 많은 인간미가 있는 이야기가 있지만, 이것은 다른 기회에 써 보고 싶다. 이 할머니의 격렬한 성격은 아버지를 통해 우리들 10남매 전부에게 흐르고 있다.

할아버지는 아버지가 15세 때에, 할머니는 아버지가 22세 때에 돌아가셨다. 할아버지가 돌아가신 뒤 12년 동안에 7만 5천 평이나 되는 토지, 즉 해산물 건조장이라 하여 말하자면 해안의 지주와도 같은 권리 몇 곳과 가게, 창고도 모두 날려 보내고 말았다. 메이지 말기(1910년 무렵)에 그 해안 건조장 수입은 한 곳이 연 100엔 안팎이었다니 그것만으로도 상당한 재산이었을 터이다.

장남이던 아버지가 15살 밖에 안돼 가게의 경영이 힘들고 게다가 할아버지의 사망 후에도 할머니의 손이 커서 지출은 여전히 변함이 없었다. 그위에 홋까이도 어장으로서 일종의 운명이기도 했을까, 어장을 가진 물주가, 청어 그물을 쳐도 매년 풍어(豊漁)가 있는 것은 아니다. 본[盆 : 孟蘭盆으로서 음력 7월 15일, 우리나라의 추석과 같은 명절]과 섣달 그믐의 1년에 두번인 외상거래로 대준 쌀·된장·간장·가마니 등 모든 외상값이 한푼도 들어오지 않는 해가 있다. 일본 본토로부터 다수의 '막벌이 어부'들이 와서 먹고 마시던가 입었던 것이 돈으로 지불되지 않고 그 저당으로 잡힌 그물이나 배를 그대로 놀려 두는 것은 아깝다고 그만 고기잡이에 손을 대었다. 들어맞는다면 벌이가 크지만 빗나가면 손해는 더욱 크다. 그런 실패도 몇 번인가 거듭되고 마침내는 팔아먹는 생활 12년으로 알거지가 된 셈이다.

아버지는 오기가 있어 무언가 하려고 생각한 모양이지만, 어촌에선 어부 이외엔 할 일이 없었던 것 같다. 지금도 우리들은 '테우리·야기시리' 섬을 일종의 감회를 갖고서 바라보지 않을 수가 없다. 그러나 그 섬들을 할아버지가 받았더라도 우리들 손자로서 그것이 꼭 행복했다고는 생각하지 않는다.

외할아버지는 같은 '토마마에'의 목수였다고 한다. 이 할아버지는 우리들의 마음에 별로 그림자를 드리우고 있지는 않다. 하지만 외할머니는 93세로서 건재하며, 어렸을 적부터 우리들 남매들에게 커다란 위로를 주는 사람이었다. 이 할머니는 언제나 상대편 입장이 되어 사물을 생각하는 사람이다. 서른 아홉으로 남편을 잃고 자식 다섯 명을 키우느라 고생을 했을 터인데, 뾰족한 구석이 전혀 없는 참으로 다정한 분이다. 온갖 가난을 경험한 끝에 아들이 사장이라 불리는 지위에 올랐다. 하나 할머니는 고용 운전기사에게도 극히 정중하게 자기는 아무런 볼품도 없는 인간이라며 늘 고개를 숙인다. 그러므로 '니와 후미오(母羽文雄)'의 〈짓궂은 나이〉를 읽었을 때 나는 참으로 놀랐다. 나는 노인이란 외할머니처럼 만사 겸손하고 언제나 남의 일을 동정할 수 있는 풍부한 감정을 가지며, 사람들에게 경애(敬愛)되는 존재라고 생각하고 있었던 것이다. 유감이지만 이런 외할머니 성격은 어머니에게는 계승되었어도 나에겐 한

조각도 계승되지 않았다.

　아버지는 '토마마에'의 소학교(국민학교)를 심상(보통)과도 고등과[보통과는 6년, 고등과는 중학교를 가지 못하는 아이를 위해 특별히 병설된 2년과정임]도 수석으로 졸업했다는 것을 보면, 머리는 확실히 좋으셨나 보다. 하지만 친할머니를 닮아 성격이 괄괄하고 고집스런 사람으로서 좋고 싫음도 분명했다. '아사이카와'에 와서 행상을 한 일도 있지만 나중에 신문사에도 근무하게 되었으며 무진회사[신용금고와 보험회사를 겸한 성격의 회사]도 다녔다. 재미 있는 것은 정각 1시간 전에 출근하지 않으면 직성이 풀리지 않는 점이다. 이것은 출근 시간 뿐 아니라 기차를 탈 때도 마찬가지로서, 어느 때인가 '이와마사와' 역 앞의 친척 집에서 아사이카와로 돌아올 때 역전의 집이건만 출발 시각 1시간 전에 그 집을 나와 역에서 기차를 기다린 적도 있었다. 이것은 지금도 가족들에게 이야기거리가 되어 있다.

　할아버지와 할머니의 성격으로 미루어 생각하면, 누구를 닮아 아버지는 이런 소심한 일면이 있는 것일까 이상하게 생각된다. 그런만큼 근무처에 대해 충성스럽기는 남달랐다. 아버지는 만년에 무진회사에 다녔는데, 그 회사가 나중에 '상호은행(相互銀行)'이 되었다. 만 60세로 그 은행을 정년 퇴직했지만, 아버지의 희망으로 촉탁으로써 2년간 더 근무하고 그뒤 사장의 친척 땅 관리를 맡으셨다. 이는 평소의 근무 태도가 평가되어서 였으리라. 관리하고 있던 토지 일부가 팔기 위해 내놓아진 일이 있다. 아버지도 빚을 얻어 살려면 얼마든지 살 수 있었다. 그것을 산 사람 중에는 얼마 안 되어 갑절로 판 사람도 있어 아버지에게도 빨리 사두는 편이 좋다고 전하는 사람이 많았다. 그러나 아버지는,

　「무슨 소리야. 자기가 관리하는 땅으로 돈벌이를 할 수 있겠

는가.」

하고 완강히 물리쳤다. 지금에 와서도 그때 사두면 엄청난 이익이 되었을 텐데 하는 이야기가 나오지만, 아버지는 한번도 사면 좋았었다고 말씀하시지 않는다. 우리들 자식은 아버지를 충성스런 청지기라고 부르지만, 이런 아버지의 태도는 지금 세상에서도 역시 중요한 태도라고 생각한다.

어머니는 조용한 사람이다. 10명의 자식을 키우면서도 친척이나 친지들에게 자주 마음을 썼고, 자식들의 생일은 물론이고 친척·친지의 기일(忌日)이나 49재날 등을 정확히 기억하고 있어 부지런히 사람을 방문하신다. 그뿐이 아니고 내가 깁스(석고)베드에 꼼짝도 못하며 눕고서부터는 나의 병실 동료의 병문안까지 자청해서 가 주셨다. 나는 이런 단정하고도 조용한 어머니와는 별로 닮지 않은 딸로서, 책상다리를 하고 앉든가 물구나무를 서서 어머니를 한탄케 하는 쪽이다.

형제로 오빠 세 사람, 동생 넷, 언니 한 사람, 여자 동생 하나 그밖에 클 때까지 언니라고만 생각했던 고모가 하나, 조카가 하나 함께 자랐다. 우리 남매들에게 공통된 점은 성격이 괄괄하다는 것이다. 하지만 집안에선 형제나 남매간에 싸움을 하는 일이 비교적 적었다. 이는 어린 마음에도 우리들 싸움으로 어머니가 아버지에게 야단맞지 않게 하려는 마음이 크게 작용했기 때문이리라.

아버지는 현대로선 상실되었다 하는 부권(父權)을 강력히 갖고 계셨다. 15,6년 전 어떤 눈오는 날 밤중에 아버지는 지붕이 끽끽하는 것 같다면서 잠자고 있는 아들들을 깨웠다. 지붕의 눈을 내리라는 것이었다. 동생들 넷은 곧 일어나 지붕에 올라가 눈을 내렸다. 이때 누구 하나 졸립다거나 춥다고 불평을 한 사람은 없었다. 이때의 일을 아버지는 때때로 생각하시는 모양

으로,

「우리 집 아이들은 훌륭한 데가 있다.」

고 미안해 하는 말씀을 하시곤 했다. 친척들도,

「홋다(堀田)의 아이들이 부모에게 말대꾸를 하는 것을 본 일
이 없다. 유순한 아이들이다.」

라고 자주 칭찬한다. 자식들이 유순했는지 부권이 강력했는지,
어쨌든 그러한 데가 확실히 있었다. 그러나 그런 점이 칭찬받
을 수 있는 일인지 어떤지는 의문으로 생각되는 일도 있다.

직장에선 어느 남매건 모두 순종파가 아닌 것 같다. 집에서
가장 순하고 말이 없는 다섯 째 동생의 직장에, 나는 언젠가
전화를 걸었다.

「타로상, 전화야.」

전화를 받은 사람이 동생을 불렀다. 동생의 이름은 타로[太郎
: 남자의 보편적 이름이고 一郎와 마찬가지로 흔히 장남에게 명명됨] 가 아
니다. 나중에 이상하게 생각되어 동생에게 물었더니,

「2,3년 전에 '겐카타로'[직역하면 쌈패 타로, 격하기 잘하는 사내란
뜻]라는 영화가 왔었어. 그 주인공이 나처럼 욱하기 잘 한다
고 그런 별명이 생긴 거야.」

동생은 그렇게 말하고서 웃었다.

가장 온순한 동생이 이럴 진데 다른 남매를 미루어 알 수 있
으리라. 각각 상당히 격렬한 성격이면서 가정에선 자제하는 지
혜도 있었다.

7

남매가 많다는 것은 상당한 번거로움도 없지 않지만, 풍부한 인생 경험이 주어지는 기회도 독자보다는 확실히 많다. 예를 들어 동생이나 여자동생의 탄생이다. 아직 인간의 얼굴을 갖지 못한 갓난애라도, 나에게 누나다운 심정을 일깨워 주었다. 세숫대야 속에서 목욕을 시켜 주고 있는 아기를 매일 싫증도 없이 바라보든가, 곧 등이 피로워 지건만 자기 쪽에서 졸라가며 업어 주든가, 아장아장 걷기 시작하는 걸 기뻐하는 속에서, 나는 내나름으로 무언가를 경험해 갔으리라고 생각한다. 또한 수가 많으면 1년에 한 번은 누군가 입원할 정도의 무거운 병에 걸린다.

단 하나뿐인 여자 동생이 여섯살 때 병으로 죽었다. 동생 '요꼬'는 보통 나이로 세 살에 글자를 읽기 시작하고 죽은 해에는 국민학교 4학년 정도의 읽고 쓰기를 하였다. 이 여동생의 손이 나의 손안에서 차츰 차가워지는 것을 어떻게 해줄 수도 없었을 때, 13세인 나는 죽음이라는 것을 관념으로서가 아닌 사실로써 알았다. 죽음의 냉혹·무정함은 그 뒤의 내 삶에 큰 변화를 가져다 주고 있다. 이때 '저승길 보내는 경문',

「아침의 홍안이 저녁엔 백골이 된다……」

라는 말이 동생의 죽음에 의해 실감되었다. 또한,

「사람이 죽을 때에는 가족이 모여 슬피 울어도 아무런 도움이 되지 않는다.」

고 하는 의미의 경문 말씀도 가슴에 스몄다. 학교에서 돌아오자 곧바로 동생의 유골이 있는 방에 가서, '가타카나'의 토를 단 불경책을 펼치고 읽었던 것이다.

「여인은 죄가 많고, 의심의 마음도 깊다.」

라든가,

「영화·영광을 누리면서 뜻하는 대로라고 할지라도 그는 50년 내지 백년 안의 일이로다.」

라든가,

「죽을 때는 처 자식도 재물도 내몸에는 하나도 지닐 수가 없느니라.」

라는 불경에 깊이 공감받곤 했다.

밤늦게 집 바로 근처의 교도소와 학교 사이의 캄캄한 길을 걸으면서,

「요짱 나와요, 요짱 나와요.」

하고 죽은 동생에게 외쳤던 일도 잊을 수 없다. 동생과 만날 수 있다면 유령이라도 상관 없다고 생각했던 것이다. 이 동생에 대한 애석(愛惜)함이 소설 〈빙점〉의 주인공 이름이 된 셈이다.

여동생의 사후 3년 뒤에 내 바로 아래 남동생이 대장염으로 위독해지고 밤중에 일어나 병원으로 뛰어갔다. 이때도 여동생처럼 동생 역시 돌아오지 않는 사람이 되어 버리는 게 아닐까 하며 얼마나 겁을 먹었던가! 병실 앞의 복도에서 아버지는 이마를 조아리며 기도하고 있었다. 그것은 뭐라 말할 수 없는 비통한 모습이었다. 나도 아버지와 마찬가지로 병원 복도에서 두 손을 잡고 열심히 기도했다.

「하나님, 부처님. 부디 동생의 목숨을 살려 주세요.」

누구에게 빌어야 좋을지 모르는 나는 하나님과 부처님 사이

에 양다리를 걸치고서 기도했다. 눈물이 뚝뚝 복도의 바닥을 적셨다. 왜 이렇듯 슬픈 일이 있는 것일까 하고 문득 살아가는 것이 무서워 질 만큼, 나는 슬펐다. 동생이 완쾌하고 나서 싸움을 하게 되면, 나는

「흘린 눈물을 돌려 줘.」

라고 하기도 했지만, 그만큼 진지하게 기도했던 것은 내가 태어나서 처음 경험한 일이었다.

이윽고 전쟁이 막바지에 이르자 동생도 오빠들도 군대로 끌려갔다. 큰 오빠는 '선무반원'으로 북중국에 건너갔으며 현지에서 결혼하게 되었다. 사진으로 선을 보고 정해진 사람은 키가 크고 눈썹이 긴 아름다운 사람이었다. 쇼와 17년(1942) 7월 어느 더운 날, 그 결혼식을 아사이까와의 우리 집에서 올렸다. 물론 북중국에서 오라버니가 돌아올 수는 없었다. 신부 옆자리에는 오빠의 '하오리·하까마'[성인 남자의 전통적 정장]가 놓여져 있었다. 신랑 없이 혼자 '삼삼구도[결혼식의 헌배의 예 신랑 신부가 하나의 잔으로 술을 세 번씩 마시고 세 개의 잔으로 아홉 번 마시는 일]잔에 입술을 대는 신부를 보고서 나는 뭐라 형용키 어려운 슬픔같은 것을 느끼지 않을 수 없었다. 그것은 전쟁이 가져 온 하나의 운명에 대해서 였다. 사진만의 선으로 아직 보지 못한 먼 북중국으로 시집을 간다는 일에 깊은 감동이 일었다. 이런 올케를 데리고서 49세이던 어머니는 북경의 큰 오빠한테로 갔다. 돌아오실 때는 만주를 지나고 조선을 지나 아사이까까지 혼자서 오셨다. 그런 어머니의 모습에서 나는 비로소 모성애의 강함을 느끼며 어머니가 된다는 것은 얼마나 큰일인가 하며 마음 속으로 감탄했던 것이었다.

둘째 오빠는 육군 대위였으나 쇼와 23년(1948) 3월 전쟁 중에 얻은 병으로 죽었다. 패전 후에 이같은 군인의 비참함을 나는

둘째 오빠를 통해 싫도록 목격했다. 그것은 참으로 시대의 변천을 선명하게 구별하는 느낌마저 들었다.

이와같이 남매가 많다는 것은, 갖가지의 슬픔과도 만난다. 그밖에 남매들의 연애며 결혼이나 취직 등 하나 하나 무언가를 생각케 해 주는 일에 부딪치면서 우리들은 살아왔다.

내가 마에카와 다다시(前川正)를 만난 쇼와 23년(1948)은 아직도 큰 오빠가 시베리아에 억류돼 있었고 둘째 오빠가 죽은 해이기도 했다. 우리 집은 총원 9명의 대가족이고 막내 동생은 아직 국민학생, 작은 오빠가 남기고 간 아이는 더욱 어렸다. 그런 중에서 동생들이 부러운 듯이 보고 있는 앞에서 나만이 흰 쌀밥을 먹고 고기를 먹는 요양하는 내가 있었던 것은 내자신도 괴로웠다. 하지만 동생들도, 또 그것을 보고 있는 어머니도 얼마나 어렵고 힘들었을까! 그렇게 생각하면서도 사는 목표를 정하지 못한 나는 결코 의욕적인 요양자는 아니었다.

앞에서 말했듯이 아직 그 무렵은 요양소의 환자 수용 태세가 갖추어져 있지 않았으므로 입소하기 위해서는 적어도 자취할 만큼의 체력이 필요했었다. 그런 요양소 생활 역시 돈이 들므로 재입소한 나는 '가미카와'지청 관내의 결핵 요양자회의 서기 노릇을 했다. 그 보수는 고작 월 천 엔이었지만, 그래도 그 때의 나에게 천 엔은 고마운 큰 돈이었다.

서기가 하는 일은 회원 명부에 의거하여 3백 명에 이르는 결핵 환자에게 회지를 편집하든가 그 우송을 하든가, 또 버터며 영양 식품의 획득에 노력하는 일 등이었다. 자연히 나의 병실은 회의 간사들이며 회원의 모임 장소가 되었다.

삶의 궁극적인 목표는 여전히 발견되지 않았지만 당장 매일매일은 일거리가 많이 기다리고 있어 제법 바빴다. 바쁜 만큼 시름도 잊게 되어 나는 때때로 깜짝 놀라는 적도 있었다.

(나는 무엇때문에 살고 있는 지 모르건만, 어째서 이런 식으
로 많은 사람과 이야기를 나누고 회의 일을 해 나갈 수가 있
는 것일까.)

바쁜 일에 쫓겨 무언지 자기의 생활이 기만되고 있는 듯한,
떠밀리고 있는 듯한 그런 느낌이 나로선 몹시 무서웠다. 이런
식으로 얼렁뚱땅 살아가는 일에 길들고 만다면, 나는 이제 정
말로 쓸모 없게 되고 말리라는 생각이 들었다.

(나는 지금 시름을 잊을 일만 있다면 그날 그날을 살아가는
정신적 날품팔이처럼 되어버리는 게 아닐까. 이제 그 시름을
잊을 수 있는 것이 한낱 놀이라 하여도, 놀이에 의해 자신을
잃은 삶을 연장시키는데 불과하지 않을까.)

그런 식으로 생각하기 시작했을 무렵 나의 방을 찾아온 것은
결핵 환자 모임의 회원인 어렸을 적의 소꿉친구 마에카와 다다
시였다.

매일 나를 방문하는 남성 회원이 몇 사람인가 있어 때로는
방문자가 번거롭다고 생각되는 일도 있었다. 하지만,

「마에카와입니다. 오랫만입니다.」

고 큰 마스크를 벗은 마에카와 다다시를 보았을 때 나는 기뻤
다.

마에카와가 우리 집 이웃으로 이사 온 것은 내가 국민학교 2
학년 때이다. 그는 그때 4학년이었다. 그런 1년 뒤에 그는 5,6
백 미터 떨어진 곳으로 이사갔지만 국민학교는 같았다. 그가
졸업할 때 우등생이었고, 아사이까와의 명문 학교인 아사이까
와 중학에 수석으로 입학하여 5년간 반장을 계속하고 북대[홋까
이도대학] 의학부에 입학한 것을 나는 알고 있었다.

적어도 수재인 그와의 대화는 깊이가 있는, 재미 있는 것이
되리라고 나는 기대하며 기뻐했던 것이다. 나는 맨먼저 오랫동

안 듣고 싶어했던 그의 누이동생 '미끼꼬'상에 관해 물었다. 그녀는 나보다 두 살 아래였지만 여학교에 입학한 해, 폐결핵으로 죽었다. 하지만 진해 들은 그 죽음은 13세의 소녀라고 여겨지지 않는 감동적인 최후였었다.

8,

　마에카와 다다시의 누이동생 미끼꼬상은 우리 집 옆에 이사 올 때 아직 국민학교에 들어가지 않았다. 그러나 글자도 잘 알고 있어 여간 똑똑한 아이가 아니었다. 이 아이의 입에서 곧잘 「예수님」이니 「그리스도」니 하는 말을 들었는데 국민학교 2학년인 나로선 무슨 말인지 몰랐다.

　그 해 크리스마스에 교회에 가자고 그녀가 이끄는 바람에 나는 처음으로 교회당에 갔다. 넓은 회당 안에 아이들이 빽빽히 앉아 있고 무대 오른편에 크리스마스 트리가 장식돼 있었다. 거기서 국민학생들이 노래며 연극이며 무용을 했다. 유치반의 미끼꼬상도 양치기가 되어 무언가 대사를 말했다. 그날 내가 가장 놀란 것은 아직 국민학교도 들어가지 않은 어린이가 성서의 긴 말을 술술 암송한 일이었다. 또 한가지 기억에 남아 있는 일은 미끼꼬상의 아버지가 기도를 한 일이었다. 나는 어린 마음으로,

　(이웃 집 아저씨는 훌륭한 사람이구나.)

하고 생각했었다. 그만큼 많은 사람 중에서 혼자 기도를 올린다는 건 학교의 교장선생만큼 높은 사람임에 틀림없다고 생각

한 셈이다. 이 날부터 마에카와 집에 대한 나의 인식이 새로워
졌다. 그것은 어른의 말로 말하면 마에카와 집은 「예사로운 집
이 아니다. 예사로운 사람이 아니다.」고 하는 것이었으리라.

아무튼 난생 처음으로 나를 교회로 이끈 것이 미끼꼬상이란
점에서 지금도 잊을 수가 없다.

마에카와 집은 약 1년만에 5,6백미터 떨어진 '구조 17가'로
옮겨갔다. 하지만 다다시상은 나와 같은 학교의 2년 상급, 미
끼꼬상은 2년 하급이었다. 남매가 모두 성적이 좋았으므로 이
야기를 하는 일이 없어도 나의 기억에 남아 있었다.

미끼꼬상이 죽었다고 들은 것은 내가 여학교 3학년 때였다.
국민학교 담임선생의 집에 놀러 갔더니 그 선생님이 말씀하셨
다.

「홋다상, 2학년 아래였던 마에카와 미끼꼬상을 알아요?」

「알고 있어요. 전에 저희 집 옆에서 살았어요.」

나는 무심코 대답했다.

「가엾게도 그 사람, 얼마 전에 죽었지요.」

키가 크고 체격이 좋은 몸으로 반장을 하고 있었던 그녀의
총명한 얼굴을 순간 떠올리면서 나는 놀랐다.

「여학교에 들어가 얼마 되지 않았는데 폐가 나빠 죽고 말았
지요. 하지만, 자기가 죽는다는 것을 분명히 알면서도 너무
너무 침착했대요. 마침내 죽을 때가 되자 부모며 형제며 선
생님이나 친구들에게 정중히 감사하다 하고서, 그리고 기도
를 하고 죽었대요.」

이 이야기가 나를 감동시켰다.

아무리 크리스찬의 집에서 자랐고 어렸을 적부터 주일학교
에 다니고 있었다고는 하나 겨우 13세가 될까말까한 나이였다.
그렇게도 태연히 죽음에 임할 수 있는 것일까 하여 나는 대단

한 충격을 받았다.

그러므로 마에카와 다다시를 만나 내가 제일 먼저 묻고 싶었던 건 그 누이동생 미끼꼬상의 임종에 대해서였다. 하지만 내가 그것을 이야기하자 그는,

「어린이었으니까요. 신앙이 순수했지요.」

하고 잔잔하게 미소지었을 뿐이었다.

「그렇다면 어른이 되면 아무리 신앙이 있어도 미끼꼬상처럼 죽을 순 없다는 거예요?」

나는 얼마쯤 낙담하며 물었다.

「말하자면 그렇겠죠.」

그의 대답은 너무나도 솔직했었다.

그날 우리들은, 〈광세〉에 대해 조금쯤 이야기를 했다. 하지만 수재로 알려진 그의 말치고는 돌아오는 말이 어느 것이고 너무나 평범했다. 나는 솔직히 말했다.

「다다시상은 유명한 수재라서 좀더 재미 있는 사람인 줄 알았는데요.」

「10살로 신동, 15살로 재사, 스물이 지나면 보통 사람이라고 하니까요. 나는 보통 사람이지요.」

그는 그렇게 말하고 역시 조용히 미소짓고 있을 뿐이었다.

그 무렵 요양소 안에는 재기(才氣) 넘치는 학생들이 입원하고 있었으므로 마에카와 다다시와의 대화는 나를 꽤나 실망시켰다.

(요양소의 학생들 쪽이 훨씬 재미 있어.)

건방지게도 나는 그렇게 생각하고 말았다.

그런 재회로부터 이삼일 지나고서 마에카와 다다시로부터 엽서가 왔다. 이것이 그 뒤의 1천회 남짓에 이르는 편지의 제1신이 되었던 셈이다.

　조용히 누워 계시는 중에 훼방을 놓아 죄송했습니다. 원고를 쓰는 쪽은 좀처럼 할 수 없지만 동생회(同生會)의 잡무가 있다면 거들어주고 싶습니다. 건강을 기도하겠습니다. 그럼 또.

　그 엽서를 읽고 그에 대한 나의 인상은 더욱 더 따분한 사람이라는 느낌만 더 했다. 그 뒤 두세 번 엽서가 왔지만 어느 것이나 무덤덤한 소식 뿐이었다. 그러나 소꿉동무라는 덕택으로 두 사람은 한두 번 만났을 뿐인 데도 곧 마음을 터놓는 벗이 될 수가 있었다. 서로가 부모의 부양을 받는 가난한 요양자였으므로 편지 왕래는 거의가 엽서였다. 작은 글씨로 안팎에 빈틈 없이 쓰면, 엽서라도 천 2백 자는 쓸 수 있는 것이다. 쇼와 24년(1949)년 2월 23일, 요양소에 있는 내가 집에서 요양 중인 마에카와 다다시 앞으로 보낸 엽서는 다음과 같은 내용이었다. 내가 그에게 보낸 세번째의 엽서이다.

　어젯밤은 아무리 하여도 잠잘 수가 없어 마침내 베드 위에 일어나서 얼마동안 꼼짝도 않고 앉아 있었습니다.
　달이 기울어져 서창에는 빛이 드리워 지고 있었습니다. 그 달빛에 비추어져 나의 가느다란 손이 더욱 푸르고 가늘게 뭔지 자기의 손이 아닌 듯한 요기(妖氣)가 떠도는 처절함을 띠고 있는 것이었습니다. 나는 갑자기 뭐라 말할 수 없는 냉기가 등골을 달리는 걸 느끼고 정신 없이 손을 흔들었습니다. 그리고 머리맡의 전기 스탠드를 켰습니다. 빨간 스탠드 갓 반사로 병실의 두꺼운 공기층을 느끼는 것만 같은 착각을 가졌습니다. 나는 스탠드 가까이 손을 가져 가며 들여다 보았습니다. 그것은 가늘고 푸른 정맥이 돋은 손이긴 했습니다만 분명히 나의 손이었습니다. 저 달빛이 비추어져 있을 때의 가물가물 불타는 괴상한 요기는 사라지고 20 몇 년간 나의 손이었던 것처럼 틀림 없이 나의 손이었던 거예요.

26년 동안에 나는 이 손으로 무엇을 움켜잡고 무엇을 해 왔을까요?

선악, 옳고 그름을 번갈아가며 숱한 업을 이루어 왔을 게 틀림 없는 이 손은 아직껏 무엇하나 좋은 일도 나쁜 일도 한 적이 없는 것처럼 홀쭉하여 조용히 스탠드의 불빛으로 비추어져 있는 겁니다. 과거에 많은 사람들과 악수했을 때의 감정이 있기나 한 것처럼 호젓하니 비추어져 있는 거예요. 어떤 정열적으로, 어떤 때는 성급하게 또한 어떤 때는 마음내키지 않는 악수를 해왔을 때 틀림 없는 나의 손은 너무도 많은 사람과 악수를 했기 때문에 어느 사람이 어떤 감촉을 갖고 있었는지 고스란히 잊고 있는 것 같습니다. 순진하다면 순진하고, 제멋대로라면 제멋대로인 이야기겠죠. 하지만 나는 그러한 과거를 깨끗이 잊어 버린 듯한 무표정한 손을 응시하고 있으려니까 뭐라 말할 수 없는 애정을 느꼈습니다. 그리고 '트로이 메라이'를 무의식적으로 연주하는 심정으로서 침대 머리맡 탁자 위를 손이 움직이기 시작했을 때, 나는 다시금 이 손이 스스로 제어하기 어려운 죄를 범하는 게 아닐까 하며 오싹해졌습니다.

이 백운장(白雲莊)에서 나는 또 몇 사람들과 악수를 해야만 할까요? 과연 어떠한 악수를 할 것인지, 전기 스탠드의 불을 끄고 자리 속에 들고나서 나는 새벽녘까지 갖가지로 생각을 계속했습니다.

이 엽서의 내용은 일기 속에 써 두어도 좋은 것이었다. 그에게 일부러, 무슨 일이 있어도 읽어 달라고 한 것도 아니었다. 그것은 그가 아니라도 혹은 다른 벗에게 써도 좋았을지 모른

다. 그렇건만 이 엽서를 마에카와 다다시 앞으로 썼다고 하는
점에서 나는 스스로의 응석을 느끼잖을 수 없었다. 그리고 마
에카와 다다시 역시 아마도 나의 이런 응석을 감지했을 게 분
명하다. 왜냐하면 그는 그후 나의 마음 움직임에 주목하게 되
었기 때문이다.

그는 자주 요양소를 찾아오게 되었다. 그가 몇 번째인가 병
문안을 와 준 어느 날 오후, 밖엔 눈이 내리고 있었다. 노크도
않고 들어온 요양자인 학생이 술병을 '단전'[丹前 : 솜을 둔 내리
닫이 실내복·남성용] 속에서 살며시 꺼냈다.

「오늘밤의 즐거움을 위해 맡아 줘요.」

나는 그 술병을 병실 다락에 넣으면서 말했다.

「몇 사람이 마시죠?」

「고작 그뿐인 술인 걸 당신과 K하고 셋이서 마시자구요.」

남성 환자는 그렇게 말하고서 방을 나갔다.

「아야짱, 당신은 술을 마십니까?」

여느 때에 없었던 엄한 목소리였다.

「예, 때때로.」

태연하게 나는 대답했다.

「왜 술같은 것을 마십니까요?」

「재미가 없기 때문이죠.」

「그럼 마시면 재미 있습니까?」

「글쎄요. 마셨다고 해서 별로 재미 있지도 않지요. 그렇지만
당신이란 꽤나 까다로운 사람이네요. 조금쯤 술을 마셔도 그
리 나쁜 일은 아니잖아요.」

나는 짜증스러워져 있었다.

「요양소에 들어와 술을 마시다니, 그런 불성실한 요양 태도
라면 안 됩니다. 나는 의학생으로서 단연코 용서할 수 없다

고 생각하지요.」

평소의 조용한 그에게 어울리지 않는 단호한 말투가 나의 신경을 건드렸다.

(당신은 나의 연인도 아무것도 아니야. 아무런 관계도 없는데 조금 귀찮지 않아?)

그렇게 생각하면서 나는 말했다.

「다다시상, 그러니까 난 크리스찬을 아주 싫어해요. 뭐예요. 성인 군자처럼……. 다다시상에게 설교받을 이유는 없어요.」

아무런 부족함 없이 크리스찬의 가정에서 자라고, 성서를 읽고 교회에 다니고 있을 뿐인 도련님이 내 살아가는 방식을 알게 뭐냐고 나는 마음 속으로 반발하고 있었다.

「하지만 아야짱과 나는 친구잖아요? 벗이라면 충고해도 좋지 않습니까?」

그는 눈이 내리는 창문을 향해 그렇게 말했다.

「난 당신을 그리 친한 친구라고는 생각지 않아요?」

「그렇습니까? 그런데 어째서 그런 엽서를 친구도 아닌 자에게 보냈습니까?」

「그런 엽서라뇨?」

「손에 대해서 쓴 엽서 말이예요. 그것에는 당신의 슬픔이 스며 있다고 나는 생각했습니다. 그 엽서를 받고서부터 두 사람은 벗이 되었다고 여겼는데…….」

대답하지 못하고 있는 나에게 그의 말이 날카롭게 날라왔다.

「아니면 아야짱은 누구에게라도 그런 엽서를 씁니까? 나는 내게만 써 주었다고 생각했습니다.」

그는 그렇게 말하고서 돌아갔다.

9

그 말은 내 가슴을 아프게 찔렀다. 내게는 '동생회'의 서기를 맡고 있는 관계도 있어 이성인 벗도 몇 명인가 있었다. 그래서 그 중에는 간단히 사랑을 고백하는 젊은이도 있었다. 나는 사람의 마음을 소중히 하는 일이 어떤 것인지, 아직 몰랐다. 사랑한다는 남자에겐, 사랑하고 있노라며 나도 대답했다. 그것이 얼마나 나쁜 일인가 하는 것 따위는 생각지도 않았다. 왜냐하면 내 자신 산다고 하는 것이 어떤 것인지 몰라서 목적도 없이 다만 살고 있었으므로 다른 사람들 또한 목적 없이 살고 있는데 지나지 않는 것으로 생각했다.

안정 시간에 눈을 뜨고서 꼼짝도 않고 누워 있으면, 광선 속에 떠도는 티끌이 눈에 보인다. 먼지는 금색으로 반짝이든가 빨갛든가 모래알 보다도 미세한 흰 것도 있었다. 문득 한 번 숨을 내쉬면 조용히 떠돌고 있던 티끌이 당황한 것처럼 흩어진다. 광선이 비추지 않으면 볼 수 없는 미세한 티끌의 떠돔을 응시하면서 이런 먼지와 우리들 인간이 얼마만큼 차이가 있는 것일까 하며 나는 생각했다. 그러므로 남이 좋다고 해 주면, 나도 또한 좋아한다고 말해 주면 되는 걸로 생각하고 있었다. 그런데도 때로는,

「사랑하는 것이란 어떤 거예요?」

하며 반문하는 적이 있다. 그러면 어떤 사람은 나에게 악세서리를 선물하든가 어떤 사람은 또 나의 육체를 갖고 싶다고 말

하든가 했다. 그럴 적마다 나는 마음 속으로 깔깔 웃었다.

　(사내가 여자를 사랑한다는 건 그런 것일까?)

　나로선 좀더 다른 것으로 생각되기만 했다.

　술을 마신다 하여도 나는 실인즉 잔으로 두 개도 마시지 못했다. 다만 마시면서 이야기하는 사내들의 말에, 무언가 살아가기 위해 필요한 진실의 한 조각이라도 있지는 않을까 하며 귀를 기울이고 있었던 것이었다. 하지만 막연하기는 했지만, 내가 기대하고 있는 듯한 확실한 반응이 있는 이야기는 좀처럼 나오지 않았다.

　「모래 베개를 하면 잠이 잘 와.」

　「왜?」

　「안전하게 잘 수 있으니까.」

　고작해야 그런 조크가 나올 정도였다. 중학 1년생으로 니체를 읽었다는 조숙한 학생도, 도(홋까이도)내에서 유망한 시인이라 하는 청년도 단지 대화가 재미 있을 뿐이었다. 누구라도 결국은 누군가의 말을 흉내내고 있었다. 때마침 그 무렵 샤르뜨르의 소설이 읽히고 있어 누구나가 실존주의자였다. 그리고 내가 오래 전에 읽어버린 그 소설 속의 말을 자기가 하는 말처럼 자랑스럽다는 듯이 말하고 있을 뿐이었다. '미키 기요시'를 읽은 자는 자기가 미키 기요시이거나 한 것처럼 말하고, 톨스토이를 읽은 자는 자기가 톨스토이인 것처럼 고뇌해 보일 뿐이었다. 적어도 당시의 나로선 그와 같이 생각되었던 것이다. 그럼에도 여자 친구들과 이야기하기 보다는 사내 친구들과 이야기하는 편이 즐거웠으므로 나의 둘레엔 언제나 몇 명인가의 이성이 있었다.

　마에카와 다다시는 자기가 그런 그룹의 한 사람으로 생각된다면 참을 수 없다면서도, 때때로 나를 찾아왔다. 만나자마자 나는 그가 기독교 신자라는 것을 욕했다.

「크리스찬이란 위선자이죠. 얌전을 빼고 자기도 술집엔 가고 싶으면서 술집 따위를 가는 자는 구제하기 어려운 죄인이라는 눈으로 바라보겠지요?」

라든가.

「크리스찬은 정신적 귀족이네요. 우리들을 얼마나 가엾은 인간인가 하며 높은 곳에서 굽어보고 있지 않아요?」

등등 시비조로 말하는 것이었다.

나는 이상한 버릇이 있어, 남과 의좋게 지내고 싶다 생각될 때에는 어린애처럼 싸움을 거는 것이다. 어린애들은 흔히 처음 만나는 아이에게

「야, 싸움할래?」

등등 하며 한바탕 싸우고나서 친해지는 법이다.

마에카와 다다시는 그와같은 나의 심정을 아는지 모르는지 자못 난처한 얼굴로 욕을 듣고 있지만 그러나 변명 비슷한 것은 한마디도 하지 않았다. 그만큼 싫은 소릴 들었으니까 이제는 찾아와 주지 않으리라 생각하고 있으려니까 카롯사의 소설 등을 갖고 와서

「이것을 읽어요.」

라고 싱글싱글 웃고 있는 것이었다. 그는 그 나름으로 무엇을 찾아야 좋은지 모르는 불안한 영혼을 내 모습에서 발견하고, 보고 지나칠 수가 없게 되어 있었으리라. 나중에 그 무렵 나에 대해 그는 이렇게 말했다.

「대개의 사람은 남과 사귈 때에 되도록 장점을 보이고자 하는 법인데, 아야짱은 그 반대이지요. 이런 자기라도 좋으면 사귀어 보는 게 어때요? 하는 태도이니까요. 손해보는 성격이지요.」

　이상하게도 싸움으로 시작한 벗은 두들겨도 깨어도 망가지지 않는 듯한 두터운 우정으로 자라고 있었다.

　그 해 4월에 나는 퇴원했다. 하지만 미열은 내려가지 않았다. 여전히 사는 기쁨도 찾아내지 못했다. 3년 전에 약혼한 니시나카 이찌로와는 아직도 그대로 약혼한 사이였다[결혼 약속을 한 또 한사람인 T는 폐결핵으로 이미 죽었다]. 니시나카 이찌로의 어머니는 이미 70이 넘어 있었고 나로서도 약혼을 파기해야 한다는 생각을 갖고 있었다. 그것은 6월 초였다. 아사이까와의 거리엔 라일락 꽃이 향기를 풍기고 있었다. 나는 혼자 기차를 타고 니시나카 이찌로가 사는 S시로 갔다.

　떠나기 전에 나는 마에카와 다다시를 만났다. 그때 나는,

「자살이란 죄일까요?」

하고 넌지시 물었다.

「기분 나쁜 것을 묻는군요. 설마 아야짱이 죽겠다는 건 아니겠지요?」

　그는 지긋이 나의 눈을 들여다 보듯이 하면서 말했다.

「난 젊어요. 죽다니, 그런 아까운 짓은 하지 않아요. 다만 자살이란 죄일까 하고 생각했죠.」

「그렇습니까. 그렇다면 안심이지만……. 자살은 타살보다도 죄라고 하지요.」

　그는 그렇게 대답했다. S시로 니시나카 이찌로를 만나러 간다고 했더니,

「니시나카상과의 약혼을 깨어선 안 됩니다. 그렇게 좋은 사람은 없으니까.」

　그는 열심히 반복하며 말했다. 그 무렵 그는 이미 자기의 병상을 정확히 파악하고 있었던 것이다. 자기의 생명이 그 무렵의 의학으로선 3년도 가지 않으리라고 생각했던 모양이다.

오호츠크 해에 면한 S시에 도착한 것은 마침 점심 때쯤이었다. 역전으로 나간 나의 그림자가 지면에 뚜렷하니 검고 짧았음을 기억한다.

(이제 곧 죽을 터인 나의 그림자가 이렇게도 검다니.)

나는 그렇게 생각했던 것이다.

니시나카 이찌로의 집에 다다르자 그는 깜짝 놀라며 나를 맞았다.

「오랫동안 걱정을 끼쳐 미안해요. 약혼비를 돌려 주고자 왔어요.」

단 둘이서 모래 언덕에 올랐을 때 내가 말했다. 그는 윤곽이 뚜렷한 아름다운 옆 얼굴을 바닷바람에 내맡기면서 잠자코 있었다. 그리고 얼마 쯤 있다가 조용히 말했다.

「나는 말이지, 아야짱과 결혼할 작정으로 10만엔을 모았어요. 아야짱과 결혼할 수 없다면 이미 그 돈은 필요가 없어요. 사주와 함께 보낸 돈도 그 10만 엔도 아야짱에게 줄 테니 가지고 돌아가요.」

그는 그렇게 말하고 지긋이 바다 쪽을 바라보고 있었다. 니시나카 이찌로의 성실함이 새삼 가슴에 와 닿고 훌륭한 사람이라는 생각이 들었다.

「건너편에 보이는 게 '시레도코(知床)'야. 갈매기가 날고 있잖아.」

그렇게 말했을 때 그의 볼에 눈 , 한가닥 굴러 떨어졌다.

10

니시나카 이찌로는 나에게 좀더 원망이나 불평을 말해도 괜찮았을 것이다.

「나는 3년이나 기다리고 있었어.」

「월급을 고스란히 그대로 1전도 남기지 않고 보낸 달도 있잖아.」

「아사이까와까지 몇 번이나 병문안을 갔는 지도 몰라.」

「아야짱은 남자 친구가 많이 있는 모양인데 나는 한 사람의 여자 친구도 만들지 않았어.」

이렇게 말하고서 나를 책망해도 좋았을 터이다. 하지만 그는 모든 걸 알고 있으면서 아무 말도 하지 않았다. 말한 것은 다만 결혼 자금으로 저축한 10만 엔을 주겠다고 하는 그 한마디 뿐이었다. 쇼와 24년(1949)의 그 무렵, 10만 엔이라 하면 상당한 금액이었다.

두 사람은 아름다운 6월 오호츠크 바다를 바라보면서 각각의 생각에 잠겨 있었다.

(좀더 빨리 약혼을 파기했어야만 하는데. 발병하자마자 곧 그렇게 하는 게 옳았었는데.)

나는 그에 대한 내 자신의 배려가 부족했음이 부끄러워 견딜 수 없었다. 일찌감치 단호히 헤어졌다면, 그는 지금 쯤 건강한 사람과 아름다운 가정을 구축하고 있었을 게 틀림없을 것이다. 얼마나 속없는 짓을 해왔을까 하며 나는 스스로를 책망하고 있

었다. 니시나카 이찌로가 나를 한마디도 책망하지 않았으므로
더 한층 내가 내 자신을 책할 수 있었던 것이다.

이 헤어짐을 그의 어머니도 누님도 그날 알았지만 아무런 말
도 하지 않았다.

「기와유(川湯) 온천에 놀러갔다 오면 좋을 거다.」

일흔 살이 넘은 그의 어머니는 조용히 그렇게 말하고 나와
니시나카 이찌로와 그 누님을 웃는 얼굴로 배웅해 주셨다. 3년
의 세월, 무척이나 폐를 끼친 나에게 뭐 온천을 대접할 필요는
없는 것이다. 이제 와서 그가 나 때문에 돈을 쓸 필요는 없는
것이다. 하나 그도 그의 누님도 나를 다정하게 보살피며 가와
유 온천까지 데려다 주었다.

지금 이것을 쓰면서, 나는 니시나카 이찌로 모자의 아름다운
마음씨를 돌이키며 가슴이 뜨거워 지는 것을 어쩔 수가 없다.

가와유 온천에서 다시 그의 집에 돌아온 밤에도 나는 한가지
의 일을 내내 생각하고 있었다. 그것은 아사이까와를 떠날 때
부터 생각하고 있었던 일이다.

(어차피 병은 언제 나을지 모른다. 앞으로 몇 년 요양을 계
속해 본들 낫는다는 보장도 없다. 내가 이 세상에 살아 있으
면서 남에게 폐를 끼치기 보다는 죽는 편이 낫지 않을까?)

그런 것을 나는 연신 생각하고 있었다. 그것은 물론 나 자신
의 행위를 정당화시키려 하기 위한 죽음의 핑계이지, 실제 나
는 사는 일에 지쳐 있었던 것이다.

니시나카 이찌로를 방문하는 기차 속에서도 나는 이렇게 생
각하고 있었다.

(지금 이 기차에 타고 있는 사람들도 50년 후에는 그 태반이
죽어 없을 것이다. 지금 저 선반에서 짐내리려 하는 마흔 살
남짓한 정력적인 남자도 50년 후까지 살아 있을까? 눈 앞에

서 사과 껍질을 벗기고 있는 젊은 아가씨도 결국은 죽는 것
이다. 이 사람들이 지금부터 죽기까지 대체 얼마 만큼의 의
미를 인생에서 찾아낼 수가 있는 것일까? 결국은 별 진보도
없이, 다만 해를 거듭할 뿐 죽어버리는 셈이 아닌가.)

그러므로 나 또한 이 세상에 아무런 쓸모 없이 죽어가는 인
간이 아닐까 라는 생각을 했다. 지금 죽는 것이나 5년 10년 뒤
에 죽은 것이나 필경은 같은 일이 아닌가?

그날 밤 이찌로의 어머니가 정성껏 만들어 준 '모듬 초밥'은
맛있었다. 그런 맛 있음이 나로선 이상했다.

(이것이 마지막 식사가 된다고 하는데 어째서 이렇듯 맛 있
는 것일까. 사람은 살기 위해 먹는다든가 먹기 위해 산다든
가. 하지만, 오늘 밤의 이 식사는 사는 일과는 아무런 인연
도 없는 식사인 것이다.)

내일 쯤이면 자기는 이 세상에 없다고 마음 정했을 때, 의외
로 인간은 차분해지는 법이다. 어딘지 여유 있는 부드러운 심
정마저 되어 있었다.

이윽고 모두 잠자리에 들고 집 안이 조용해졌다. 나는 마에
카와 다다시가 말한,

「자살은 타살보다도 죄이지요.」

라는 말을 생각해 내고 있었다. 나같은 인간에겐 가장 죄스런
죽음의 방식이 걸맞는다는 느낌이 들고 있었다. 아버지와 어머
니, 형제 한 사람 한 사람이 떠올랐다. 하지만 일단 죽겠다고
마음먹은 나에게는 이제 모두 먼 사람일 뿐이다. 같은 요양소
의 벗들이 오히려 가깝게 생각되었다.

「내가 죽으면 부럽게 생각하는 사람도 그 요양소에는 있을지
모른다.」

그런 것을 생각하기도 했다. 죽고 싶어도 죽지 못하는, 그런

생각을 가진 몇 명의 벗도 있었을 테니까.

시계가 12시를 쳤다. 나는 그 소리를 하나 둘 세고 있었다. 세고나서 조용히 일어나 살며시 레인코트를 걸쳤다. 시골이라서 현관에 자물쇠가 채워 있지 않다. 나는 신을 신고 살금살금 현관문을 열었다. 그 문을 닫고서 하늘을 우러르자 캄캄한 밤이었다. 바람이 나의 머리를 흐트리고 바닷소리가 들렸다.

집을 나서자 언덕길을 한 걸음 한 걸음 밟아 주듯이 걸어갔다. 길 옆에서 갑자기 「야옹」 하는 고양이 울음소리가 났다. 들새와 같은 날카롭고 으스스한 소리에 섬칫하며 멈추어 서자 인광을 내뿜는 고양이의 눈이 나를 엿보고 곧 어둠 속으로 사라졌다. 언덕길을 큰걸음으로 성큼성큼 내려가자 구두 속이 모래로 가득해졌다. 나는 멈추고 모래를 털었다. 외다리가 된 몸이 흔들하며 기울어졌다.

(지금 곧 죽는 걸 뭐. 모래따위 들어가 있어도 상관 없지 않아.)

나는 구두의 모래를 쏟고 있는 자기가 우스워졌다.

이윽고 울퉁불퉁하여 힘든 해안에 이르렀다. 조그만 화산암이었다. 큰 돌에 발이 미끄러져 멈칫하는 눈앞에서 캄캄한 바다가 소리를 지르고 있었다. 아무 것도 보이지 않았다. 그러나 캄캄한 바다의 냄새와 소리만은 있었다. 나는 바로 눈앞인 그 바다에 다다르는데 너무나 시간이 걸렸다. 한 걸음 옮기고서는 하이힐이 돌틈에 끼고 두 걸음 가서는 몸이 고꾸라졌다.

파도가 나의 발을 차갑게 씻었을 때 번쩍하는 한가닥의 빛이 바다를 비추었다. 흰 물방울들이 눈앞에서 솟구쳤다고 느끼는 순간 나는 단단한 사내에게 어깨가 잡혀 있었다. 니시나카 이찌로였다.

그는 말 없이 나에게 등을 돌리고 나를 업었다. 별안간 나의 몸에서 죽음의 신이 떨어진 것처럼 나는 순순히 그의 어깨에 손을 걸고 있었다.

「바다를 보고 싶었지요.」

나는 그렇게 말했으나 니시나카 이찌로는 묵묵히 나를 업은 채 회중 전등으로 발밑을 비추면서 모래밭을 걸어갔다.

얼마 후 모래 언덕에 올라가자,

「여기서라도 바다는 보여.」

그는 그렇게 말하고 나를 모래 위에 내려 놓았다.

두 사람은 모래 언덕에 앉아 캄캄해서 보이지 않는 바다를 바라보고 있었다.

「역 쪽으로 갔는가 싶어 먼저 역 쪽으로 뛰어 갔었지.」

생각난 듯이 그는 그렇게 말했다. 아무 일도 없었던 것처럼 나머지는 말하지 않았다. 어둔 바다가 모든 걸 삼켜 버려 준 것만 같았다. 바람만이 심하게 불고 있었다.

이튿날 나는 혼자서 기차를 타고 아사이까와로 돌아왔다. 그 날 아침 그는 눈물로 볼을 적시고 있었지만 아무런 말도 하지 않았다. 또 언젠가 만날 사람처럼 우리들은 손을 흔들며 헤어졌다.

11

아사이까와에 돌아오자, 마에카와 다다시가 기다리고 있었다. 니시나카 이찌로와의 사이가 끝났다는 걸 듣고서, 그는 자못 아쉬운 듯이 말했다.

「야단났군요. 그렇다면 아야짱을 소중히 해 줄 사람을 서둘러 찾아야만 하겠군요.」

그는 진심으로, 나를 위해 훌륭한 청년을 찾아내려 하고 있는 모양이었다. 그것은 나로서 볼 때 우스꽝스러운 일이기도 했다.

(무엇 때문에 이 사람은 이렇게도 남의 일에 열을 올리는 것일까……)

나로선 아직 그의 마음을 몰랐다.

「아야짱, 니시나카상이 있는 곳으로 갈 때 자살은 죄냐고 물었지요? 그것이 아무래도 마음에 걸려 꽤나 기도를 드렸었지요. 물론 무사히 돌아온다고는 생각했지만요.」

며칠인가 지나고서 그가 그런 말을 했을 때, 나는 그날 밤의 바다 일을 말하고 말았다. 그는 한 마디도 않고서 나를 비난하는 눈빛으로 응시하고 있었으나 이윽고 쓸쓸한 듯이 시선을 돌렸다. 훨씬 나중에야 안 일이지만, 그는 자기의 생명이 나머지 몇 년도 지탱하지 못함을 알고서 그런 생명을 나에게 기울이려 하고 있었던 것이다. 그러므로 내가 죽음을 이야기한다는 것은 그 자신이 말살되는 듯한 쓸쓸함을 느꼈던 셈이리라. 그러나 그때의 나는 상대편의 일따위를 생각하는 인간이 아니었다.

「야스히꼬상이 좀더 나이가 들었다면 좋을 텐데…….」

마에카와 다다시는 별안간 그런 말을 했다.

「어째서?」

「글쎄 그러면 머리도 좋고 아야짱의 기호에도 맞는 사람이니까 아야짱을 부탁할 수도 있지만……. 좀 나이가 어리겠지요?」

'간도 야스히꼬'는 나보다 일곱 살 아래인 의학부 학생이었다. 《하늘의 박꽃》을 읽은 그가,

「나하고 당신만큼이나 나이가 틀리네요.」

라고 말한 적이 있다. 그가 요양소에 들어왔을 때 예순이 넘은 청소 아줌마가,

「어제 들어온 학생은 아주 미남이에요.」

라고 할 만큼, 그는 숨막히는 듯한 아름다움을 갖고 있었다. 가운을 입고서 침대 위에 일어나 앉아 푸른 전기 스탠드 불빛에 비쳐져 있는 옆 얼굴은 「히까루·겐지」 [光源氏 : 일본의 고전 源氏物語의 주인공]의 이름이 생각날 만큼 신선한 미모였었다. 이야기를 하여도 많은 독서를 하고 있어 말벗으로선 즐거운 사람이었다. 나와 간도 야스히꼬는 소문이 날 정도로 친하기도 하여 마에카와 다다시가 그 이름을 말한 것은 우연은 아니었다.

「하지만 아야짱, 열 아홉이나 스물인 학생 무렵은 남을 사랑해도 좋지만, 남으로부터 사랑받으면 안 되는 시기이지요.」

그런 말도 했다.

「가와구찌 선생이라면 아야짱을 부탁하기에 가장 좋은 사람이지만.」

가와구찌 쓰도무(川口勉)는 나의 이전 동료이다. 그와 나는 특별히 친한 사이는 아니었다. 1년에 한번 연하장을 주고받을 뿐인 사람이었지만, 나는 이 사람의 꿈을 발병할 무렵부터 한 달에 한 번은 꾸었던 것이다. 더욱이 그것은 몇 년에 걸쳐 꿈 속에서 오다가다 만나 인사할 정도였는데 다음 번 꿈에선 조금 말을 나누고 또 다음 번 꿈에선 어깨를 나란히 산책한다는 식으로, 차츰 꿈 속에서 친해졌다. 처음엔 그런 꿈을 깨닫지 못했으나 너무나도 자주 그의 꿈을 꾸고 더욱이 앞의 꿈을 이어서 다음 꿈을 꾸므로, 나는 기이하게 생각했다.

가와구찌 쓰도무는 내가 결핵으로 쓰러졌을 때, 누구보다도 제일 먼저 병문안을 와 주었다. 하나 그 뒤로는 그의 어머니가

올 뿐 그 자신은 편지마저 주지 않았다. 그러므로 꿈은 몇 년
이나 계속되었던 것이다. 이것을 알고 있던 다다시는 가와구찌
선생의 말을 꺼낸 것이었다.

「싫어요. 가와구찌 선생은 나에 대해 아무런 관심도 없어
요.」

「하지만 요전의 그 사람 엽서에는 아야짱을 사랑하는 사람이
아니면 쓸 수 없는 구절이 분명히 있었어요.」

다다시는 그런 소릴하며 한 번 가와구찌 선생과 만나 이야기
를 하고 싶다고도 말했다. 나로선 시시하다고만 여겨지는 일이
었지만, 자기의 수명을 알고 있는 마에카와로선 예사로운 일이
아니었으리라. 그는

「진지하게 살려고 하지 않는 사람을 보는 것은 아주 쓸쓸한
일입니다. 그것이 설사 아야짱이 아니라도 쓸쓸하기는 마찬
가지 입니다.」

하고 엽서에 쓴 일도 있었다.

그러한 마에카와의 생각은 아랑곳도 하지 않고 나는 여전히
나태하게 살고 있었다. 죽으려 하다가 죽지도 못했던 자신을,
나는 스스로 비웃고 있었는 지도 모른다. 그가 찾아와도 멍청
히 마주할 뿐 말을 주고 받는 것도 귀찮게 여긴 적도 있었다.

(역시 그때 죽었어야만 했지 않을까?)

그런 것을 생각하는 내가 마에카와 다다시의 눈에 예사롭지
않게 비치지 않았을 리가 없다.

어느 날 그는 나를 '춘광대'(春光臺) 언덕으로 데리고 갔다.
싸리꼴이 많은 그 언덕은 싸리 동산이라고도 불린다. 6월도 끝
무렵, 가까운 푸르름은 눈에 스미도록 아름답고 두 사람 앞에
새끼 다람쥐가 쭈르르 굵은 꼬리를 보였다. 뻐꾸기도 멀리서
가까이서 울고 있는 그 동산은 전에 육군 훈련장이었다. 한 채

의 집도 없고 다만 눈길이 닿는 곳은 모두 솟아 있었다. 이곳은 '도쿠또미 노까'(德富蘆花)의 소설 《寄生木》의 주인공 '시노하라 료헤이'가 실연의 상처로 울면서 방황한 동산이기도 하다. 이 언덕엔 좀처럼 오는 사람도 없고 그날도 동산엔 사람 모습이 보이지 않았다. 아사이까와의 시가지가 6월의 햇볕아래 잠자고 있듯이 조용했다. 하나 그러한 아름다운 전망도 나로선 무의미하게 생각되었다. 언제까지라도 이 도시가 이렇듯 이곳에 남아 있으리라고는 생각되지 않았다. 아사이까와 뿐 아니라 세계의 어느 도시이든 사람이 모두 죽어 없어지는 날이 있을 것만 같은 느낌이 들었다. 어떤 소설에서 읽은 것처럼 사람 하나 살지 않는 지상에 달빛이 휘영청 밝고 시간의 흐름만이 소리를 내며 흘러가는 그런 황량한 지구의 모습을 눈 앞에 보는 것처럼 나는 환상하고 있었다.

결국은 허무한 일이 아닌가. 모든 게 죽어 없어지는 날이 올테니까. 그런 것을 생각하면서 언덕 아래의 시가지를 굽어보고 있었을 때,

「이곳에 오면 조금은 즐겁겠지요?」

라고 마에카와는 말했다.

「어디에 있던 나는 나예요.」

무뚝뚝하게 나는 대꾸했다.

「아야짱, 당신은 대체 살고 싶은 것입니까, 그렇지 않은 것입니까?」

그의 목소리가 조금 떨리고 있었다.

「그런 건 아무래도 좋지 않아요?」

사실 말이지, 나에게 있어 이미 산다는 것은 아무래도 좋았다. 오히려 언제 죽느냐가 문제였다. 국민학교 교사 무렵 내 생명도 필요 없다는 식의 필사적인 삶과는 전혀 다른「목숨이

필요 없는」삶 방식이었다.

「어느 쪽이든 좋지가 않습니다. 아야짱 제발 부탁이니 좀더
진지하게 살아 주세요.」

마에카와는 애원했다.

「다다시상, 또 설교예요. 진지하다는 건 대체 어떠한 것이
죠? 무엇 때문에 진지하게 살아야만 하지요? 전쟁 중 나는
바보처럼 열심히 살았지요. 열심히 살은 그 결과가 무엇이었
죠? 만일 열심히 살지 않았다면 나는 좀더 마음 편히 패전
을 맞을 수가 있었을 거예요. 학생들에게 미안하다고 생각지
않아도 좋았을 거예요. 다다시상, 진지하게 산 나는 다만 마
음의 상처를 입었을 뿐이잖아요!」

나의 말에 그는 잠시 아무런 말이 없었다. 뻐꾸기가 명랑하
게 울고 하늘은 맑기만 했다. 잠자코 마주 보는 두 사람의 앞
을 개미가 무심히 움직이고 있었다.

(이 개미들에겐 목적이 있다.)

나는 문득 쓸쓸해졌다.

「아야짱의 말을 잘 알고 있다고 생각해요. 그러나 그렇다고
해서 아야짱의 지금 생활 자세가 옳다고 나로선 생각되지 않
아요. 지금의 아야짱 삶 방식은 너무나도 비참하지요. 자기
를 좀더 소중히 하는 삶 방식을 찾아내지 않는다면……」

그는 거기까지 말하고 목소리가 끊겼다. 그는 울고 있었던
것이다. 구슬같은 눈물이 뚝뚝 그의 눈에서 굴러 떨어졌다. 나
는 그것을 비웃는 눈으로 바라보며 담배에 불을 붙였다.

「아야짱! 안돼. 당신은 그대로라면 또 죽고 말아!」

그는 외치듯이 말했다. 깊은 한숨이 그의 입에서 새어 나왔
다. 그리고 무엇을 생각했는지 그는 곁에 있는 돌을 주워 올리
자 돌연 자기의 발을 계속해서 내려쳤다.

나도 어지간히 놀라 그것을 말리려고 했더니 그는 나의 그런 손을 꽉 움켜잡으며 말했다.

「아야짱, 나는 지금까지 아야짱이 원기 있게 살아가도록 얼마나 간절히 기도했는지 모릅니다. 아야짱이 살기 위해서라면 내 목숨도 필요 없다고 생각했을 정도였습니다. 그렇지만 신앙이 얕은 나로선 당신을 구할 힘이 없음을 절감했던 겁니다. 그러니까 못난 자기를 벌하기 위해 이렇게 자기를 짓이겨 주는 거지요.」

나는 말도 잃고 멍하니 그를 응시했다.

어느 틈엔가 나도 울고 있었다. 오랫만에 흘리는 인간다운 눈물이었다.

(속았다 생각하고서 나는 이 사람의 사는 방향으로 따라 가 볼까.)

나는 그때 나에 대한 그의 사랑이 온몸을 꿰뚫는 것을 느꼈다. 그리고 그 사랑이 한낱 남자와 여자의 사랑이 아님을 느꼈다. 그가 찾고 있는 것은 내가 굳세게 사는 것으로서 내가 그의 것이 되는 것은 아니었다.

자기를 꾸짖고 자기의 몸에 돌을 쳐대는 모습 뒤에, 나는 일찍이 몰랐던 빛을 본 것만 같았다. 그의 배후에 있는 불가사의한 빛이 무엇일까 하고 나는 생각했다. 그것이 어쩌면 기독교가 아닐까 생각하면서 나는 여자로서가 아닌 인간으로서 인격으로서 사랑해 준 이 사람이 믿는 그리스도를 나는 나대로 찾아 나서리라 생각했다.

(전쟁 중에 너는 잘못 믿었던 게 아닌가. 그렇건만 다시 또 무엇인가를 믿으려 하는 것인가)

결국 인간은 죽어가는 허무한 존재이건만 다시금 무언가를 믿으려는 것은 어리석다.고도 생각되었다. 그러나 나는 설사 어리석어도 좋다고 생각했다.

동산 위에서 자기가 자기 몸을 치던 마에카와 다다시의 나에 대한 사랑만은 믿어야만 한다고 생각했다. 만일 믿을 수가 없다면, 그것은 나라는 인간이 진짜 끝장인 것 같은 느낌이 들었던 것이다.

12

나에 대한 마에카와 다다시의 진실을 본 그 동산의 날로부터 나는 술도 담배도 끊었다. 수많은 이성 벗과의 허무한 교제도 그만 두었다. 단 한 사람, 「히까루 겐지」 같은 미소년인 간도 야스히꼬만은 그대로 교제를 계속하고 있었다. 마에카와가 야스히꼬의 섬세한 성격을 알고 있어 그를 상처 주어선 안 된다고 말했기 때문이었다.

마에카와는 어디까지나 나를 하나의 인간으로서, 진지하게 살아가는 동료로서 취급해 주었다. 그와 단 둘이서 영화를 보아도, 이시까리(石狩) 강의 둑길을 걸어도 결코 달콤하고 은밀한 분위기는 없었다.

「요즘 어떤 책을 읽고 있습니까?」

라든가

「지금 본 영화의 비평을 들려 주세요.」

라든가 하는 이를테면 교사가 학생에게 질문하는 것과도 같은 그런 분위기였다. 그 자신 두 사람의 관계를 「선생과 학생」이라고 불렀다.

　그 무렵 그는 나에게 영어와 '단까'[短歌 : 일종의 정형시]의 공부를 권하고 성서를 읽는 것도 권했다. 우리들의 교제 자세는 다음의 엽서로서도 이해되리라고 생각한다.

　내주부터 화·금요일 오전 중 영어를 함께 공부할 약속을 했습니다만(주·교수는 아니니까 무료 봉사이죠) 그 전에 일단은 부모님의 승낙을 받아 주셨으면 합니다. 내가 직접 허락을 얻을까도 싶었지만 일단 아야짱부터 양해를 받도록 하세요. 아무튼 젊으니까 아야짱의 결혼 문제가 생겼을 때에 말썽이 생기지 않도록. 방해가 되든가 해서는 오히려 본의가 아니므로 신중거사(愼重擧事)의 특색을 발휘하여, 위와 같이. 〈1949년 8월 30일〉

　이 엽서로서도 알 수 있듯이 그는 결코 부모 몰래 수군수군하며 교제하는 방식을 택하지 않았다. 영화를 볼 때도 나의 집까지 마중하러 오고 돌아올 때도 반드시 배웅해 주었다. 꽤나 친해지고 나서도 악수조차 나누지 않고 그는 정중히 고개 숙이며,

　「얌전히 하고 계셔요.」

　「너무 응석을 부려선 안 됩니다.」

등등 한마디 선생다운 말을 덧붙이고 헤어지는 게 보통이었다. 그런데도 대여섯 걸음 가고나서 한 손을 뻗치고 자못 악수라도 하듯이 손을 흔드는 일은 있었지만, 우리들은 그것을 '공중 악수'라며 이름짓고 있었다. 지금의 젊은 사람들이 본다면 배를 잡고 웃을 모습이었으리라.

　나는 또 마에카와 다다시와 교제를 계속하면서 결코 그 자신

을 원하고 있지는 않았다. 나의 마음은 단지 창세기의 첫째 날
마냥 혼돈하여 무엇하나 뚜렷한 게 없었다. 있었던 것은 어쨌
든 무언가를 구하고자 하는, 그러나 무엇을 구해야 좋을지 모
르는 불안한 영혼이었다. 그 무렵 내 모습을 다음의 마에카와
에게 보낸 편지로서 보아 주기 바란다.

무엇이 나를 우울하게 만드는가. 대체 나란 누구인가. 어떤
인간이 되고자 노력하고, 어떤 인간인가 하는 것을 발견하려는
일은 너무나도 어리석은 것일까?

다다시상, 나는 이와같은 기묘한 멜랑콜리에 사로잡히면 무
엇인가 쓰지 않고선 못배겨요.

그것은 두통을 앓으며 펜을 잡는 일과 마찬가지로 실례되는
일이라고 당신은 말씀하실 지도 모르죠.

정신적으로나 육체적으로 지쳤을 때 고함을 지르고 싶어하
는 엉뚱한 성질을 타고 났기 때문인 지도 모르고요. 다다시상
으로선 이런 내가 이해될까요?

갱 시인 Gang Poet

망나니 시인

읽고서 버리고 싶어지는 소설입니다.

나의 가슴 속에 숨은 어떤 신경이 때때로 콕콕 찌르는 아픔
을 느낀답니다. 읽으면서 그것을 느끼는 거지요. 「싫지는 않은
소설」이라고 한 것은 「좋아한다고도 할 수 없는 소설」이었으니
까요. 이하 생각나는 대로 무질서하게 늘어 놓아 보겠어요.

무질서, 그것은 내 자신인 것 같기도 해요.

취해 있다. 작자도 소설 속의 인물도 끌어안은 채 취하고 있
다. 모두들 엉망으로 취해 있다. 술 취해 있는 소설…… 그런
데 취해 있지 않은 소설이란 게 있는 것일까…… 어쨌든 취하

게 하는 것, 그것은 대채 무엇인가. '산토리'(일본산 위스키)를 마셨든가 메틸 알코올을 마셨든가, 아냐 마시기 전에 취하고 있는 인간.

이성의 관심도 하나의 취태(醉態)라면 고집을 내세우고 흰소리를 치는 태도도 훌륭한 주정뱅이 상태. 목사도 강도도 학생도 암상인도 관료도 무언가에 취하고 있는 이 세상.

만일에 맨정신이었다면 아마도 부끄러워(타인에 대해서가 아니라) 괴로워, 누구건 모두 살아 있을 수가 없을 터이다. 그것이 참모습이 아닐까.

이것도 주정뱅이의 헛소리에 지나지 않을 지도 모른다.

사실은 소설보다도 기(奇)하다고, 우연이란 말이 갖는 무서움, 필연이란 무엇일까 어찌 하거나 우연이란? 필연이란? ?. 만난 일, 헤어진 일, 죽은 일, 죽임을 당한 일, 사랑하는 일, 사랑을 받는 일, 미워하는 것, 미움받는 것, 그럴 듯한 인과에 얽힌 소설의 스토리. 그러나 그것은 인간의 손이 가해져서 드러나는 인과와 비슷한 것. 현실의 그것은, 몸서리칠 만큼 잔인하다. 변전(變轉), 추이(推移), 무언가 실을 잡아당기는 자가 있는 듯한 으스스한 느낌. 우리들은 강요되고 있는 걸까? 자연의 추이란 무엇일까? 우연? 필연? 내가 홋다 아야꼬(窟田綾子)였다는 일. 얼마나 기분나쁜 일일까? 인간이 태어나는 그 일 자체 우연이란 말인가? 어쨌든 너무도 무섭다.

공포를 가져다 주는 것, 불안. 그 불안은 무슨 까닭에 생기는 것일까? 영원을 바라는 유한의 몸인 까닭일까? 시간, 때의 흐름, 그것은 우리들 머리 속에만 있고 때 그 자체는 실재하고 있지 않으련만. 그러나 불안은 「시간」만이 가져다 주는 것은 아닌 듯 싶다.

「참된 모습」을 포착할 수 없다는 것. 「자기」를 모른다. 「다른 누군가」도 모른다. 물구나무를 선 채로 걸어다니는 것도 모르는 듯 싶은 자기. 결국 아무 것도 모르는 나. 그 불안.

인간의 약함·가난함만이 절실히 느껴진다.

인간의 약함——그 추악함 조차도 아름답고 덧없게 느낄 만큼의 약함.

인간의 가난함——영웅, 학자, 성인, 부자, 그들까지가 가엾고 우스꽝스럽게 생각될 만큼의 가난함.

인간 세상의 쓸쓸함이란 이 소설에 흐르고 있는 것과 같은 것일까? 그러나 내가 갖는 쓸쓸함과는 다르다. 옥타브가 높은지 낮은 지, 그와 같은 차이를 느낀다. 쓸쓸함이란 무엇부터 오는 것일까. 얼마 만큼의 종류가 있는 걸까. 어쨌든 쓸쓸한 일만은 확실한 것 같다.

살고 있는 희한함을 발견했다는 건 거짓말이다. 살고 싶다는 강렬한 소원을 인간이 가질 수 있다는 건가.

왜 그런 거짓말을 하는가. 거짓말이 아니고 그러한 모습을 긍정하고 싶다는 것인가. 어쨌든 나로선 모르겠다.

센티멘털한 히로인인 체하는 허세라고 누가 비웃을 수 있겠는가. 사회의 죄? 그런 안이한 게 아니다. 사회의 죄 이전의 것이 이렇게도 인간을 슬프게 해 주고 있는 것이다. 극한 상황에서 살아보며, 틀림없이 죽고 싶어지거나 아무 것도 노력할 것을 찾아내지 못하도록 운명지어져 있는 게 인간인 것이다.

사물의 안도 바깥도 나의 이 눈으로서 무엇이 포착될까? 잠꼬대이다. 취해 있는 인간의 폭언이다. 취안(醉眼)이다. 무엇 하나 확실한 것이란 있지도 않다. 무엇이고 ？ ？의 연속. 그러나 갖고 싶은 것이다. 무언지가. 안심할 수 있는 무언지가. 불티가 흩어지는 한 순간 한 순간이면서 영원인 것. 많은 인간은 너무나도 불타고 싶어하지 않는다. 겁내고 있다. 푸석푸

석하니 연기만 내고 있을 뿐이다. 그래서 그런 연기가 눈에 들어가 아프든가 코나 입으로부터 들어가 재채기를 하든가 하는 우리들. 완전 연소 속에서야말로 영원한 것이 있는 게 아닐까. 이것도 또한 주정뱅이의 헛소리.

나는 대체 무엇을 썼을까? 이 소설 속에서 가슴에 스몄던 것은 부랑아와 미치광이 여자의 이상한 청결감이다. 이 속에도 무언가의 열쇠가 감추어져 있다. 어스름 속에 있으면서 희미하게 떠오르는 부랑아와 미치광이 여자, 원컨데 나도 또한 미치고 싶다. 나와 같은 인간에게는 이런 책읽기 밖에 하지 못한다. 아마 참된 예지라는 게 있는 사람(있을 지 어떨 지를 의심하지만)으로선 고뇌하는 일 없이 깨달을 수 있을 테지만. 결국은 고뇌할 가치 없는 것을 고뇌하는 어리석음을 언제까지 반복한다는 것일까?

다다시상, 나는 왜 이렇게 태어났을까요? 그러면서 찾고 있는 거예요. 무엇인지도 모르고 불안이 없는 세계를 동경하고 있는 거지요. 웬만큼 하고서 타협은 하고 싶지 않다는 어린 오기가 나에겐 평생 따라붙고 떨어지지 않을 것만 같은 느낌이 듭니다.

나는 어렸을 적부터 남달리 꿈을 가져 왔습니다. 그리고 지금도. 꿈에 도피한 것이 아니고, 그것도 또한 태생이었을까요? 더욱이 그런 꿈은 모두 망가지고 말았던 거예요. 꿈이 하나 망가지면 또 하나 꿈을 꾸면서.

지금의 나로선 단 한가지, 영원히 평안할 세계를 구하는 일 밖에 없게 되었습니다. 그러나 너무나도 「?」가 많습니다. 「늘 취하라」고 시인은 말했습니다. 그러나 무엇에 취하라고는 말하지 않았습니다. 나는 구하는 것에 취하고 자학(自虐)으로 취해 있는 걸까요?

갱 포에트, 좋은 소설이었습니다. 그러므로 읽고 버리고 싶었던 것입니다. 소설 자체가 갖는 취함에 작자의 슬픔이 스며나오고 있다고 나는 생각했습니다.

문득 몸이 떨어져 가는 듯한 허무감에 엄습되면서 때때로 무언가에 구출되고 최후에는 무언가의 갈림길에 세워져서.

책을 읽을 적마다 나는 나의 어리석음을 읽는 듯한 느낌이 듭니다. 작가의 의도를 알아내지 못하고 다만 자기의 속에 가라앉아 버립니다. 어리석다는 한마디로 족합니다. 언제나 돌아오는 것은 이곳이고 보면, 아아 나는 대체 무엇을 하고 있는 것일까요.

「산다」는 것은 과연 무엇일까요. 「무엇을」 「사는」 것일까요.

금요일은 내일이네요. 방금 교회의 안내서를 받았습니다.

다다시상, 인간은 쓸쓸하지 않게 될 수 있는 것일까요? 바람이 불고 있습니다.

혼돈된 상태이기는 하여도 그 마음 속에서 어쨌든 무언가를 구하기 시작하고 있었다는 것은, 나에게는 큰 사실이라고 할 수 있으리라. 패전 이래 믿는 것을 잃은 내가, 그래서 이 세상의 모든 것에 허무를 느끼고 있던 내가 지금 여기서 무언가를 하기 시작했던 것이다. 그것은 저 어둔 밤 바닷가에서 자기의 생명을 끊으려고 했던 일이 하나의 큰 종점이고 또한 시발점이 되었을 게 틀림없다.

나는 자기가 죽고 싶었는데도 불구하고 그 죽는 일에도 진솔하지 못했던 자기의 모습을 생각해 보았다. 죽음이란 자기에게 있어 가장 중대한 일이었을 터이다. 그런 중대한 죽음을 앞두고 나는 그날 밤 '모듬 초밥'이 맛 있던 것을 기억한다.

(인간은 죽을 각오가 생기면 의외로 냉정한 법이다)

그때 나는 그렇게 생각했었다. 하나 나중에 이르러 생각한 것은 자기의 죽음에 대해서조차 진지하지도 않고 열심도 아니었다는 것이다.

(자기의 죽음에 대해서조차 진지해 질 수 없는 자가 어찌 매일의 생활에 진지할 수 있으랴)

나는 그날 밤까지 자기 자신이 허무적이었다고는 하나, 그것은 그런대로 인생에 대해 역시 진지한 거라고 생각했다. 진지하기에 절망적으로 될 수가 있는 거라고 생각했다. 하나 그것은 자기의 잘못임을 깨달았던 것이다. 깨닫게 해 준 것은 저 동산에서의 마에카와 다다시의 모습이었다.

「아야짱, 안돼! 당신은 그대로라면 또 죽고 만다!」

고 외치고,

「아야짱, 나는 지금까지 아야짱이 원기 있게 살아 가 주기를 얼마나 격렬히 기도했는지 모릅니다. 아야짱이 살기 위해서라면 내 자신의 목숨도 필요없다고 생각했을 정도였지요. 그렇지만 신앙이 얕은 나는 당신을 구할 힘이 없음을 통감했던 겁니다.」

하며 스스로의 발을 돌로 처댄 그의 모습을 생각했을 때, 진실이란 그와 같은 모습을 말하는 거라고 나는 깨달았던 것이다. 아니 진실이란 남을 위해 살 때에만 사용되는 말이 아니면 안 된다고 생각했던 것이다.

그렇게 생각하자 나는 나의 삶 방식이 어딘가 중심을 벗어난 삶이라고 생각하게 되었다. 그러나 그 중심이 무엇인지를 모른다. 그래서 나는 그것이 무엇인지 구하기 시작했던 것이다.

13

그렇지만 마에카와 다다시와의 교제에 대해 주위의 눈길이 반드시 따뜻하지 만은 않았다.

「니시나카 이찌로상 같은 좋은 사람은 없는데 그 사람과 헤어지면 두 번 다시는 좋은 일이 없어요.」

라고 가까운 사람들에게 노골적으로 말을 듣기도 했다. 건강하고 시원스런 성격의 니시나카를 볼 때, 마에카와는 요양 중인 학생에 지나지 않았다. 경제력으로 볼 때 이 두 사람은 어린이와 어른 만큼의 차이가 있었다.

거기에다 나의 쪽보다도 마에카와의 주위에서 나를 전염병처럼 꺼리고 싫어하는 사람들이 많았다. 나하고는 직접 말을 나눈 적도 없는 사람들이 꽤나 나의 욕을 했던 것이다. 그의 어떤 선배는,

「그 사람을 데리고 놀러 오려면 두 번 다시 내집에 오지 말게. 아이들의 교육상 나쁘니까.」

라고 말했다. 그 선배의 아내는 마에카와가 소년일 무렵부터,

「다다시상의 색시는 내가 찾아 주겠어요.」

라고 말했다니 더욱 감정이 나빴을 지도 모른다. 하나 나를 나쁘게 말한 것은 단지 그 사람만이 아니고, 슬픈 일이지만 그가 소속해 있는 교회의 사람들 또한 마찬가지였다. 그의 어머니는 교회에서 들은 말을 그에게 알렸다.

그것은 그들로서 말하자면 당연한 일이었을 지도 모른다. 나

에게 남자 친구가 많았던 일은 사실이었으므로 세상에서도 몹
쓸 여자로 보였을 지도 모른다.

「난처하군요. 나는 아야짱을 교회의 그룹 안에서 함께 사귀
  어 나가고 싶었던 것인데…….」

선배에겐 방문이 거절되고 교회의 어떤 사람에게는 방탕한
아들이라고까지 말들었다면, 그도 입장이 곤란했으리라.

「사실은, 이와같은 두 사람만의 교제로 하고 싶지는 않았던
  것이지요. 모두가 지켜 보는 가운데 정정 당당히 교제하고
  싶었는데.」

자기의 의도에 어긋난 상태가 되었음을 그는 한탄한 적이 있
다. 그러나 그는 단호히 나와의 교제를 계속해 나갔다. 나도
또한 주위의 눈을 두려워하는 일 없이 건강이 허락하는 한 교
회에 나가도록 힘썼다.

「나는 아야짱 앞에서 두 팔을 벌리고 감싸 주는 청년 검사
  (劍士)와도 같은 느낌이 듭니다.」
라고 그 무렵의 그의 편지에는 씌어져 있다.

어쨌든 나에게 있어 그와 같은 일은 그다지 충격받을 일은
아니었다. 나는 인간이란 것을 결코 높이 평가하고는 있지 않
았기 때문이다. 엄밀히 말하면, 이 세상에서 참으로 신뢰할 수
있는 인간은 없다고 생각했다. 그러기에 나는 이 세상의 모든
것에 허무함을 느꼈고 아무런 의미도 찾아내지 못한 채 죽으려
고까지 했던 것이었다.

특별히 기독교를 믿는 사람만이 훌륭하다고는 생각지 않았
다. 불교 신자이든 천주교 신자이든 신앙을 갖고 있다 해서 반
드시 그 인간이 훌륭하다고는 할 수 없다. 단순히 훌륭하다고
할 인간이라면 그것은 오히려 신자 아닌 사람에게 많이 있을
지도 모른다.

나의 동료였던 '사토 도시아끼'라는 선생은 아무런 신자도 아니었지만 참으로 훌륭했다. 지금도 삿포로 '마꼬마나이'의 양호 학교에 근무하고 있지만, 이 선생은 나의 학급 주임이었다. 1년 반 동안 책상을 나란히 했지만, 한번도 남의 욕을 하든가 감정이 격하여 성낸 일이 없다. 언제나 겸손하고 친절했다. 동료 중에 심술궂은 사람이 있어 때때로 선생을 넘보았다. 얼굴을 맞대고서 얕잡아보는 것인데 선생은 언제나 환한 웃음으로 조용히 그런 말을 들었다.

(무언가 대꾸를 해 주면 좋을 텐데)

라고 생각이 들면서도 젊은 우리들에게 그것은 오히려 멋지게 보였다. 약한 자가 상대방이 천하 호걸인 줄 모르고서 시비를 걸고 있다는 느낌이고, 그 두 사람의 차이가 너무나도 뚜렷했었다. 그때 선생은 30살이 갓된 청년이었다.

하나 이런 훌륭한 선생과 함께 있었다 하여도 나는 내 불안이 근본적으로 해결되지는 않았을 거라고 생각한다. 내가 구하고 있었던 것은 막연하기는 했지만 역시 신이라고 부를 만한 것이었다. 그러므로 교회 내의 일부 사람이 나를 거부하고 나쁘게 말하더라도 나의 구도(求道)에 별반 지장은 없었다. 아니 오히려 내자신과 그리 틀리지 않는 약하고 어리석은 사람들도 교회에 있다는 일로서, 나는 마음에 은근히 안심도 하고 있었던 것이다.

(저런 사람들을 신자로써 받아들이는 신이라면 나같은 인간도 어쩌면 받아들여 줄 게 아닌가.)

그런 오만한 것도 생각하며 나는 내 나름대로 성서를 열심히 읽기 시작하고 있었다.

흔히 교회라는 곳은 이 세상의 가장 깨끗한 사람들이 모여 있는 곳이라 착각하고 교회에 오는 사람도 있지만, 교회는 결코 아름다운 사람의 모임은 아니다. 교회는 신 앞에서도 남 앞에서도 고개를 들 수 없는 죄인이라고 스스로 생각하는 사람들이 모여 있는 곳인 것이다. 그러니까 사람에게 무언가를 구하는 게 아니고 하나님에게 구하지 않는다면, 사람들은 절망할지도 모른다. 그점 나는 우선 누구보다도 스스로를 절망하고 있었으므로 그뒤 지금에 이르기까지 다른 사람의 일로서 교회를 떠나고 싶다고 생각지 않았다. 이는 최초, 나의 욕을 한 몇 명이 교회에 있었던 덕분이다.

14

교회에 다니기 시작했다 하여도 크리스찬 그 자체에 품고 있었던 얼마 쯤 모멸적인 감정을 나는 완전히 버리지 못했다. 왜냐하면 믿는다는 것이 그 무렵의 나에게는 호인(好人)의 행위로 생각되었기 때문이다.

(전쟁 중에 우리들 일본인은 천황을 신이라 믿고, 신이 다스리는 이 나라는 패하지 않으리라 믿고서 싸웠을 게 아닌가. 믿는 일의 무서움은 뼈속까지 새겨졌을 게 아닌가)

그런 전쟁이 끝나고 기독교가 성행하였다. 전쟁 중엔 교회에 모이는 신자도 드물었는데 패전이 되어 기독교 교회에 사람이 넘친 일에, 나는 천박한 것을 느끼고 있었다.

(전쟁이 끝나고서 얼마 지나지 않았는데 그렇게도 간단히 다시 무언가를 믿을 수가 있는 것일까?)

아무래도 무절제로 여겨지기만 했다.

　그렇게 생각하고 교회에 갔는데 나는 크리스찬이 올리는 기도에도 의문을 가졌다. 기도회에서 차례로 기도하는 신자의 기도를 나는 들었다. 모두가 양손을 맞잡고 경건하게 머리를 숙이고 있건만 나는 크게 눈을 뜨고서 한 사람 한 사람의 얼굴을 말끄러미 쳐다보았다.

　「하늘에 계신 하나님 아버지, 이런 조용한 저녁에 함께 기도할 수 있음을 감사합니다. 부디 주님의 인도에 의해 나아갈 수 있도록 간절히 빕니다……」

등등 기도하는 얼굴을 바라보면서 나는 생각했다.

　(이 사람들은 정말로 신 앞에서 기도하고 있는 것일까. 내가 만일 신을 믿고 있다면 신 앞에 있다는 것만으로도 기도의 말 따위는 나오지 않을 것만 같은 느낌이 든다. 정말로 신이 이 세상을 만들고 이 세상을 지배하고 있을 만큼의 위대한 존재라면, 어떻게 그런 외경스런 신 앞에 나가 나불나불 입이 움직여질까. 나무 토막처럼 굳어져 부들부들 떠는 게 진짜가 아닐까. 이 사람들은 신 앞에서 기도하는 게 아니고 사람에게 들려 주기 위해 기도의 말을 늘어놓고 있을 뿐이 아닐까.)

　그런 생각이 연신 들었다. 아무래도 거짓된 모습으로 보이기만 했던 것이다. 내가 신자가 되면 진실된 기도를 할 수 있는, 참다운 신자가 되리라는 둥 나는 그런 생각을 가졌던 것이다. 그리하여 나는 그런 생각을 마에카와에게 숨기지 않고 말했다. 그는

　「아야짱은 엄격하군.」

　그리 말할 뿐 그 이상 아무 말도 하지 않았다.

　「크리스찬이란 얼마나 호인일까? 믿지도 않은 사람끼리 신은 있다 신은 있다 하면서 상호간에 안심하고 있는 걸요

뭐.」

어느 때는 그런 말도 하였다. 마에카와는 그런 나에게 성서를 펼치고 「전도서」를 읽으라고 전했다.

무심코 읽기 시작한 이 전도서에 나는 깜짝 놀랐다.

〈전도자가 가로되 헛되고 헛되며 헛되고 헛되니 모든 것이 헛되도다. 사람이 해 아래서 수고하는 모든 수고가 자기에게 무엇이 유익한고. 한 세대는 가고 한 세대는 오되 땅은 영원히 있도다.〉

그곳까지의 불과 몇 줄을 읽었을 뿐인데 나의 마음은 이 전도서에 곧 이끌리고 말았다.

〈모든 강물은 다 바다로 흐르되 바다를 채우지 못하며…… 눈은 보아도 족함이 없고 귀는 들어도 차지 아니하는도다. 이미 있던 것이 후에 다시 있겠고 이미 한 일을 후에 다시 할지라. 해 아래는 새 것이 없나니, 무엇을 가리켜 이르기를 보라 이것이 새 것이라 할 것이 있으랴. 우리 오래 전 세대에도 이미 있었느니라.

　이전 세대를 기억함이 없으니 장래 세대도 그 후 세대가 기억함이 없으리라〉

나는 여기까지 읽고 그만 한숨이 나왔다.

나는 꽤나 자기가 허무적인 인간이라 생각하고 있었다. 무엇이고 모두 죽어 없어지면 끝장난다고 생각했다. 하나 이 전도서처럼,

〈해 아래 새 것이 없다.〉

고 까지는 생각한 일이 없었다. 매일이 결국은 반복이다 생각하면서도. 그러나 역시 나는 이 세상에 새로운 것이 있다고 생각했었다. 이렇게까지 모든 것을 낡은 것으로써 볼 만큼의 날카로운 눈을 나는 갖고 있지 않았다.

〈나는 내 마음에 이르기를 자, 내가 시험적으로 너를 즐겁게 하리니 너는 낙을 누리라 하였으나 본즉 이것도 헛되도다.

나의 사업을 크게 하였노라. 내가 나를 위하여 집들을 지으며 포도원을 심으며, 여러 동산과 과수원을 만들고 그 가운데 각종 과일나무를 심었으며, 수목을 기르는 곳에 물 주기 위하여 못을 팠으며, 노비를 사기도 하였고 집에서 나게도 하였으며…… 금은과…… 노래하는 남녀와…… 처와 첩들을 많이 두었노라.

그렇지만 그 후에 본즉 내 손으로 한 모든 일과 수고한 모든 수고가 다 헛되이 바람을 잡으려는 것이며 해 아래서 무익한 것이로다.〉

계속해서 자기는 지혜가 있는 줄 생각하고 있지만, 어리석은 인간이 만나는 일에 자기 또한 만나는 것이라면, 지혜 따위 있다고는 할 수 없다. 지혜가 있는 사람도 우매한 자도 함께 세상에서 기억되는 일은 없다. 다음 세상에선 모두 망각된다. 모두 똑같이 죽어 버리는 것이다. 지혜 따위 있어도 결국 헛되고 헛된 것이 아닌가, 하고 씌어져 있다.

12장에 이르는 이 전도서는 이런 식으로 무엇이고 모두 헛되고 헛된 것이라고 기록된다. 나는 적지아니 기독교라는 것을 다시 보게 되었다. 그리하여 또한 「호인」이라고만 보던 크리스찬을 다시 보았던 것이다.

이 지상에 있는 전체를 모두 헛된 것이라고 철저히 쓰고 있는 것이 확실히 그리스도교답지 않은 것으로 생각되었다. 대관절 무엇 때문에 이런 것을 성서에 포함시킨 것일까 하며 나는 이상하게 생각했다. 성서라는 것은 그때까지 두세 달 읽은 지식으로서,

「서로가 사랑하라.」든가

「누구든지 네 오른편 뺨을 치거든 왼편도 돌려대라.」
하는 교훈으로 일관된 것으로만 알고 있었다. 그러므로 전도서
의 이런 허무적인 사물에 대한 견해는 나에게 기독교 전체를
다시 보게 만들었다. 여기까지 읽고 다시 나는 석가의 이야기
를 떠올렸다. 석가는 2천 5백 년 전 인도의 왕자로 태어났다.
건강하고 높은 지위와 부로서 아무런 부자유가 없었으며 아름
다운 야수다라 비와 귀여운 아기를 갖고 있었다. 말하자면 이
세상에서 바랄 수 있는 한의 행복을 한몸에 모으고 있었던 셈
이다. 그러나 그는 노인을 보고서 인간의 쇠망하는 모습을 생
각하고 장례 행렬을 보고서 인간 목숨이 유한함을 생각했다.
그리하여 어느 날 밤 몰래 왕궁도, 왕자의 지위도, 아름다운
아내와 자식도 버리고서 혼자 산속으로 들어가고 말았다.

그러니까 석가는 지금까지 자기가 행복하다고 생각한 것에
헛된 것만 감지하고 말았던 것이리라. 전도서나 석가나 애당초
그 시초에는 허무가 있었다는 것에서 나는 종교라는 것이 갖는
공통하는 하나의 모습을 보았다.

내 자신 패전 이래 완전히 허무적이 되어 있었으므로 이 발
견은 나에게 하나의 전기를 가져왔다.

허무는 이 세상의 모든 것을 부정하는 덧없는 사고방식이고
마침내는 자기 자신마저도 부정하는 것이 되는 셈인데, 거기까
지 쫓기게 되었을 때 무엇인가 열린다 하는 것을 나는 전도서
에서 느꼈다.

이 전도서의 끝에 나오는,

〈너는 청년의 때 곧 곤고한 날이 이르기 전, 아무 낙이 없다
고 할 해가 가깝기 전에 너의 창조주를 기억하라.〉

의 한마디는, 그런 까닭에 몹시 나의 마음을 울려 주었다. 그
이후 나의 구도 생활은 차츰 진지해졌다.

15

그렇다고 겉으로 보아 특별히 달라진 셈은 아니다.

「밤 중에 돌아와 옷도 갈아입지 않고 자는 나를 요즘엔 부모
도 나무라지 않는다.」

이것은 아라라기(단가 잡지 이름)에 첫 투고한 나의 노래로서
'쓰찌야 분메이' 선(選)의 첫 입선 작품이기도 하다.

「식은 각파[脚婆 : 잠자리를 따뜻하게 하기 위하여 더운 물을 채워 자
리 밑에 넣어두는 사기나 쇠로 만든 그릇]를 품고서 잠이 깨어 있는
이 순간을 살아있다 하는가? 요부라는 내 뜬소문을 빙그레
웃으면서 듣고 있었노라 긍정도 않고서!」

이런 노래가 몇 개 생겼다. 어쨌든 허무적인 인간이 노래를
짓는다는 것은 커다란 변화일 것이다. 왜냐하면 그것은 무로부
터 유를 만들어내는 것이므로. 얼핏 보아 기쁨이 없는 노래인
것 같으면서 나의 마음 밑바닥에서 창조하는 힘이 솟아난 것이
다. 그것은 역시 성서를 읽기 시작한 것과 무관하지는 않았다.

마에카와 다다시와 나는 여전히 자주 만나며 책이나 영화 이
야기 등을 했다. 교회에도 함께 갔다. 앞에서도 썼지만, 그는
교회 사람이 한 나에 대한 욕을 숨기지 않고 그대로 전했다.
보통이라면 교회 사람들을 선인처럼 말하고 교회를 자못 즐거
운 곳처럼 말하는 법이다. 비록 나의 힘을 잡는 사람이 있어도
그것을 전하지 않는 게 구도자에 대한 배려라는 것이었으리라.

하지만 그는 있는 그대로인 교회의 모습을 나에게 전했다.

그것은 나라고 하는 인간의 성미를 잘 파악하고서 한 배려였으리라. 아니, 그 이상으로 나를 처음부터 엄격히 훈련시키고자 단단히 마음 먹고 있었을 게 틀림없다. 마치 사자가 자기 새끼를 천길 벼랑 밑으로 떨어뜨려 훈련하듯이 그는 나를 응석꾼으로 만들지는 않았다.

그러나 그런 그의 마음 속에 있는 것을 나는 몰랐다. 그는 늘 자기의 남은 목숨의 짧음을 생각하고 있었던 것이다. 언젠가 둘이서 밤길을 걸으면서 이런 이야기를 했다. 가을도 깊어진 9월 말쯤이었을까.

「5년이 지나면 두 사람은 무엇을 하고 있을까? 나는 점점 병이 악화되어 죽어 버릴까?」

「아야짱, 아야짱은 아직도 젊어요. 죽는다는 말을 그리 간단히 말하면 안 되지요.」

「그래요 하지만 5년 뒤에도 역시 이렇듯 다다시상과 둘이서 이 길을 왔다갔다 하며 5년 후엔 무엇을 하고 있을까 하고 이야기할 수 있을까요?」

나는 그렇게 말하며 웃었다. 그러자 그는 잠자코 나의 얼굴을 보고 있었는데,

「아야짱은 언제까지나 나에게 응석을 해서는 안 되지요. 나의 소원은 아야짱이 누구에게도 의지하지 않고 혼자서 살아가는 것이예요.」

그는 한마디 한마디에 깊은 생각을 간직하며 그렇게 말했다.

「어머, 그렇다면 언제까지라도 나의 말벗이 되어 주지 않으세요?」

나는 그가 하는 말 뜻을 이해하지 못하면서 물었다. 그 무렵 그에겐 여자 친구가 있었다. 특정한 연인이라 할 사람은 아니지만, 적어도 나와 친해지기 전까지는 단까(短歌)를 함께 짓고

신앙도 같은 사람이었다. 그 여성은 머리도 좋고 미인이기도 했으며 그의 결혼 상대로서도 알맞은 사람이기도 했다.

「내가 너무나 괴물통이라서 이제 귀찮아지고 말았어?」

그렇다면 그래도 좋다고 나는 생각했다. 그는 그의 세계에 돌아가면 된다. 나하고 사귀고 있는 바람에 그 자신 이것저것 교회 사람에게 번거로운 말을 듣기 때문이라고 생각했다. 그랬더니 그는 뭐라 말할 수 없는, 쓸쓸해 보이는 미소를 지었다.

「아야쌍, 어쨌든 아야쌍은 혼자서 산다는 것을 단단히 배우지 않으면 안 됩니다. 나는 아야쌍이 홀로서기 할 때까지의 버팀목 입니다. 알겠어요?」

그는 다시 열심히 그렇게 말했다. 허나 나로서는 그가 하는 말은 알아도 그 마음은 몰랐다.

그 이튿날 그로부터의 편지가 있었다.

〈……슬플 때, 괴로운 때는 무언가 한가지에 고행적(苦行的)으로 정신을 집중하는 것이 좋다는 게 나의 생활법입니다. 《말테의 수기》 주인공 말테는 쓸쓸해 견딜 수 없을 때, 슬퍼 견딜 수 없을 때는 박물관에 가서 명상했던 모양입니다. 아사이까와엔 박물관이 없어서 나는 도서관에 가기로 하고 있습니다. 그리하여 이 달은 되도록 도서관에 가기로 작정하고 있습니다.〉

이 편지로도 나는 그의 마음이 왜 쓸쓸한지 슬픈지 몰랐었다. 지금, 그때 그의 마음을 돌이켜 보면 얼마나 배려가 부족한 나였던가 하며 오로지 뉘우칠 뿐이다. 그의 폐에 파고든 공동(空洞)이 그를 점차로 죽음에 몰아넣고 있었음을 나는 몰랐다. 겉보기에 그는 건강한 것처럼 보였다. 폐결핵이라는 병은 한 사람의 환자에 10명의 의사를 필요로 한다고 일컬어졌을 만큼 각인 각색의 병상을 나타낸다.

나의 경우는 미열과 식은 땀이 있고 몸도 여위어 있었다. 곧 어깨가 무지근하고 피로하기 쉬웠다.

「이 세상엔 꽤나 여윈 사람도 있구나 싶어 다가서 보았더니 아야짱이었지요. 낙담했지요.」

그가 그렇게 한탄했을 만큼 나는 비쩍 말라 있었다. 하지만 그는 미열도 없고 체중도 60㎏ 안팎으로 피로감도 적었다. 10 리나 20리 길을 걸어도 거의 지치지 않을 만큼의 체력이었고 어깨가 뭉치는 일도 없었다. 다만 나는 기침을 하지 않았지만 그는 길을 걸으면서도 멈추어 서고 몸을 굽히지 않으면 안될 만큼 심한 기침을 했다.

아무튼 한눈에 건강해 보였고 체력이 있었기 때문에 그의 병은 나보다도 가벼운 것처럼 생각되었다. 그러므로 그의 슬픔이 나에겐 한낱 감상주의로 밖에 느껴지지 않았다.

그는 곧잘 편지를 썼다. 나는 '규우조(九條) 12가'에 살고 그는 5백미터 떨어진 곳에 살고 있었다. 매일처럼 만나면서 그는 매일처럼 편지를 보내 주었다. 두 사람이 나의 집에서 이야기하고 있을 때에 그의 편지가 배달된 일이 몇 번인가 있다.

「편지광이지요.」

그는 그런 때 얼굴을 붉히고 웃고 있었으므로 그로서는 편지 한 통, 한 통에 이별의 말을 쓰고 있었던 게 아닐까.

16

앞에서도 썼던 것처럼 나는 많은 남자 친구들과의 교제는 끊었지만 「히까루 겐지」 같은 간도 야스히꼬와는 여전히 사귀고 있었다.

그는 때때로 나의 집으로 찾아왔다. 그도 또한 허무적인 점에 있어서는 나에게 뒤지지 않았다. 간도는 수재라기보다 어딘지 천재적 영감을 가진 학생이었다. 그와 동시에 독특한 분위기를 가진 인간으로서 그의 주위에는 언제나 푸른 공기가 팽팽하니 채워져 있는 듯한 느낌이 들었다. 어느 때는 꽃의 정(精)으로, 어느 때는 물의 정으로 보이는 사람이었다.

그가 차를 마실 때에 두 손으로 찻잔을 싸안듯이 잡고 긴 속눈썹을 숙여가며 차 향기를 맡는 모습 등, 확실히 「히까루 겐지」를 연상시키는 풍류가 있었다. 다분히 여성적이라 할 섬세한 느낌은 여자 친구에도 없었으므로 그와 둘이서 있으면 내 마음도 무언가 평안해졌다.

그는 허무주의자답게 가끔,

「나라는 인간은 연애를 할 수 없는 인간입니다.」

하고 곧잘 말하곤 했었다. 아마도 과거에 열렬히 누군가를 사랑한 일이 있고 그런 상처가 아물지 않은 게 아닐까 하고 나는 상상했다. 마에카와처럼 언제나 상대편을 보살피겠다는 점이 그에겐 없었다.

어느 날 야스히꼬에 이끌려 산책을 나갔다. 마침 국화가 피어 있는 무렵인데 활짝 개인 기분 좋은 날이었다. 그는 무언지 쓸쓸해 견딜 수 없는 모양으로 여느 때보다 말 수도 많았지만 1킬로미터도 걷기 전에 차츰 말이 적어졌다. 그의 미모는 눈에 띄도록 돋보여 전선 공사를 하고 있는 기공들이 두 사람을 보고서 놀렸다. 그런 일이 그를 침묵케 만들었다고는 생각되지 않았으나 돌연 멈추어서더니,

「미안하지만 여기서 혼자 돌아가 주지 않겠어요?」

그는 그런 말을 했다. 마에카와처럼 반드시 나의 집에 맞으러 오고 또 배웅해 준다는 것과는 전혀 달랐다.

하나 나로서는 쓸쓸하니까 산책하러 데리고 나갔다가 도중에서 말할 수 없는 자기 혐오에 빠져 나보고 돌아가 달라 말하는 그런 응석이 재미 있었다. 그러니까 마에카와는 두 살 손위이고 간도는 일곱 살 손아래라는 것이 이 두 사람에의 차로서 나타났던 것일까?

마에카와하고만 사귀고 있었다면 얻어질 수 없는 모성적인 감정을 나는 가질 수 있었다. 그런 나에게 언젠가 그는 여느 때의 부드러운 말투로 말했다.

「나는 말이지, 대학을 나오면 어딘가의 시에서 고교 선생이 될까 싶어요. 어느 시가 좋을까요?」

「글쎄, 바다가 보이는 시가 좋지 않겠어. 아부따(蛇田) 근방이 기후도 좋다고 하던데.」

「그래, 그럼 나는 아부따에서 살기로 하겠어요. 당신도 함께 와 주겠어요?」

야스히꼬의 말에 나는 놀랐다.

「나도?」

「응, 그러니까 당신이 좋아하는 시에 간다고 했지요.」

「그렇지만……」

나로서는 변덕스런 야스히꼬의 이런 말이 이해되지 않았다.

「나는 평생 결혼같은 것 하고 싶지 않아. 당신도 환자니까 결혼은 하지 않겠지요. 부부도 연인도 아닌 사람끼리 평생을 같은 지붕아래서 산다는 건 의외로 재미 있지 않을까요.」

「그렇지요. 그것은 좋아요. 하지만 어쩌면 나는 밥도 지을 수 없을 지 몰라요. 웬지 요즘 미열이 계속되어.」

「상관 없어요. 지붕 밑에서 함께 살아 주기만 하면 좋으니까요.」

그는 그런 생활을 공상하는 것만으로도 즐거운 모양이었다. 어머니에게 그것을 말했더니,

「그런 일 안돼요. 아무리 두 사람은 그런 생각 뿐이라도 세상에서 부부로 보니까요.」

라고 핀잔을 맞았다.

마에카와에게 말했더니,

「그 사람만은 안돼. 야스히꼬상과 아야짱은 어느 쪽인가 하면 동질(同質)의 인간이므로, 두 사람이 합치면 둘다 못쓰게 되고 말아요.」

그는 웬지 강력하게 반대했다. 이전엔 연령만 아래가 아니면 좋다고 말했었는데, 야스히꼬가 나와 살고 싶어한다는 이야기를 듣자 그는 반대했다.

「아야짱도 야스히꼬상도 별로 살고 싶다는 쪽은 아니잖아요. 둘이서 자살 이야기 따위를 하면 서로 의기투합하여 얼싸안고 죽기라도 한다면 일이 곤란하게 되죠.」

마에카와는 그렇게 말하면서 할 수만 있다면 되도록 간도에게서 떨어지는 편이 좋다고 말했다. 나는 그것을 마에카와의 질투라고 생각했다.

그런 일이 있고나서 며칠인가 지난 어느 날 마에카와가 만나

자마자 나에게 말했다.

「아야짱, 아야짱이 굉장하다면서요. 어제 교회에서 청년부의
여자로부터 아야짱의 이야기를 들었지요.」

「내가 뱀프(요부)라는 이야기이겠죠. 그것이라면 벌써 오래
전에 다다시상도 알고 있는 일이잖아요. 뭐 새삼 이제 와서
놀랄 것도 없잖아요?」

하지만 그가 받은 충격이 컸던 것은 그런 이야기를 말한 사
람이 그의 가장 친한 여자 친구였기 때문이었다는 걸 알고, 나
는 입을 다물었다. 그리고 나는 마음 속으로 간도 야스히꼬와
아무도 모르는 고장에 가서 조용히 살고 싶다고 새삼 생각하고
있었다.

17

눈이 흙을 완전히 덮는 백색 천지인 겨울이 와 있었다. 그래
서인지 마음도 겨울처럼 황량하기만 했었다.

마에카와 다다시가 친한 교회의 그의 여자 친구로부터 나의
소문을 듣고 왔다는 것을 알고서부터 나는 쓸쓸했다. 누구도
나에 대해 모르는 고장에 가서 살고 싶다고 한 때는 생각했다.

그러나 어느 날 밤 자리 속에서 멍하니 천정을 바라보고 있
으려니까, 거미줄이 한가닥 흔들거리면서 반짝여 보였다. 방에
는 스토브를 때고 있었으므로 공기가 움직이는 대로 그 거미줄
은 흔들흔들 좌우로 움직였다. 그렇지만 실 한끝은 천정에 늘
어붙어 있어 결국은 또 같은 곳에 늘어뜨려졌다.

그 거미줄을 응시하고 있으려니까 나는,

(아무리 이 고장이 싫어 세계의 끝까지 도망친들 결국은 이 지구상에서 1센티미터도 떨어질 수가 없는 것이다.)

그렇게 생각하자 도망치는 일이 웬지 우스꽝스럽게 여겨졌다. 어디까지 달아나도 자기는 자기의 추악함을 잊지 못한다. 이 추악함으로부터 달아나는 일은 도저히 할 수 없다고 생각하자 아무도 모르는 곳에 간다는 일도 무의미하다는 느낌이 들기만 했다.

여기서 미리 말해 두지만, 나는 남자 친구가 몇 명이나 있었지만 상대편에게 열중하여 자기의 모든 것을 내던지는 일은 하지 않았다. 내가 이성인 벗에게 구하고 있던 것은 육체가 아니고 이를 테면 인생에 관해 함께 이야기를 나누는 일이었다는 느낌이 든다. 그 무렵의 내 편지를 읽는 편이 잘 이해될 수 있으리라 생각되어 다음에 인용한다.

쇼와 24년(1947) 12월 27일 아야꼬로부터 마에카와 다다시에게

……(전문 14행 생략)

다다시상. 나는 오늘 이렇듯 한가로운 추억을 쓰기 위해 펜을 잡았던 것은 아니예요. 요전날 밤 다다시상이 교회 청년부의 여자 분으로부터

「아야꼬상이란 보통내기는 아니니까……」

라고 충고를 받았다면서 「아야짱은 굉장하다면서요」라고 하신 말에 대해 조금 쓰고 싶어졌던 겁니다.

「요부라는 내 뜬소문을 빙그레 웃으면서

들고 있었노라 긍정도 않고서!」

라는 노래 보여 드렸지요? 노래는 「긍정도 않고서」이지만, 나는 내 창부성(娼婦性)은 긍정합니다. 천성이 창부라고 스스로 인정합니다.

하지만요. 의식적으로 남성을 유혹하겠다든가 속여 돈을 빨아먹자 하는 짓은 하지 않았습니다. 왜냐하면 내가 탐나는 것은 그런 게 아니었는 걸요, 뭐.

나는 남성이 나에게 하는 사랑의 말을 어린 아이가 동화를 듣는듯한 열성과 진지함과 흥미와 동경을 갖고서 들었던 거예요. 왜냐하면 남자가 여자를 사랑하는 것, 여자가 남자를 사랑하는 일은 나에게 있어 중요한 문제였기 때문입니다.

나의 동경과 열성은 무엇을 향하고 있었는지 알고 계십니까? 그것은 삶에 관한 가장 중요한 「무언가」가 제시되리라는 것에 대한 기대였던 겁니다. 나의 기대는 「무언가」와 사랑하고는 연결돼 있지 않으면 안 된다고 생각하고 있었던 것입니다.

「나는 당신을 사랑한다. 목숨을 건다」

라는 어떠한 여자에게도 적용되고, 또 어떠한 여자에게도 적용되잖는 이 말.

「사랑한다는 것은 어떤 것이죠?」

라고 묻는다면 이미 안 되는 거지요. 왜냐고요? 사랑한다는 것은 어떤 사람에게 있어선 「좋아한다」는 것이고 어떤 사람으로선 「육체를 구하는 것」이고 어떤 사람은 「결혼하는 것」이지요. 더욱이 그 결혼의 내용은 애매한 것입니다. 안 그래요? 사랑한다는 게 무엇인지 모르는데 어떻게 사랑한다고 말할 수 있지요.

남의 삶에 대한 불안이 결혼에 의해, 남자의 가슴에 안김으로써 해결된다고 생각하는 사람은, 그것은 나라는 인간을 사랑하는 것이 되지 않는 겁니다.

「여자」를 사랑하는 일과 「아야꼬」를 사랑하는 일은 다릅니다. 삶에 대한 나의 불안, 무엇인지 모르는 것에의 동경을 조금이라도 알아 주는 사람이 있다면 그 사람은 「나」를 응시하여

「나」를 사랑하고 있었다 할지도 모릅니다. 하지만 그런 사람은 나타나지 않았습니다. 더불어 사는 세상에서 힘차게 나를 격려하며 함께 걸어가는 사람을 구하고 있었건만.

여자에게 「영혼」의 생활이 있다는 것을 모르는 남성들이 얼마나 많을까요. 예쁜 브로우치의 선물, 영화나 식사 초대, 그리고 지리한 대화. 나는 한 사람, 한 사람의 가슴을 들여다 보고 그래서 도망친 여자입니다.

나는 뱀프라는 나에 대한 소문을 별로 부정하지는 않습니다. 특별히 아름답지도 않고 현명하지도 않은 아무런 볼 품 없는 여자가 언제나 몇 명인가의 남성과 교제하고 있으며, 그런 소릴 들어도 속수무책이죠.

하지만 나의 핏속에 단 한방울의 남자 피도 흐르고 있지 않음을, 이상한 슬픔으로서 생각합니다. 누군가에게 육체의 모든 것을 바치고 있다 한다면,

「나는 성녀(聖女)예요. 뱀프가 아니에요.」

라고 말했을 지도 모릅니다. 알아요? 다다시상.

다시 읽어 보고서 웬지 싫기만 한 편지. 나는 자기의 창부성을 남성의 시시함에서 기인(起因)되는 것처럼 생각하는 것일까요? 아뇨. 나는 나쁘고 나쁜 여자입니다.

소문이란 악의와 흥미로서 이야기되므로 나의 소문도 틀림없이 심한 것이겠지요. 하지만 본질적으로 내가 갖고 있는 추악함은 이야기되고 있는 것보다도 더욱 추한 거예요. 아무도 그것은 모르는 것입니다. 조심하도록 하세요, 다다시상.

「군자는 위태로운 일에 가까이 하지 않는다.」

고 하니, 뒤도 돌아보지 말고 한사코 달아나세요. 그것이 다다시상에게 충고해 주신 여자 분의 호의에 보답하는 것이 되지요.

여기서 나는 극히 조금 눈물을 떨어뜨렸습니다. 하지만 극히 조금이에요. 더욱이 뱀프의 눈물 따위 얼마 만큼의 가치가 있겠어요.

안녕, 좋은 해를 맞도록 하세요. 나는 이제부터 이 편지를 부치러 우체국으로 갑니다. 그리고 '우슈베쯔 강'의 쓰레기 장으로 까마귀가 떼져 있는 광경을 보러 갑니다. 나는 눈경치 속에서 이 쓰레기 장을 파헤치는 검은, 까마귀 떼가 좋은 거예요.

가공할 뱀프인 아야꼬로부터
선량한 크리스찬 도련님에게

18

새해가 밝았다.

마에카와 다다시와 나는 이전보다도 오히려 친해져 있었다. 그의 여자 친구로부터 들은 소문이 결국은 두 사람을 친밀하게 만들었을 뿐이었다.

나는 그 무렵 '아사이까와 보건소'에 통원하며 주1회 기흉 요법(氣胸療法)을 계속하고 있었다. '스트렙토마이신'이 있고 성형 수술이 발달한 오늘날에는 이런 기흉요법은 없어졌는 지도 모른다.

그러나 그 무렵의 결핵 환자는 늑막이 유착되어 있지 않는 한 누구나 이런 요법을 받고 있었다. 굵은 바늘을 가슴에 푹 찌른다. 이 바늘에는 고무관이 달려 있고 기흉기로부터 공기가 보내진다. 공기는 늑막강(肋膜腔)에 들어가고 폐를 압박한다.

공기에 압박되어 폐의 구멍이 찌부러지는 모양이었다.

처음으로 이런 굵은 바늘을 마취도 없이 푹 찔렀을 때는 누구보다 체념한다. 하나 이 바늘은 굵은 셈 치고는 그리 아프지는 않는 법이다. 아픈 것은 처음으로 공기가 넣어진 가슴 속이다. 조금만 숨을 쉬어도 말할 수 없을 만큼 아프든가 괴롭든가 한다.

두번째부터는 공기가 넣어지는 괴롬은 차츰 감소된다. 이윽고 공기를 넣어 주는 일이 기다려질 만큼 몸의 상태도 좋아지는 법이었다.

하나 이 기흉 요법도 결코 안전하다고는 할 수 없다. 어떤 요양소의 환자는 이미 퇴원 가까이 되어 있었다. 기흉일에 간호부로부터 불려 콧노래를 해 가며 성큼성큼 기흉실에 들어갔지만, 그대로 돌아오지 않는 사람이 되고 말았다. 의사의 부주의로 바늘을 그만 혈관에 찌르고 말았던 것이다. 기흉기엔 압력을 재는 장치가 붙어 있는데 그때 의사는 깜박 방심을 했으리라. 공기가 혈관 안에 들어가 공기 전색을 일으켜 죽고 말았던 모양이다. 혈관 속에 공기를 넣는다는 것은 참으로 무서운 일이다.

또한 늑막강 안에 넣어야 할 바늘이 폐에 도달하는 일이 있다. 그러면 호흡할 적마다 공기가 그 강내(腔內)에 누출되어 급격히 폐를 오므라들게 만들어 인사 불성이 되고 이윽고 죽고 만다는 사고도 몇 번인가 들었다. 「자연 기흉」이라 부르는 이 사고도 공기 전색과 마찬가지로 우리들 기흉치료를 받는 환자는 무서워했던 것이다. 익숙한 의사일수록 환자나 간호부와 농담을 하든가 하여 이런 사고를 일으킨다고 들었다.

아무리 드문 사고라도 있을 수 있었으므로 기흉을 받을 적마다 잠깐 불안을 느끼는 게 보통이다.

　어떤 눈오는 날 나는 언제나처럼 기흉을 받으러 보건소에 갔다. 기흉이 끝나고 방을 나오려고 하자 별안간 눈앞이 캄캄해졌다. 간호사가,

　「어머, 새파래요!」

라고 나의 몸을 부축하며 조용히 옆의 긴의자에 뉘어 주었다. 의사가 황급히 나의 맥을 짚었다. 그 동안 30초쯤 지났던 것일까.

　「아아, 무언가 사고로구나.」

　나는 순간적으로 자신이 불운한 사고를 만났음을 느꼈다. 그리고 곧,

　「아아, 나는 죽는 것일까. 그렇다면 도리가 없다.」

고 생각했으며 다시 계속해서 생각한 것은 아버지나 어머니에 대해서가 아니고

　「동생회의 일을 인계해야 할 텐데.」

라는 것이었다.

　두세시간 지나고서 나의 몸은 다행히도 전대로 되었다. 나의 몸에 일어난 것은 기흉도 공기 전색도 아니었던 것이다. 「쇼크」라고 불리는 상태였던 모양인데, 그러나 이 사건은 나에게 있어 좋은 경험이었다.

　그것은 나에게 있어 가져본 적이 없는 갑자기 엄습한 임종의 경험이었다. 눈앞이 캄캄해졌을 때 무서운 사고가 나한테 일어났고 이제 죽는 거라고 생각했다.

　그때까지 나 스스로 죽으려고 생각했던 적은 있다. 그러나 나의 의지와 상관없이 돌연 죽음이 엄습해온 경험은 없었다. 나는 결코 적극적인 삶의 방식을 갖고 있지 않았지만 사실은 죽음을 매우 무서워했다. 9세일 때 죽음에 관해 밤새도록 생각한 적이 있었다. 어쩔 수 없이 사람은 죽는다고 생각하자 잠자

려 해도 잠을 잘 수 없었던 것이다. 그래서 9세인 내가 얻은 결론은

「다른 사람은 죽어도 아야꼬만은 결코 죽지 않는다.」

는 것이었다.

어렸을 적부터 죽음에 관해 골똘히 생각할 정도였으므로 나는 목숨에 대한 미련이 지독하게 많은 인간이라고 생각한다.

그러므로 돌연 죽음이 엄습해 오면 어지간히 꼴불견인 죽음을 맞을 것이라고 생각하고 있었다. 그런데 그때의 나는 뜻밖에도 참으로 체념이 빨랐다.

「도리가 없다. 지금 죽는다면 그것도 좋으리라.」

하는 침착함이 있었다. 물론 의사를 원망하는 심정은 털끝만치도 없었다. 그런데 가장 이상스레 생각되는 일은 부모, 형제, 친구의 일 보다도 먼저 매달 천 엔의 보수를 받고 있던 결핵 환자의 모임 「동생회」 서기 일의 인계를 첫째로 생각했다는 점이다. 이것은 말하자면 요양중에 틈틈이 하는 아르바이트지 직업은 아니었다. 평소 그리 중요하게 생각하지 않았던 일이 어째서 의식에 떠올랐던 것일까?

줄곧 친하게 사귀고 있는 마에카와 다다시마저 한 번 만나고 싶다는 생각도 들지 않았던 것이다.

이 경험으로서 내가 얻은 것은 첫째로 인간은 죽음을 무서워하고 있으나 여차하면 의외로 간단히 죽음을 받아들일 수 있다는 점이다. 둘째로는 자기라는 인간을 잘 모르고서 살고 있다는 점이었다. 자기가 죽을 때에는 아마도 이럴 테지 상상해 보더라도 전혀 뜻밖인 일면을 보이는 법이라고 새삼 생각했다. 그러니까 나는 조금도 내 자신을 알고 있지 않다는 것이 된다.

물론 금후 죽음에 임했을 때의 나는 이때의 나와는 전혀 다른 면을 또 보이게 되리라. 사람들은 흔히 그 사람의 죽을 때

모습으로써 그 인간을 평가하지만, 오랜 병자라면 또 몰라도 갑자기 찾아오는 죽음에 임해서 보이는 모습을 그렇게 중요하게 생각하는 것은 좀 어떨가 싶어진다.

그때 내가 그대로 죽었다고 한다면 나는 참으로 죽음이 깨끗한 인간으로써 이야기되리라. 하지만 나는 역시 자기가 정말로 죽을 때는 아둥바둥할 것으로 생각한다.

이 사건이 나의 생활에 온갖 영향을 주었음은 물론이다. 죽음은 아무런 상의도 없이 갑자기 들이닥치는 거라고 새삼 느꼈다. 내가 죽고 싶다고 바란 그날 밤의 바닷가에선 나는 죽을 수가 없었다. 그러나 지금 또 살려고 생각하기 시작한 때에 죽음은 언제 나에게로 찾아올 지 모르는 것이다.

죽고 싶다는 것은 나의 강렬한 소원이고 의지였을 터인데, 그러면서 죽을 수가 없었다. 지금 살고 싶다 생각하는 것도 확실히 그것은 나의 소원이고 의지일 터인데 우리들 인간의 의지는 얼마나 간단히 짓밟히는 것일까.

그렇게 생각할 때 나는 이 세상에 자기의 의지보다도 더 강열하고 힘찬 의지가 있음을 느끼잖을 수 없었다. 그 크나큰 의지를 깨닫고 보니 평범한 일상 생활의 하루에도 자기 의지 이외의 무언가가 확실히 가해지고 있음을 인정하지 않을 수 없었다.

예를 들어 오늘은 세탁을 하고 책을 읽고 시내로 물건을 사러 나가자고 대략의 계획을 세운다. 그런데 세탁 도중에 비가 내리기 시작하고 독서 도중에 복통이 생기고 막상 시내에 나가려고 생각하면 손님이 온다. 결코 자기의 뜻대로 일이 진행되고는 있지 않다.

나는 내가 28세인 그때까지의 생활 중에 있어서도 그것 비슷한 일을 발견했다. 그 가장 두드러진 예는 니시나카 이찌로의 사주가 들어온 날 내가 쓰러졌으며, 이윽고 발병하여 결혼의 예정이 어긋나 버린 일이다.

인간의 생각이 너무나 얄팍하므로 누군가가 우리들 인간이 세운 계획은 수정 해주는 것이 아닐까? 그런 것을 나는 생각하게 되었다. 물론 이 누군가는 절대자 하나님을 가리키고 있는 것이었다.

19

고드름의 물방울이 쉴새없이 추녀에서 떨어지고 있던 3월의 어느 날이었다.

간도 야스히꼬로부터 엽서가 왔다. 작고 별로 능숙하지 못한 글씨가 울퉁불퉁 늘어놓아져 있었다.

「아야상, 별고 없습니까? 지금 나한테는 단 한 장의 엽서밖에 없습니다. 나는 내일 흉곽 성형 수술을 받게 되었습니다. 누구에게도 알리지 않고 수술을 받으려고 생각했지만, 이 한 장의 엽서를 보고서 당신에게만 알려두겠다 생각되어 펜을 잡았습니다.」

간단한 문장이었지만 내용은 중대했다. 흉곽 성형은 가슴을 절개하여 갈비뼈를 몇 개인지 자르는 수술이다. 그다지 위험하지는 않다 해도 큰 수술이었다. 때마침 나를 찾아온 마에카와에게 나는 그 엽서를 보였다.

엽서를 한눈에 읽은 그는

「곧 갑시다. 여러 가지로 조력이 필요할 것이고 옆에 있어 주기만 해도 힘이 될 거예요.」

하며 벌써 일어서고 있었다.

「하지만 난 조금 미열이 있어요.」

그렇게 말했더니 그는 어처구니가 없다는 듯이,

「간도상은 죽느냐 사느냐, 대수술을 받는 거예요.」

라고 나를 꾸짖듯이 말했다.

간도 야스히꼬에게는 어머니가 없다. 수술할 때 옆에 있어 주었으면 하는 사람이 없음은 확실히 가엾었다. 그러나 나는 단 한 장의 엽서를 나에게 써 준 일에 얼마쯤 구애받고 있었다. 그에겐 몇 명의 친구가 있었고 여자 친구도 있었다. 그 중에서 나에게만 엽서를 써 보냈다고 하는 일이 솔직히 말해서 기쁘지 않은 것은 아니었다.

마에카와는 이전에 나와 간도와의 교제를 끊어야만 한다고 했는데 그 자신은 '단까(短歌) 잡지'나 엽서 등을 간도에게 보내고 있었던 것이다. 하나 간도는 어떤 심정인지 그와같은 마에카와의 호의에 한번도 보답하려 하지 않았다. 내가 생각할 때 간도는 그것을 별관심 없이 읽고 버린 것 같다.

그런 간도의 수술에 뭐 마에카와까지 가 줄 것은 없지 않느냐고 나는 생각하며 가기를 꺼려했던 것이다.

병원에 갔지만 아직 필요한 준비는 갖추어져 있지 않았다. 이를테면 옆으로 누워 마시는 기구에 몸아래 까는 기름 종이 등, 수술 환자로선 필수품인 것조차 준비하고 있지 않았다. 마에카와는 의학생다운 세밀한 배려로서 그런 필요한 것을 종이에 써서 그의 누님에게 건넸다.

또한 입원환자가 8명이나 되는 큰 병실이라면 괴로울 거라며 의사에게 교섭하여 두 명 수용의 병실로 옮기게 했다.

이튿날은 간도의 수술날이다. 나와 마에카와는 동행하여 다시 병원으로 갔다. 간도는 기초 마취 주사를 맞고 이동용 침대로 수술실에 들어갔다. 수술이 끝나는 걸 기다리는 동안 나는 매점에서 캐러멜을 사와 피로한 얼굴인 마에카와에게,

「하나 들겠어요?」

라고 권했다. 그러자 그는 약간 정색하며,

「지금 간도상은 수술실에서 한참 수술을 받고 있는 중이예요. 그것을 생각한다면 캐러맬 같은 게 목구멍에 넘어갈 리가 없잖아요.」

하며 고개를 저었다. 나는 마에카와의 그런 말에 감동했다. 간도는 결코 마에카와에게 친절하지는 않았다. 아니 오히려 앞에서 말했던 것처럼 냉담하기 조차 했다. 그런 간도의 수술을 이렇게도 진심으로 걱정하고 있는가 생각하자 마에카와 다다시라는 인간이 참으로 훌륭하다고 생각되었다. 그러나 나는 혼자서 캐러멜을 한 갑 비우고 말았다.

20

간도의 수술은 성공했고 그는 서서히 체력을 회복해 나갔다. 그런 간도를 나보다도 마에카와 쪽이 자주 병문안했던 모양이다. 때로는 둘이서 함께 간도를 병문안 갔다. 그러자 간도는,

「당신들이 남매라고 병실 사람이나 간호부들이 생각하는 모양이에요.」

라고 말했다. 나와 마에카와 사이에서 빚어지는 분위기는 다른 사람들 눈에 연인이라고는 보이지 않았던 것이리라.

　나는 쌍거풀 진 눈이 큰 편이고 마에카와는 보통 눈꺼풀이 가느다란 눈이었다. 용모가 닮고 있지 않건만 어딘지 비슷해 보였다는 것은 나를 기쁘게 만들었다. 허무적이었던 자신이 조금씩이라도 그와 닮아가는 것을, 나는 자신의 진보처럼 기뻐했던 것이다.

　어느 날 마아카와는 나에게 대학 노트를 한 권 사다 주었다.

「이 노트에 서로의 독서 감상을 쓰도록 해요」

　그는 나를 조금이라도 성장시키는 일에 기쁨을 느끼고 있는 모양이었다. 게오르규의 《24시》, 릴케의 《12명의 편지》등 차례로 사갖고 와서는 나에게 감상문을 쓰게 하는 것이었다.

　세상의 남녀 교제는 이런 「숙제」를 내는 듯한 일은 않으리라 생각하면서도, 내 자신은 즐거웠다. 릴케의 말처럼

「배우고 싶다 생각하는 소녀와 가르치고 싶다 생각하는 청년
　의 한 쌍만큼 아름다운 짝지움은 없다.」

고 하는 것이 있었던 것 같은 느낌이 든다. 우리들은 정말로 그러한 한 쌍이 되고 싶다고 생각했다. 그러므로 한층 열심히 함께 성서를 읽고 영어를 배우고 '단까'를 지었던 것이다.

　그는 쇼와 20년(1945)경부터 단까를 시작하고 있어 '아라라기'의 회원이었다. 노래를 갓 시작한 나로서는 그의 노래의 가치를 잘 몰랐지만, 다음과 같은 인간성이 넘친 노래는 마음이 이끌렸다.

　　공원 숲사이를 나란히 가면
　　어쩐지 연인과 같은 착각.

　　그대로 포옹하면 어떨까 생각하며
　　어둔 길을 처녀와 나란히 가네.

그가 노래한 이 여성은 물론 나는 아니다. 이전에 나를 요부라고 그에게 고자질한 여성이었다. 이 노래는 교회의 수양회에서 '가구라오까 공원'으로 가는 도중 지은 것이라면서 그는 나에게 보여 주었다.

「호오, 다다시상처럼 그렇듯 진지한 얼굴을 하고 있어도 마음 속은 무엇을 생각하고 있는지 모르겠군요.」

나는 어처구니가 없다는 듯이 말했다.

「아야짱은 소설을 읽고 있지만, 아직 남자라는 것을 조금도 모르는군요. 내가 유혹하면 인기척이 없는 '춘광대'라도 태연히 따라오지요. 그러나 나도 남자이니까. 사실은 좀더 경계해야 한다고 생각해요.」

「하지만 난, 남자란 조금도 무섭지 않아요. 남자도 부끄럽다는 것을 알고 있겠죠. 그리 무턱대고 이상한 일은 않는다고 생각해요.」

「안돼요, 그러니까 곤란하다는 거지. 정말이지 아야짱은 어린이와 마찬가지로 위태로워 보고 있을 수가 없어. 기꾸찌깡(菊池寬)은 남자를 정말로 잘 아는 것은 '게이샤'(기생) 뿐이라고 쓰고 있지만 좀더 사내라는 것을 알지 않으면 곤란해요.」

그는 열을 올리면서 남자를 신용해서 안 된다고 나에게 충고했다.

그것은 나에게는 처음 있는 일이었다. 남자들은 모두 자기만은 신사인 체 하는데 사내를 방심해선 안 되는 거라고 말해 준 사람은 한 사람도 없었다. 마에카와는,

「나는 말이지, 겉으로만 품행이 방정해요. 품행 방정. 그러나 마음 속은 그 만큼 망상으로 소용돌이치고 있는 겁니다.」

라고도 말했다. 나는 내심 이렇게 말하는 사람이야말로 신용해

도 좋을 사람이라고 새삼 생각했다.

　입술을 얻었다고 생각한 순간
　숨도 거칠게 잠이 벌써 깨나니.

　그는 이런 노래도 짓고 있었다. 그리고 그를 믿고 있는 나에게 그는 어떻게든지 자기를 믿지 않도록 하려고나 하듯이 몇 번이고 말하는 것이었다.
　「나는요. 남에게 말 못할 꿈을 꿉니다. 이 노래같은 것은 그래도 얌전한 편이죠.」
　그리고 또,
　「아야짱도 여자이겠죠. 여자인 이상, 상대가 될 남성이라는 것을 정말로 알지 않으면 안 되죠. 남성을 깨끗한 것으로 공상하고 그 공상한 환상과 결혼하든가 하면 안 되죠. 세상엔 불행한 결혼도 많으니까요.」
등등 들려 주는 것이었다. 지금 생각하면 그는 자기 자신이 미화되는 것을 싫어했는 지도 모른다. 아니 그 이상으로 나의 장래를 생각해 주었던 것은 아닐까. 자기 목숨이 짧은 것을 알고 있어 이런 것에 대해 아무것도 모르는 내가 시시한 결혼 따위를 하지 않게끔 마음을 쓰고 있었던 게 아닐까?
　이런 노래를 읊는 그에게는 그러면서 다음과 같은 노래도 있었다.

　용기없이 거리를 두고서 사귀면
　아가씨는 차례로 나를 떠나간다.

　그는 또 평화 문제에도 대단한 관심을 갖고 있었다. 아사이

까와의 공산당원 '이스가라시 히사야'의 성실한 인품을 존경하
여 공산당원과의 간담회에도 출석하고 있었다. 꽤나 열심이고
공산당에 마음 이끌린 시절은 다음의 노래에도 나타나 있다.

　　지하에 잠입할 각오가 서지 않는다면
　　입당을 권하는 그대에게 난 무언이랴.

　입당을 권유받았을 정도였으나 이스가라시처럼 비합법의 시
대에도 절개를 굽히지 않는 듯한 강함이 자기에게는 없다고 말
하고 있었다. 그러나 평화만은 절대로 지켜야만 한다고 생각했
던 모양으로 나에게도 곧잘 그런 이야기를 해 주었다. 언젠가
제방에서 두 사람이 평화 문제를 이야기하고 있을 때, 두세 명
의 사내가 희롱하며 지나갔다.
　「남들 눈에는 달콤한 말을 주고 받는 연인으로 보일 지도 모
　르겠군요. 젊은 남녀가 이렇듯 아름다운 제방에서 평화 문제
　등을 이야기하고 있다니, 사실은 세계의 비극과 같은 것이지
　만」
　그는 그렇게 말하고 웃었다. 나는 그때 비로소 평화라는 문
제를 절실히 생각했다. 참으로 전세계에는 몇 백만 쌍의 젊은
연인들이 있으리라. 그들은 다만 두 사람의 사랑을 이야기하면
그걸로 좋을 것이다. 그런데,
　「언제 또 전쟁이 일어날까, 전쟁이 얼어나면 당신은 전장으
　로 가버리겠네요.」
　그러한 대화를 해야한다면 그것은 얼마나 슬픈 일일까 하며
나는 생각했다.
　「정말이지, 우리들이 원하는 것은 자가용도 아니고 큰 저택
　도 아니에요. 단 한 동안이라도 좋으니 가족이 전쟁의 일 따

위를 한번도 걱정 않고 살아가는 일이죠.」

나는 그에게 그렇게 말했다. 평화를 소원하는 그는 다음과 같은 노래를 몇 개 만들었다.

평화를 위해 오직 기도할 수밖에 없는가
조직 없고 기력 없는 우리들 크리스찬.
젊은이들이 싹트는 불안에 겁먹으며
교수 등의 입당을 전해 오도다.
이번에야말로 영합하는 크리스찬으로 있고 싶지 않다.
외신은 원자 전쟁의 비참을 전한다.
평화란 영겁의 희망일까 생각할 때
풍향계가 방향을 바꾼다.
전쟁을 고취하지 않는 소극성을
이제 와서 孤高者라고 스스로 뽐내는 자들.

어느 때는 나에게 신문의 읽는 법을 가르쳐 준 일이 있었다. 「아야짱, 표제가 큰 기사가 꼭 중요한 것은 아니지요. 신문의 한구석에 조그맣게 씌어져 있는 두세 줄이 사실은 중요한 사건일 수도 있어요. 정확한 눈으로 이것은 지금의 세상에 있어 어떤 것일까 하는 것을 총명하게 읽어내도록 해야 합니다.」

그것을 뒷받침하는 듯한 사건에 나는 그 뒤 몇 번인가 부딪쳤다. 그 자신의 노래에도,

외신의 짧은 기사에 겁내면서
어떤 결론을 끌어내려 한다.

라는 게 있다. 그는 그때 31세였지만, 북대(北大)에 아직도 적
이 있는 요양 학생이었다. 그러므로 다음과 같은 노래가 태어
난 것도 당연했으리라.

중국에 퍼져가는 혁명에
마음 스미는 대학생이 참가하는 일도
징병 반대하는 게시판에 둘러 서 있는 학생들 중에
사프란의 화분을 보살피는 한 사람.

나는 특히 두 번째의 이 노래가 좋았다. 프랑스 영화의 한
장면과 같은 노래가 아닐까. 징병에 반대하는 젊은 학생들의
청순하고도 진지한 청춘이 사프란의 꽃을 상하게 하지 않으려
고 보살피는 학생의 모습에 상징되고 있는 것만 같다. 지금이
라도 나는 이 노래를 청춘의 날에 뛰어난 노래로 내놓는 일을
주저하지 않는다.

21

나의 노래도 서투른 대로 꽤나 바뀌었다. 노래를 시작했을
무렵은 허무적인 노래가 많았다.

極量의 2배를 마시면 죽는다고 한 말을,
몇 번인가 생각하며 오늘도 저물도다.

자기 혐오가 격심해져 갈 때,
검게 흐린 구름이 갈라지도다.

타성으로서 살고 있는 나를 알았노라,
체온계를 후려 내릴 때.

걸인이 부러워지는 이 밤이여,
우체국의 벤치에 누워 있을 때.

이런 노래가 어느 틈에 다음과 같이 변했다.

「주부의 벗」 부업란을 읽으면서,
가슴앓는 나에게 사는 방법이 있는가.
포르말린 냄새 풍기는 잠옷으로 갈아 입으면서,
마음도 순순해진다.

이윽고 마에카와 다다시가 삿포로의 북대 병원에 진단을 받으러 가게 되었다. 나는 그때 웬지 불안했다. 그렇다고 그의 건강에 대해서는 아니다. 삿포로에는 그의 첫사랑인 사람이 있었기 때문이다. 상대는 하숙집 딸로서 그보다 네 살 손위 사람이었다. 첫사랑이라 하여도 그가 연모하고 있었을 뿐 상대편은 아무것도 모르고 결혼해 버렸다. 그래서 그는 《봄과 가을》이라는 단편 소설을 북대 교우회지에 발표하고 그 소설 속에서 그녀를 묘사했다. 소설 속의 그녀는 긴 속눈썹에 기타를 잘 치는 사람이었다. 그것은 사실인 듯싶었으나 결말은 그녀를 자살시키고 있었다.

그의 말에 의하면,

「결혼하고 말아 약이 올라서 자살을 시켰던 것이지요.」

하기야 그 여성은 매우 총명했으므로 그의 연모를 눈치 채고 있어도 모른 척하여, 적당히 그를 구슬렀다고 한다.

그는 그 일을 나에게 말할 때,

「그것은 고마운 일이었지요. 젊었을 때는 사랑해도 좋지만 사랑 받아선 안 되는 일이 있지요.」

라며 감사하고 있었다. 이런 이야기를 나에게 들려 준 것은 일곱 살 아래인 간도 야스히꼬와 나 사이에 위험한 것을 느끼고 있었기 때문이었던 것 같다.

어쨌든 그가 오랫만에 삿포로에 간다고 듣고서 나는 직감적으로 그와 첫사랑의 사람이 어딘가에서 딱 마주 치는 게 아닐까 하고 느꼈다. 나는 때때로 예언차처럼 오늘 일어나는 일을 알아 맞추는 일이 있다. 특히 입원 중엔 직감같은 것이 있었는지 누워 있으면서 한 100미터 쯤 떨어져 있는 취사장에서 지금 만들고 있는 게 뭔지 알아 맞추는 일도 자주 있었다.

삿포로에 간 그는 겨우 1주일 동안에 엽서를 나에게 28통이나 써 보내 주었다.

「지금 삿포로의 역에 내려 섰습니다. 아사이까와보다 훨씬 따뜻합니다. 이제부터 북대 병원으로 가지만, 그 전에 우선 몇 자 적었습니다. 감기에 조심하고 기다려 주십시오.」

그런 간단한 내용이었으나 어떤 때는 병원의 대합실에서 어떤 때는 식당에서 또 어떤 때는 책방 앞에서 하는 식으로 부지런히 소식을 알렸다.

그리하여 무엇을 먹었다든가 길에서 누구를 만났다든가 삿포로의 도시 표정은 어떻다든가 흡사 내가 동행하고 있는 듯한 착각을 일으킬 만큼 하나에서 열까지 보고해 주었다.

이윽고 나는 나의 직감이 맞은 것을 그의 엽서로서 알았다.

「오늘은 삿포로도 따뜻하여 싸라기눈이 내려 걷기에 힘듭니다. 오늘은 뜻하잖은 사람과 만났습니다.「가을」입니다. [소설《봄과 가을》은 그 동생을 봄, 그 언니를 가을로 상징화시켜 그는 썼다] 연지색 벨레모도 입술연지의 색깔도 7년 전과 같았습니다. 5세쯤의 사내 아이를 데리고 조금 삐딱하니 고개를 기울이며 걷는 모습도 7년 전과 같았습니다. 그쪽은 알아차리지 못했던 것 같아 말을 걸지 않고 지나쳤습니다.」

나는 나의 직감이 맞은 것을 생각하면서 그 엽서를 몇 번이나 되읽었다. 그 행간(行間)에「가을」에 대한 그의 정감이 숨겨져 있지 않는가 생각했던 것이다. 그리고,

「역시 그는 아직도 그녀를 사랑한다.」

고 느꼈다. 만일 사랑하고 있지 않다면 한 지붕아래 몇 년이나 살고 있던「가을」에게 말을 거는 것을 주저할 까닭이 없다. 입에서 자기도 모르게 그 사람의 이름이 나오는 게 자연스럽지 않은가 하고 나는 생각했다.

베레모를 쓴 모습도 입술연지의 색깔도 7년 전의 그것과 같다고 기억하고 있는 것은 뭐니뭐니 해도 아직도 그녀를 사랑하고 있는 거라고 나는 생각했다.

이윽고 그는 1주일의 예정을 마치고 아사이까와로 돌아왔다. 만나자마자 나는 말했다.

「그 '가을'을 만났겠군요.」

28통의 편지를 받은 것을 기뻐하기 전에 나는 다만 그것만을 말했다. 그때 나는 내가 마에카와 다다시를 사랑하고 있음을 확실히 깨달았다. 지금까지 스승으로서 벗으로서 사귀고 있었을 터인데 나의 마음은 그에게 급격히 기울어졌다.

「만났지요.」

그는 그렇게 말하고서 웃었고,

「무슨 일이 있었습니까?」

라고 물었다. 나는 아무 말도 하지 않았다. 7년만에 「가을」을 만난 그의 마음은 그 「가을」에 두고 왔으리라 생각했기 때문이었다.

「아야짱」

그가 부르는 바람에 고개를 들었더니 그의 격렬한 눈빛이 내 앞에 있었다. 그의 눈은 그의 마음을 말해 주고 있는 듯했다.

「왜 ‘가을’에게 말을 걸지 않았죠?」

나는 그의 눈빛에 감정이 격하게 굽이치는 것을 느끼면서,

「아야짱, 나는 말이죠. 가을 뿐 아니라 어떠한 여성에게도 말을 걸지 않아.」

그는 그렇게 말하고 처음으로 나의 손을 잡았다. 그날부터 우리들은 친구인 것을 그만 두었다.

이끌리고 꾸지람을 받으면서 보낸 2년,
어느 덧 깊이 사랑하고 있었노라.
내 머리 빗은 내음 가득한 방에서,
아아 견디기 어려운 님의 생각.

나는 난생 처음으로 연모의 노래를 지었다.

이윽고 눈이 녹고 홋까이도에도 봄이 왔다. 벚꽃도 목련화도 한꺼번에 피는 5월이 왔다. 아사이까와의 5월은 아름답다. 우리들은 함께 「춘광대」라고 불리는 동산에 이따금 올라갔다. 이 동산은 그가 나를 위해 스스로 자기의 발을 돌로 치고 상처를 냈던 곳이다.

그날 그는,

「아야짱에게 오늘은 생일 선물을 주려고 생각하지요.」

라고 말했다. 나의 생일은 4월 25일이었다. 그때 나는 생일 축하로 책을 받았다. 그는 제과점에서 '규우비' 2개와 '모모야마'(둘다 왜식 생과자) 2개를 샀다. 단것을 좋아하는 나를 위해 그것을 축하로 사 주었을까 생각하면서 동산을 올라갔다.

두 사람은 자기들의 사는 거리가 보라색으로 아름답게 아물아물 거리는 것을 바라보면서 언제나처럼 단까며 소설 이야기 등을 했다.

근처에 목장이 있어서 소들이 목동에게 이끌려 한가롭게 풀을 뜯으며 지나갔다. 국민학교 5학년 쯤의 목동은 풀피리를 불면서 우리들 두 사람은 거들떠 보지도 않고 지나갔다. 그런 뒤에는 또 단 둘 만의 조용한 동산이다. 집 한 채 없는 동산은 아득해질 만큼의 정적이 흘렀다.

그날 두 사람은 처음으로 입맞춤을 나누었다.

「생일 축하해요.」

그의 말을 듣고서야 나는 놀랐다.

「이것이 축하였어요? 아주 훌륭한 축하예요.」

그는 조용히 어린 풀 위에 무릎 꿇고서 두 사람을 위해 기도해 주었다.

「아버지이신 하나님. 저희들은 아시다시피 함께 병든 몸이옵니다. 그러나 이 짧은 생애를 진실로 진지하게 살 수 있도록 지켜 주십시오. 부디 마지막 날에 이르기까지 하나님과 서로 간에 진실일 수 있도록 이끌어 주시옵소서.」

두 사람은 함께 눈물짓고 있었다. 나는 그의 진실한 사랑에 감동되어 눈물지었던 것이지만, 그는 자기의 생명이 짧음을 생각하고 어느 날인가 남겨질 나의 몸을 생각하고서 눈물지었던 것일까?

「열심히 살도록 합시다.」

그때 말한 그의 말이 지금도 들려오는 것만 같은 느낌이 든
다.

서로가 병든 몸 언제까지 이어질 행복일까,
입맞추면서 눈물이 흐른다.
아야꼬—

피리처럼 울리는 가슴에 그대를 품으니,
내 쓸쓸함이 더하기만 하다.
다다시.

22

마에카와 다다시와의 즐거운 날들이 계속되자, 나는 다시 뭐
라 말할 수 없는 불안에 사로잡혔다. 그것은 나의 현재 평안이
마에카와가 존재함으로써만 성립된다는 것에 대한 불안이었
다.

확실히 그는 친절하고 화제가 풍부하며 연인으로써 즐거운
존재이기는 했다. 만날 적마다 입을 맞추는 일도 없이 극히 금
욕적인 자세라는 것도 좋았다. 언제나 우리들 사이에는 상쾌한
바람이 불고 있는 듯한 건조한 청결함이 있었다. 그러한 그의
태도에 신뢰를 느끼면 느낄수록 나는 내가 안주(安住)하고 있
는 지금의 세계는, 정말로 안주할 수 있는 세계일까 하여 불안
해졌던 것이다.

나의 행복은 마에카와 다다시라는 인간이 존재한다는 것에
있었다. 그렇다면 그가 떠나거나 혹은 사별(死別)할 지도 모를
때가 왔을 때, 지금 서 있는 행복의 기반은 허무하게 잃어버리
게 되는 것이 아닐까 하고 나는 생각했다. 내가 인생에 있어,
정말로 움켜잡고 싶고 바라는 행복이 그렇게 함께 잃기 쉬운
것이어선 안 되었다. 그 점에서 나는 극히 이기주의자였다. 잠
깐 뿐인 행복으로선 불안한 것이다. 영원으로 이어지는 행복을
진정 갖고 싶은 것이다. 그럼에도 불구하고 그와의 매일이 즐
겁다는데 나는 불안을 느꼈던 것이다. 이와같은 불안은 그 뒤
에도 자주 경험했다.

그의 영향도 있어 나는 책을 힘써 많이 읽도록 했다. 《들으
라, 해신의 목소리》도 그 중의 하나이다. 이는 그 무렵의 베스
트 셀러로서 지금도 학생들에게 읽히고 있는 책이다. '학도 출
정'으로 전사한 학생들의 수기였었다. 나는 이 책을 읽고났을
때, 이 세상엔 다 읽었다고 할 수 없는 책이 있음을 느꼈다.
아무리 감동하며 읽었다 하더라도 그것만으로 읽은 것이 되지
않는 것이다. 읽은 자의 책임으로써 그 뒤의 삶 방식에 있어
이 책에 보답하지 않으면 안 된다는 책도 있을 터이다.

이 《들으라, 해신의 목소리》엔 젊은 학도병들의 유서나 일기
가 실려 있었다. 대부분의 젊은 넋은 전쟁을 일단은 부정하고
일단은 비판하고 있었다. 그러나 그들 학생은 그 부정하는 전
쟁에도 나가고 말았다. 철저하게 전쟁을 비판케 하는 것, 또
부정시키는 것이 여기에는 없었다. 목숨을 걸고서라도 전쟁을
거부한다고 하는, 한줄기로 이어진 강한 것은 아니었다. 나는
그때 궁극에 있어서는 학문마저도 매우 연약한 것임을 알고 어
쩐지 쓸쓸함을 느꼈다.

물론 그 때문에 이 책은 더 한층 비통하여 읽는 사람의 가슴

을 울렸다. 그것은 자못 탁류에 휩쓸려 사라진 젊은 넋의 한을 떠올리게 했기 때문이다.

나는 이 책을 읽고 단순한 평화론으로선 진짜인 평화는 오지 않음을 느꼈다. 정말로 인간의 생명을 존귀한 것으로 안다면, 한 사람 한 사람의 가슴 속에 잔학한 인간성을 부정시키는 결정적인 무언인지가 필요하다고 나는 생각했다. 나는 그것을, 역시 신이라고 부를 밖에 방법이 없었다. 그러나 그때의 나로서는 기독교를 긍정할 수가 없었다. 미국에도 영국에도 프랑스에도 독일에도 기독교가 있었을 게 아닌가. 하나 그 그리스도의 신은 전쟁을 막아내는 힘으로는 작용하지 않았던 게 아닌가. 그렇다면 종교 또한 학문과 마찬가지로 아무런 힘도 없었던 것이 되지 않는가, 하며 나는 절망을 느꼈다.

일본만이 신이 없는 나라는 아니었다. 세계가 참다운 신을 잃고 있는 거라고 나는 생각하여, 그 점을 깨닫고 있지 않은 듯한 교회에 대해 불만을 느꼈다.

아무리 눈물지으며 이 《들으라, 해신의 목소리》를 읽었다 하여도 전쟁은 또 반복하게 되리라. 이 책을 읽지 않아도 많은 일본인은 전쟁 때문에 육친이나 벗을 잃었고 집도 불타며 자기 자신의 운명 역시 크게 바뀌고 말았다. 많은 국민이 많든적든 전쟁의 희생자였다. 우리들 결핵 환자도 전쟁 중의 식량 부족이 탈이 되어 발병하지 않아도 좋은 사람까지 발병하고 오래 누워 있는 게 아닌가.

그러나 우리들은 전쟁을 일으킨 자가 누구인가, 다시 전쟁은 않으리라는 등 파고들며 생각지는 않는 것이다. 얼마나 인간은 소갈머리가 없고 둔감한 존재인가? 이것이 만일 개인에 의해 살해되었거나 집이 불태워졌든가 하면, 결코 상대를 용서하려 들지 않았으리라. 하나 우리들은,

「전쟁은 질색이다, 심한 꼴을 당했다.」
등등 입으로는 말하면서도 마음 속으로부터의 분노는 갖고 있지 않다.

나는 내 자신 속에 있는 이런 둔감과 적당주의를 깨닫고 무서워졌다. 평화라는 문제는 우선 한 사람 한 사람의 가슴 속에서 평화에 대한 참된 소원이 불타오르지 않는다면, 어쩔 도리가 없는 문제라고 생각했다. 《들으라, 해신의 목소리》의 학생들이 젊고 깨끗하면 깨끗할수록 나는 전쟁 부정을 위해 아무래도 필요한 신에 대해 생각지 않을 수가 없었다. 어쨌든 이 책을 읽은 일은 나의 신앙 생활에 큰 자극이 된 것만은 확실하다.

23

구도(求道)생활이 진지해짐에 따라 나는 내 몸을 소중히 하는 일에도 관심을 가졌다. 마에카와는 어느 날,

「아야짱, 서로를 위해 한번 북대 병원에 가서 두 사람의 몸을 철저히 진단해 달라고 합시다.」

고 권했다. 그의 집은 삿포로에 진찰을 받으러 가는 것 쯤 경제적으로 고통은 없었으리라. 그러나 나의 집은 아직 중학생, 고교생의 동생들이 있어 결코 넉넉하지는 못했다. 나는 곧 도매상에 가서 남자용 양말이며 여자용 양말 등을 떼어다가 요양소나 동네의 한 집 한 집에 팔며 다녔다. 6월 중순으로 들어선 때라 상긋한 라일락이 아름다운 계절이었지만, 열 집 다녀 한 집이 사 주면 좋은 편이었다. 이래서는 도저히 몸이 지탱하지

못한다. 그래서 친구가 근무하는 홋까이도 '척식(拓植)은행'으
로 팔러 갔다. '사사이 유꾸'라는 친구는 별 대수롭지도 않게,

　「잠깐 기다려. 내가 모두 팔아 줄 테니. 너는 여기서 쉬고
　　있으면 돼」

라고 하며 동료들한테 팔러 다녀 순식간에 전부 팔아 주었다.
이때의 고마웠던 일을 나는 지금도 잊지 못한다. 지금 나의 단
골 은행이 여기인 까닭도 여기에 있다.

　드디어 여비도 마련되고 둘이서 삿포로로 가는 아침이 되었
다. 역으로 가보았더니 그는 등산용 배낭을 짊어지고 있었다.
벌써 그 무렵에는 양복을 입고 배낭을 메고 있는 사람은 없었
으므로 나는 놀랐다.

　「어머, 가방은 어째서 갖고 오지 않았어요?」

　묻는 나에게 마에카와는 말했다.

　「아야짱의 짐을 들기 위해선 양손이 비워 있어야 하니까요.」

　그는 싱글벙글 웃고 나의 짐을 들었다. 나는 그에 대해 두
손 들었다고 생각했다. 그도 젊은 청년이다. 양복을 입고서 배
낭 짊어지는 것이 별로 기쁘지는 않았으리라. 그러나 그는 우
선 자기의 일보다도 맨 먼저 나의 일을 생각해 주었던 것이다.

　「함께 여행한다는 것은 이러한 것이로구나. 만일 나와 결혼
　　한다면 그는 인생의 긴 여행을 함께 하기 위해 역시 이와같
　　은 배낭 차림이 되리라. 반대로 나는 상대의 큰 짐이 될 뿐
　　이 아닐까.」

　새삼 절실히 깨달았던 것이다.

　그의 숙박처는 친지의 집이었고 나는 어머니의 고모 집이었
다. 짐을 내가 묵을 집 앞까지 들어다 주고 그는 그대로 돌아
갔다.

　나중에 보니 나의 손에 그의 녹색 보퉁이가 있었다. 그것은

그의 일기장으로서 가벼운 이 보퉁이만은 내가 들고 있었던 것
이다. 돌려 주려 해도 그가 묵는 집 주소를 몰랐다. 이튿날 아
침 북대 병원에서 만날 때 돌려 주면 좋을지 모르지만, 꼼꼼한
그는 오늘밤 틀림없이 일기를 쓸 것이 아닌가. 그렇게 생각되
자 나는 몹시 걱정이 되었다. 밤에 나는 그 보퉁이를 머리맡에
놓고서 잤다.

　그때 나는 문득 마음 속으로,

　「다다시상의 일기를 읽고 싶다.」

고 생각했다. 나는 어느 쪽인가 하면 남의 노트를 훔쳐 보든가
엽서를 읽든가 하는 일은 질색이다. 물론 나에게 「엿보기」의
흥미는 다분히 있다. 하물며 일기장이 애인의 것이라면 읽고
싶어지는 게 당연하다. 하지만 나는 요양소에 있으면서 산책을
나갈 때 엽서를 부쳐달라는 부탁을 받아도 한 번도 읽은 적이
없었다. 그러한 일은 천박한 짓이라고 굳게 믿고 있었기에, 지
금 여기서 아무리 그의 일기라고는 하나 읽는 일은 주저되었
다.

　「다다시상은 이 일기를 읽으라고 나에게 건넸던 것은 아니
　다. 누구라도 마음 속에는 남에게 알리고 싶지 않은 일면이
　있을 것이다. 허락을 얻지 않고 읽는다고 하면 나는 그를 배
　신한 것이 된다.」

　나는 읽음으로서 자기를 천하게 하고 싶지는 않았다. 그래서
결국 머리맡의 보퉁이엔 손도 대지 않고 잤다.

　이튿날 아침 병원에서 만났을 때,

　「읽고 싶었지만 읽지 않았어요」

라며 건넸더니,

　「읽어도 괜찮았어요.」

라고 그는 부드러운 미소를 보였다.

그 무렵의 북대 병원은 콘크리트 2층 건물이었던 것으로 분명히 기억된다. 하나의 과로부터 다른 과에 가는 데는 병자인 우리들로선 300미터는 되리라 생각될 만큼의 긴 복도를 지나지 않으면 안 되었다. 창문부터 보이는 병동의 벽은 어느 것이나 푸른 담쟁이 덩굴로 깊숙하니 덮여 있었다. 그런 병원 복도를 그와 걸으면서 나는 눈물이 쏟아질 것만 같았다. 그것은 내과에 가도 외과에 기도 지난 날 그의 동기생이 흰옷을 입고 활발히 환자를 진단하고 있었기 때문이었다.

「아. 오랫만이군. 그 뒤 조금은 좋아졌나?」

등등 일단은 친절히 그를 위로해 준다. 그러나 30이 지난 그가 아직 대학에 적은 있다 하여도 언제 복학할 수 있을지 모르는 것이다. 그의 심중은 오죽할까 생각하니 그만 눈물이 쏟아졌던 것이다. 특히 슬펐던 것은 흉부의 단층 촬영을 위해 엑스선 사진실에 들어갔을 때이다. 교수인지 강사인지 모르지만 많은 학생들에게 무언가를 설명하고 있었다. 마에카와를 보더니 좋은 재료가 있다는 듯이 그들 앞에서 발가벗기고 강의를 계속했다. 온순한 그는 싱글벙글 웃으며 학생들 앞에서 상반신을 벌거벗은 채 얌전히 교재가 되어 있었다. 물론 학생들은 그가 자기들의 선배라고 알 까닭이 없었다.

「난 그때 내가 다다시상 대신 그곳에 있었으면 좋겠다고 생각했어요.」

노여움 비슷한 심정으로 내가 그렇게 말했을 때 그는 여느 때의 조용한 어조로 말했다.

「아야짱, 인간은요 한 사람 한 사람에게 주어진 길이 있지요. 아야짱은 내 친구들이 의사가 되어 있는 것을 보고 조금 감정적이 되어 있는 게 아녜요?」

그는 나의 기분을 알아 맞추었다.

「나도요, 북대에 입학한 무렵 몇 년인가 지나면 의사가 된다. 그리하여 수입은 이 정도가 된다. 죽기까지 굶주리지는 않는다 생각했었고 의사라는 직업에 자랑을 갖고 있었지요. 그러나, 나는 신을 믿고 있으니까요. 자기에게 주어진 길이 최선의 길이라 생각하고서 감사하고 있지요. 그리 쓸쓸해 하지 말아요, 아야짱」

그러면서 그는 나를 위로했다. 나는 그의 말속에서 순교자 같은 강함과 아름다움을 느끼고서 잠자코 끄덕였다.

첫날 진찰을 마친 우리들은 의학부 안을 남김없이 걸었다. 해부용의 시체 보관소며 해부실 등까지 그는 안내해 주었다. 이 고풍수런 의학부의 모든 장소에, 그의 추억이 많이 있을 게 틀림 없다 생각하면서 나는 역시 요양자인 그가 가엾기만 했다.

구내에서 나오자 잔디의 푸르름이 눈에 선명하게 비쳤다. 수령 몇 백년이나 되는 느릅나무가 공원의 나무들처럼 아름다웠다. 그 아래를 흰옷의 간호사며 의사며 학생들이 무언가 이야기하면서 즐거운듯이 걷는다.

「저 사람들은 행복하네요.」

나는 이렇게 말했다. 마에카와는 조금 엄숙하게 대답했다.

「그 말은 정정을 필요로 합니다.」

「왜요?」

「인간은 보기에 행복한 것처럼 보였다 하여도 반드시 행복하다 할 수 없으니까요. 봐요, 라일락 옆을 걸어가는 저 간호사는 어제 혼담이 깨어졌을 지도 모르는 것이고 그 뒤를 가는 저 학생은 고향에 병든 아버지가 계셔서 중도 퇴학을 겁내고 있을 지도 모르죠」

「과연, 다다시상은 상상력이 풍부하네요.」

「그러니까 단정적으로 저 사람들은 행복하다는 등 부러워 해서는 안 되지요. 말할 수 있는 것은 지금 나는 아야짱과 둘이서 이 잔디를 걷고 있는 것만으로도 충분히 행복하다는 것이지요.」

확실히 그의 얼굴에는 아무런 그늘도 없었다.

그 이튿날도 병원에 갔다. 진찰이 끝나자 식당에서 식사를 했고 두 사람은 '삿포로 신사'의 저녁 축제의 거리를 거닐었다. 이날 저녁, 다다시상은 '호리 다쓰오'(堀長雄)의 《나호꼬》를 헌책방에서 사 주었다.

이 책의 속표지에는 그의 글씨가 지금도 남아 있다.

아야짱에게

삿포로의 거리를 걸었고 삿포로 신사의 저녁축제, 미나미(南) 도꾸조(六條) 니시(西) 2가인 아야짱의 숙소까지 그리고 다시 밤의 삿포로를 보리라 생각하고 함께 걸으며 어떤 헌책방, 화복(일본옷) 차림의 주인에게 물었더니 손님과 잡담중인 도중, 담배를 피워가며 찾아준 한 권의 책. 저자도 주인공 나호꼬도 TB, 그리하여 아야짱도 나도 대학 병원에 진찰을 받으러 온 훌륭한 TB.

모카 커피를 마셔가며

삿포로 자연장(紫煙莊)에서

다다시 씀

이튿날 삿포로 신사 축제의 거리를 도망치듯이 하여 우리들은 아사이까와 행의 기차를 탔다. 귀로에서도 그는 내 옆에서 엽서를 몇 매나 쓰고 있었다. 삿포로에서 신세진 숙소며 벗들에게 곧 감사 편지를 쓰고 있는 것이었다. 그는 언제나 **여행할**

적마다 차중에서 감사 편지를 쓰는 모양이었다.

「꼼꼼하네요.」

감탄하는 나에게,

「사실은 집에 돌아가고나서 써야만 하는 것인지도 모르죠. 덕분에 무사히 귀가했다는 등 쓰면 거짓말이 되니까요.」
라고 그는 웃었다.

북대 병원에서의 진단은 둘다 특별히 이상한 점은 없었다. 그것은 곧 그에게 있어선 기뻐할 진단이 아니었다는 것이었다. 수술도 하지 못하고, 마이싱도 별 효과가 없다. 때가 오면 죽으라 하는 뜻이다.

나의 경우는 기흉을 하면 치유되는 가망성이 있었다. 다만 엑스선 사진이 양호한 편으로선 미열도 너무 계속되고 여윔도 두드러졌다.

귀가한 이튿날, 그로부터 곧 엽서가 왔다. 그것을 보고 나는 그만 웃음이 나왔다. 그는 차 안 내 옆에 있으면서 내 앞으로 엽서를 쓰고 있었던 것이다. 이러한 유머러스한 일면도 그에겐 있었다. 그것은 3일간의 여행을 함께 한 자에 대한 깊은 보살핌의 정이 곁들인 유우머였으리라. 이때의 엽서는 확실히 즉흥의 시로서,

「덜커덩 덜커덩」

하는 기차 소리를 몇 군데 쓰고 있었다. 아무튼 그의 편지는 연일이라 해도 좋을 만큼 왔었으므로 이런 엽서 한 장을 찾아내는데는 상당한 시간이 걸린다. 유감이지만 지금 이곳에 인용하지 못한다. 지금, 이때의 두 사람 여행을 떠올리며 나는 마음에 은밀히 자랑으로 여기는 일이 한가지 있다. 그것은 지금 유행의 「혼전 여행」 같은 것은 아니었다는 일이다. 그뿐인가 우리들은 입맞춤 하나 나누는 일을 하잖았다. 이는 아마도, 그

자신이 여행지였던 까닭에 더 한층 자기를 억제했기 때문일 것이다. ⌐의 강한 의지, 남성으로서와 확실한 판단을 연상케 해주는 추억이다.

이것과 비슷한 그의 심정은 다음의 편지에도 나타난다.

「아야쨩의 엽서, 오후에 한장. 아마 어제 밤에 쓴 것이겠지요. 그 중 전날의 내 엽서에서 말수가 많은 것을, '다다시 상이야 말로 생각한 일을 전부 말해 주지는 않는 게 아닌가', 하고 씌어 있었지만, 한가지는 달콤한 말을 쓴 부분이라서 생각을 돌이켜 지웠던 것입니다. 지금의 아야쨩에겐 공허하게 밖에 들리지 않을 것이고 또한 그것을 필요로 하는 상태도 아니므로 〈후략〉」

그는 애써, 이른바 달콤한 말을 사용하지 않았고 끈적끈적한 분위기를 좋아하지 않았다. 우리들은 확실히, 서로의 달콤한 말을 필요로 하기보다도 서로의 엄격함을 필요로 하고 있었던 것처럼 생각된다. 남녀의 교제라는 것은, 자칫 잘못하면 서로의 생활을 해이하게 만들고 공부를 않게 만든다. 그 무렵의 그의 편지에는 구호처럼 「공부, 공부」라고 씌어 있었다. 서로가 서로를 좋은 의미로서 자극하는 것을 우리들은 바라고 있었다.

9월이 되어 간도 야스히꼬가 드디어 삿포로에 가게 되었다. 그는 대학에 돌아갈 수가 있을 만큼 건강이 회복됐던 것이다. 그의 수술은 완전히 성공했던 것이다.

드디어 내일 떠난다는 날이 되어 그는 나의 집에 인사하러 왔다. 당연히 여느 때처럼 천천히 있다가 가리라 생각했는데, 간도는 현관에서 실례한다고 말했다. 내일 떠나려면 바쁠 테지 생각하면서도 나는 내심 섭섭했다. 몇 년간의 친구로서는 작별 방법이 좀 냉담하다고 생각했다.

백 미터 가량 배웅하자 그는 그 안에 연신.

「괜찮아. 여기서 돌아가요.」

라고 말했다. 이내 그의 그런 말이 무슨 이유에 의한 것인지 뚜렷이 알았다. 백 미터 쯤 간 모퉁이에 숨듯이 서 있던 사람은 오오사또(大里)부인이었다. 오오사또 부인은 쉰이 지난 약간 뚱뚱하다 싶은 여자였다. 남편은 어떤 상사 회사의 사장이라고 했다.

오오사또 부인의 아들이 간도와 같은 병실이었지만, 이 부인은 금방 간도에게 미치고 말았던 것이다. 간도가 산책을 갈 때는 부인이 반드시 함께였다. 그리고 그 돌아오는 길에 간도는 반드시 커피를 얻어 먹고 있었던 모양이다.

쉰 살의 사장 부인에게
언제나 언제나 커피를 얻어 먹는 당신은 싫어.

나는 이 노래에 있는 것처럼 그런 간도의 일면이 웬지 싫었다. 더욱이 그 부인은 내가 그를 병문안 가면 참으로 이상한 태도를 취했다. 병문안을 끝낸 나를 간도가 현관까지 배웅해 준다. 거기서 선 채로 이야기를 하고 있으면 부인은 그를 찾으러 오는 것이었다. 이야기가 끝나지 않았을 때는 부인이 그의 손을 잡아끌며 병실로 데려갔다. 이야기를 하고 있는 나에겐 거들떠 보지도 않고 느닷없이 그의 손을 잡아끄는 모습도 가엾다면, 끌려가는 간도 역시 우스꽝스러웠다.

그런 일이 있었던 만큼 숨어 있듯 오오사또 부인이 길모퉁이 집 그늘에 서 있음을 보았을 때, 나는 간도에 대해 심한 모멸

감을 느꼈다.

그날 마에카와 다다시가 내일 간도를 배웅가자고 말하러 왔을 때, 나는 그것을 말하고서 거절했다. 그는 방 앞의 뜰에 피어 있는 흰 퐁퐁달리아를 바라보면서,

「배웅해 주어야 합니다.」

라고 같은 말을 두 번 되풀이했다.

이튿날은 안개가 잔뜩 낀 날이었으나 마에카와는 간도를 역까지 배웅하러 갔다. 그의 집에는 인사도 가지 않은 간도를 그는 배웅해주러 갔던 것이다.

24

삿포로로 떠난 간도 야스히꼬로부터 편지가 왔으나 나는 답장을 해 주지 않았다. 그러나 지금 생각하면, 나는 그를 나무랄 자격은 하나도 없었던 것이다.

마에카와는 나와의 사랑을 존중하여 가장 친했던 사촌 누이와의 편지 왕래조차 거의 삼가했고 첫사랑인 사람과 스쳐도 말을 걸지 않을 정도였다. 하나 나는 간도와 꽤나 친하게 사귀고 있었다. 간도에 대한 감정을 엄격히 추궁받는다면, 역시 대답하기에 곤란한 것을 갖고 있었음이 틀림없다. 그점, 나는 결코 정숙하다고는 할 수 없는 여자이다.

부모가 없는 간도가 모성애적인 것을 구하여 오오사또 부인과 친하게 사귀었다고 해서 내가 성낼 이유는 없을 터이었다. 그것이 자못 불결하게 보인 것은 내 자신의 마음의 문제였을

지도 모른다. 그러나 나는 그뒤 얼마동안 그에게는 편지를 보내지 않았다.

그 가을부터 나의 몸은 더욱 여위어 갔고 눈은 언제나 열로써 그렇고 볼이 불그래 물들어 있었다. 의사는 흉부의 엑스선 사진을 보고서 열이 나는 원인을 모른다 했고, 아마도 신경성으로 나타나는 것이라고 했다.

그 무렵부터 나는 의사에 대한 불신감을 차츰 품게 되었다. 인간의 몸은 복잡 미묘한 것이다. 37도 4부나 되는 열이 계속되고 몸이 차츰 여위어 가건만 의사는 왜 흉부 엑스선 사진만을 보고 나를 신경성 환자라고 규정하는지 나로선 알 수가 없었다.

「의사는 과학자가 아닌가. 과학자란 ' ? '를 추구하는 자가 아니면 안 될 터이다.」

그러나 의사는 다른 어디도 조사하려고는 하지 않고 운동 부족이라든가 어딘가에 근무하라고 말하는 것이었다. 흉부 사진의 소견(所見)이 그만큼 좋다는 것이었을 테지만, 때로는 혈담(血痰)이 나와도,

「코피가 아닙니까. 조금 강한 기침을 하면 목에서 피가 나오지요.」

등등 처음부터 상대를 해 주지 않는 것이었다.

이런 때 병자는 비참하다. 발열의 원인을 알고 여위어 가는 원인을 알면서 요양하는 것이라면, 조금 쯤의 고통은 견딜 수 있다. 그러나 의사가 전혀 아무 것도 아니라고 단정하는데 몸 쪽이 쇠약되어 간다는 것은 참으로 불안한 것이다.

모처럼 진지하게 살려고 하기 시작한 나를 비웃기나 하듯이 몸속 깊은 곳에서 생명이 좀먹어 들어가는 느낌인 것이다.

「아무리 과학이 진보했다 하여도 고작 다섯자의 몸 속이 어

떻게 되어 있는 지 모른다. 그런 정도의 과학이다.」

나는 내가 매우 비문명적인 시대에 살고 있음을 새삼 느꼈다.

「인간은 아무 것도 모른다.」

나는 연신 그렇게 생각하게 되었다. 참말이지 지금 내가 살고 있는 시대는 오랜 역사 중에서 아득한 옛날 시대에 있는 듯한 느낌이 들었다. 세상은 너도나도 과학을 구가하는 듯한 것이 나로선 우스웠다. 그런 때 성서 중에서,

「만일 사람이, 자기는 무언가 알고 있다고 생각한다면, 그
   사람은 알지 않으면 안될 만큼의 일조차 아직 모르고 있다.」

는 말을 보고서 나는 깊은 공감을 느꼈다. 그리하여 알아야 할 것이란 곧 신의 일을 말하는 게 아닐까 하며 생각했다. 그 무렵의 나는 꽤나 성서를 읽고 있었지만 아직 믿기에는 이르지 않았다. 신에 관해 친구들과 이야기를 하면,

「하나님이란 있을 리가 없어. 이렇게 과학이 발달한 세상에
   서 증명할 수 없는 것은 없다는 것과 같아.」

흔히 그런 말을 듣는 것이었다. 그러자 나는 별안간 웃고 싶어졌다. 이 세상은 그렇듯 과학이 발달되어 있는 것일까? 인간은 그렇듯 현명한 것일까? 인간 따위는 자기 자신의 몸 속조차 모르는데, 모든 것을 알고 있는 것처럼 생각하고 있다. 과학 따위도 인간이 생각해낸 것이 아닌가? 비록 비행기가 날고 원자 폭탄이 발명되고 이윽고 달세계까지 로켓을 날려 보낸다 하여도 이 무한한 우주를 얼마나 안다는 것일까?

「그러면, 신이 있다는 증명을 할 수 없으니까 신이 없다는
   거라면, 신이 없다는 증명을 해 주었으면 해.」

나는 그렇게 반론했다. 그러면 대개의 벗은,

「아, 그렇군」

하고 머리를 긁는 것이었다. 과학적으로 신이 없음을 증명하지
못하는 한 신이 없다는 것 또한 비과학적인 셈이다.

「신이 있다니 비과학적이야. 신 따위 있을 게 뭐야.」
둥 신을 부정하는 일은, 신을 긍정하는 일과 같을 만큼 비과학
적인 것임을 깨닫지 못하는 것이다.

그 무렵의 나는 또 이런 일도 친구들과 이야기했다.

「인간이란 큰 것일까, 작은 것일까?」

어느 때는 인간이 터무니 없게 작은 것으로 생각되었다. 우
리들 인간은 어떤 터무니 없는 거인의 한 세포에서 사는 바이
러스와 같은 것으로 상상할 수도 있었다. 그런 세포와 세포의
공간은 별과 별의 사이만큼이나 떨어져 있다. 그런 거인의 한
세포가 이 지구로서, 그 지구상에 빌딩을 세우든가 기차를 달
리게 하든가 한다고 생각하는 일은 유쾌했다. 거인부터 보면
그런 몇 십억의 인간 존재 등 아무렇지도 않을는지 모른다. 그
러나 이는 어디까지나 상상의 세계로선 즐겁지만, 현실로 괴로
워하며 살고 있는 나로서는 아무런 도움도 되지 않는 것이었
다. 문제는 역시 자기 자신이라는 인간의 마음 속에 있었다.

나는 파스칼의 《팡세》를 읽고 파스칼이 말한 〈내기〉에 흥미
를 가졌다.

「과연, 신이 있다 하는 쪽에 내기를 건다면 나는 신을 믿고
희망이 있는 알찬 일생을 보낼 수가 있으리라. 만일 신이 있
는 쪽을 믿고 신이 없었다 하여도 나는 아무 것도 잃지 않는
다. 오히려 결실이 있는 일생을 보낼 수 있는 것이다. 만일
신이 없는 쪽에 걸고 살았다고 한다면, 나와 같은 인간은 아
마도 타락이 되고 아무렇게나 살면서 시시한 쾌락에 잠겨 일
생을 낭비하게 되리라. 그리하여 마지막으로 신이 계시다 하
는 것이 되면, 한번도 신을 믿지 않았던 자기는 어떻게 신

앞에 나갈 수가 있겠는가.」

그러한 일을 나는 끊임없이 생각했다. 신은 있는 지 없는 지 그 두 가지 중의 어느 쪽인 것이다. 그렇다고 안이하게 있다고 말해도 거짓말이 된다. 없다고 말해도 거짓말이 된다. 있는 지 없는 지 모른다고 하는 게 정직한 것이다. 그렇다면 있는 지 없는 지 모르는 신의 일 따위 생각지 않고 살면 된다고, 사람들은 말할 지도 모른다.

그러나 그렇다면 곤란한 것이다. 왜냐하면 인간에게 있어 신의 존재는 모르더라도 어쨌든 신은 있는 지 없는 지의 어느 쪽인 것이다. 일단 신이라는 문제에 머리를 디민 이상 아무런 해결도 없이 그곳에서 되돌아오는 일은 나로선 할 수 없었다.

하지만 나는 신이 있는 쪽에 내기를 걸고자 생각하면서도, 그러나 결단을 내리지는 못했다. 그런 상태일 때 몸은 더욱 더 여위어 갔고 마에카와의 권유를 좇아 아사이까와의 N병원에 입원했다. 쇼와 26년(1951), 첫눈이 내린 10월의 20일도 지난 무렵이다.

마에카와는 매일처럼 면회를 와 주었다. 그의 집에서 병원까지는 약 2.5km나 떨어져 있다. 요양 중인 그에게는 자전거를 타더라도 결코 가까운 거리는 아니었다.

11월 2일의 밤이었다. 그는 나를 면회하고서 돌아갈 즈음 내게 말했다.

「저 말이지 내일 밤 팥밥(경사나 새출발을 할 때 나눠 먹는다)을 가져올 지도 모르지요. 하지만 약속은 하지 않겠어요. 꼭 믿지는 말고서 기다려 주세요.」

이튿날 저녁, 비에 젖은 그가 찬합을 들고 병실에 들어왔다. 팥밥을 놓더니 아직 저녁 식사를 하지 않았다면서 그는 곧 돌아갔다.

나중에 그와 친한 K가 말했다.

「다다시상은요, 오전에 내가 놀러 갔더니 아무래도 안절부절
하고 있는 거예요. 어머니에게 그것을 주세요 하더니 찬합을
갖고 나갔지요. 조금 어디를 다녀온다면서. 어머니에게 여쭈
었더니 당신이 있는 이곳까지 팥밥을 가지고 갔다고 하지 않
겠어요. 친구인 나를 두고서 말이죠. 그는 정말이지 훌륭한
사람이에요.」

K는 마에카와 다다시를 평소부터 잘 알고 있는 청년이었다.
그 이야기를 듣고 나는 약속이라는 것에 관해 새삼 생각하게
되었다. 마에카와는 우선 약속이라는 것을 결코 않는다고 말해
도 좋을 만큼 간단히 약속을 않는 인간이다. 성서에도,

「일체 맹세해선 안 된다.」

고 씌어 있다. 그는 인간 마음의 변덕스러움을 알고 있었다.
또한 인간이라 하는 것은 내일을 알 수 없는 것임을 알고 있었
다. 그러므로 보통의 사람이라면

「내일 팥밥을 가져다 드리겠어요.」

라고 할 것을, 그는

「약속은 하지 않겠어요.」

라며 다짐을 하고서 돌아갔던 것이다. 그럼에도 불구하고 그는
왔다. 마파람이 치는 가운데 친구를 기다리게 하고서 왕복 5km
길을 그는 와 주었던 것이다. 얼마나 깊고 진실한 사랑일까?
참으로 진실한 인간은 약속을 가볍게 하지 않음을 나는 똑똑히
알게 되었던 것이다.

25

입원한 나의 병실은 8명이 함께 쓰는 큰 방이었다. 원기 있는 사람도 있고 누워만 있는 사람도 있었다. 폐결핵, 당뇨병, 농흉(膿胸), 복막염, 카리에스 등 온갖 여자 환자들이 있었다. 그 가운데 한 명의 고교생이 있었다. 아직도 단발 머리의 어딘지 어두운 느낌이 드는 소녀였다.

어느 날 그 소녀의 학교 선생이 그녀를 병문안 왔다. 선생도 말수가 많은 사람이 아니었지만, 그녀는 너무도 말이 없었다. 묻는 말에는 예라든가 아뇨라든가 대답을 하지만, 자기 쪽에서 일체 아무 말도 하지 않았다. 바로 옆 침대에 있으면서 나는 그 선생이 딱하게 여겨졌을 정도이다.

그리고 며칠인가 지나고서 무슨 말부터인지 나는 병실 사람들에게 요양 친구의 비참한 자살 이야기를 했다. 순간 모두들 침묵에 잠겼고 웬지 겸연쩍은 듯이 얼굴을 마주 보았다. 나는 몰랐지만 그 고교생은 자살 미수로서 입원하고 있었던 것이다.

수면제를 먹고 그녀는 사흘 밤낮 정신 없이 잠들어 있었다. 다행히 심장이 튼튼해서 살았던 것인데 수면제로 위장을 상하여 계속 입원하고 있었던 것이었다.

단순한 위장병 환자라고 생각했던 나는 같은 병실의 환자에게 살며시 귀띔을 받고서야 새삼 그녀에게 친근감을 가졌다. 왜냐하면 내 자신 또한 죽음을 결심하고 죽지 못했던 과거를 갖고 있었기 때문이다. 여담이지만 이 소녀가 사흘 밤낮을 두고 혼수 상태에 있었다는 것을 남에게서 듣고, 뒷날 소설 《빙점》의 요꼬를 사흘동안 잠들게 했던 것이다.

이 소녀와 친해진 것은 대체 어떤 계기부터 였을까? 아마도 이 소녀 또한 나에게서 무언지 자기와 비슷한 것을 느꼈을 게 틀림 없다. 그렇다고는 하지만 그녀의 자살 미수에 관해서는 나는 아무 것도 묻지 않았다. 너무나도 그 상처가 생생했기 때문이다.

하나 주의를 하여 보고 있노라면 그녀의 거동은.안정돼 있지 않았다. 하루에 몇 번이나 옷을 갈아입는다든가 세수도 않고 머리도 빗지 않은 채 멍하니 침대에 앉아 반나절이나 공허한 눈으로 허공을 보고 있었다. 이대로 버려두면 반드시 그녀는 다시 죽음을 택하리라고 나는 직감했다.

「죽게 해서는 안 된다」

나는 몇 번이고 마음 속으로 그렇게 생각하고, 또 그렇게 생각하는 자신에게 놀랐다. 이전의 나라면 만일 죽고 싶은 사람이 있다면 잠자코 죽게 버려 두리라고 생각했던 것이다. 내 자신 아무런 사는 목적도 없었으므로 죽고 싶은 사람은 죽게 해주는 편이 좋다고 생각했던 것이다. 그것이 지금은 갓 알게 된 한 소녀의 살아가는 방법에 불안을 느끼고 마음 아파하는 인간이 되어 있는 것이었다.

어느 날 나는 용기를 내어 정면으로 그녀에게 말했다. 그녀가 내 침대 옆 의자에 멍하니 앉아 있을 때였다. 으스스 추운 날이 계속되고 눈이 내렸다가 녹기를 반복하고 있는 11월도 끝 무렵이었다.

「리에짱, 당신은 어째서 죽고 싶은 생각을 했지요?」

순간 그녀의 눈이 반짝하며 번뜩였고 그리고서 다시 무표정한 얼굴로 돌아갔다.

「홋다상, 알고 있었어요?」

「알고 있었지요. 당신을 가만히 보고 있으면 어쩐지 또 약을 먹을 것 같아 불안해요.」

그녀는 잠자코 얼굴을 숙였다.

「리에짱, 당신이란 사람은 건방지네요. 열 여섯이나 일곱으로 이 세상이 살아가는 가치가 있는 지 없는 지 알 턱이 없잖아요. 어째서 죽겠다는 쓸데없는 것을 생각했지요?」

나는 거침없이 말했다. 그것은 자기 자신에게 들려 주는 듯한 심정이기도 했다. 건방지다는 말에 그녀는 싱긋 웃었다. 무서울 만큼 허무적인 표정을 짓는 일도 있지만 때로는 눈이 이글거리며 미묘하게 동물적 느낌이 드는 소녀이기도 했다. 늘씬한 몸과 사람에게 몸을 비벼대 듯이 하여 걷는 걸음걸이에 암코양이같은 사랑스러움도 있었다. 이 소녀의 마음은 점차로 나에게 열려 왔다.

언젠가 그녀는 나에게 자살을 마음먹은 이유를 말해 주었다.

「내가 시골 중학교에 다녔을 때 그곳에 국어 선생님이 계셨죠. 무지무지 학생들에게 이해심이 있어 무엇이든지 알아 줄 것만 같은 느낌이 들었지요.」

그녀의 집은 어떤 도시의 큰 가게였다.

「그 선생이 나의 고민도 들어 주리라고 생각했지요.」

「당신의 고민이란 무엇이었는데?」

이런 때 나는 언제나 무뚝뚝하게 묻는다. 지금도 그렇다. 상대가 심각한 고뇌를 털어놓을 때, 다정하니 고개를 끄덕여 준다고 하기보다 얼마 쯤 밀어내는 투의 말을 하는 게 나의 결점이다. 하지만 나를 알아 주는 사람은, 내가 그런 때 마음을 깊이 움직이고 있다는 것을 알아차리고 있는 것이다. 너무도 깊이 감동되고 있으므로 감정에 떠내려가지 않으려고 나는 극히 냉담한 말을 한다.

이 소녀는 아직도 나이가 어린 데도 그러한 나의 마음 움직임을 재빨리 알아차리는 날카로운 감수성을 갖고 있었다.

「나의 고민은요, 홋다상. 인간이란 큰 바다에 떠도는 티끌처럼 아무런 가치도 없는 게 아닐까 하는 것이었지요. 나는 그것을 편지로 써서 국어 선생에게 보냈어요. 그랬더니 그 선생님은 나의 편지를 러브 레터처럼 생각했던 모양이에요. 아무런 답장도 주지 않을 뿐 아니라 그것을 선생님들에게 퍼뜨리고 말았지요.」

나도 일찍이 교단에 선 적이 있는 인간이다. 이 소녀가 받은 상처가 얼마나 깊은 것인지, 이 이야기를 들었을 뿐이지만 충분히 짐작할 수 있었다.

그 교사는 교단 위에선 자못 학생들의 이해자이기나 한 것처럼 이야기할 수 있었다. 그러나 이 얼마 쯤 조숙한 소녀의 고뇌가 어떤 것인지 받아 낼 만큼의 인간은 아니었다. 인생에 대해 처음으로 의문을 가진 자의 그 애처로운 불안을, 그 선생은 알지를 못했던 것이다. 더욱이 이 소녀가 교사에 대해 품었던 신뢰를 너무나도 경솔히 받아들이고 말았던 것이다. 신뢰받고 있다는 게 얼마나 무서운 것인가를 이 교사는 몰랐던 것이다.

나는 격분을 느끼면서 그녀의 이야기를 들었다. 그뒤 그녀가 아사이까와의 고교에 들어가고서도 한번 심어진 교사에 대한 불신감은 씻겨지지 않았다. 그 뿐인가 어른 전체에 대해 그녀는 뿌리깊은 불신을 가졌고 차츰 염세적으로 되어 갔던 것이다.

「홋다상, 나는요 나의 생일인 8월 20일에 약을 먹었지요. 그 때까지 썼던 모든 공책과 사진도 전부태워 버렸지요. 내가 살고 있었다는 증거는 무엇하나 남기고 싶지 않았지요.」

「유서는?」

「아무 것도 쓰지 않았어요.」

그녀는 누구에게도 말하지 않았던 자살의 원인을 이렇게 나에게 털어놓았다. 즉 그녀는 염세 자살을 꽤했던 것인데 그 참된 원인은 그녀의 중학교 선생에게 있었던 것이다.

어른에게 있어선 별 것도 아닌 이야기로 생각될 지 모른다. 그러나 한 인간이 자기의 생일을 골라 그날 죽겠다고 결심하는 것은 예사롭지 않은 일이다. 나는 그 깊은 슬픔을 동정하지 않을 수 없었다. 그리고 일찍이 교단에 선 자로서 이 소녀에 대해 책임을 지지 않으면 안 되는 듯한 그런 느낌마저 품게 되었다.

마에카와는 눈이 내리고 나서도 여전히 나를 병문안 와 주었다. 그는 스키 모자를 쓰고 큰 마스크를 하고서 언제나 싱글벙글하며 들어 왔다. 내가 입원했을 무렵의 그 방은 결코 부드러운 공기는 아니었다. 무언가 자포자기적인 분위기로서 여자 환자들이건만 내가 태어나서 처음 듣는 듯한 상스런 노래를 합창하는 것이었다. 연인이 병문안을 오면 낮이라도 같은 침대 속에 들어갔고 간호사도 그것에 대해 주의를 하지 않았다.

하지만 차츰 병실의 공기가 달라졌다. 크리스마스가 다가오고 어느 병실이든 방의 장식에 바빴다. 어디서인가 큰 소나무를 잘라 와 어느 방이고 열심히 장식을 달았다. 그러나 우리들의 방만은 웬지 기세가 오르지 않았다. 모두들,

「홋다상, 우리들 방은 꾸미지 않아요?」

라고 말했을 때, 나는 평소 생각한 일을 말해 보았다.

「다른 방에선 크리스마스 트리를 장식하지만, 트리를 장식하는 것만이 크리스마스는 아니라고 생각하죠. 우리들의 방은 다른 방과는 다른 크리스마스 맞이를 하지 않겠어요? 목사

님을 초대하여 그리스도의 이야기를 듣는 것이죠.」

기독교 이야기 같은 것, 딱딱해서 싫다고 모두들 말할 거라고 나는 생각했다. 내 자신 아직 신자도 아닌데 목사를 초대한다는 건 우스운 이야기일 지도 몰랐다. 하지만 나는 리에라는 소녀에게 진심으로 살겠다는 느낌을 갖게 하자면 목사를 초대하는 것밖에 방법이 없는 것처럼 생각되었다. 그리고 또 병실의 어느 한 사람을 보나 이렇다 할. 참된 희망을 갖고 있는 사람은 한 사람도 없는 것처럼 생각되었다. 물론 내 자신도 포함해서.

내 말을 듣자 뜻밖에도 병실 사람들 얼굴이 환하게 빛났다. 그래서 그 이야기는 즉각 실행에 옮기기로 정해졌다. 그 뿐인가 병동 전체의 방에도 안내장을 내자고 제안하는 사람조차 있었다. 나는 아연했다. 하나 그 이유는 곧 알았다. 원인은 마에카와 다다시에게 있었던 것이다.

26

지금까지 신앙 문제 따위를 서로 이야기한 적도 없는 같은 방의 환자들이 크리스마스에 목사를 초대하자는 나의 제안을 너무나도 쾌히 받아들였으므로 나는 어리둥절했다. 사람들이 딱딱한 이야기는 별로 듣고 싶어하지 않을 거라고 애당초 믿고 있었던 나는 부끄러웠다. 하지만 같은 방 요양 친구들은 내가 입원하고서 겨우 두 달 동안에 막연하긴 하지만 기독교에 대해 호감을 가졌다. 그것에는 이유가 있었다.

마에카와 다다시는 나를 매일처럼 면회하러 왔다. 면회를 올 수 없을 때에는 편지를 보냈다. 그것만으로 충분히 **병실 친구**들은 그의 진실에 감동받고 있었던 것이다. 주부가 **병이 나서** 1년 쯤 지나면 대개는 이혼 말이 생기고 그런 **일로 여자들은** 얼마나 울어왔는지 모른다. 비록 이혼까지의 진행은 되지 않더라도 남편이 아내를 병문안하는 경우는 거의 없게 된다.

연인들만 해도 마찬가지이다. 그 방에는 **병균이 있었던** 까닭에 연인에게 버려진 여성이 둘이나 있었다. 그러므로 이런 진실된 마에카와의 모습은 그녀들에게 희망을 갖게 해 주는 커다란 존재이기도 했던 것이다.

「세상엔 무정한 남자들 뿐만이 아니다. 자기에게도 언젠가
 저런 사람이 나타날 지도 모른다.」

그녀들에게 그런 꿈을 마에카와는 주고 있었는 지도 모른다.

또 한가지, 마에카와가 경애(敬愛)의 느낌을 갖고 대해진 이유가 있었다. 그것은 누구든 애인을 보러 몇 번 병실에 와도 아무에게도 인사를 하지 않고 두 사람만 이야기하며 앞에서도 말했던 것처럼 대낮부터 동침한다. 그것과는 달리 마에카와는 찾아오면,

「여러분, 어떠십니까? 오늘은 춥군요.」

하고 인사를 했다. 돌아갈 때는,

「여러분 몸조리를. 무언가 시내에서 사올 것이 있으면 말씀
 해 주십시오.」

라고 말을 한다. 자반 고등어를 사달라든가 대구알을 사달라든가 하는 주문을 그는 노트에 메모하고 부탁받은 일은 결코 잊지 않았다.

어느 날 그에게서 전화가 왔다. 간호원 대기실에 가서 **수화**기를 들었더니,

「지금 시내에 와 있는데, 필요한 것이 있으면 사 갖고 갈 테니 방의 여러분에게 물어 보아요.」

그런 전화였다. 그 날은 눈이 내리는 날이었으므로 더 한층 같은 방 사람들은 감동했으리라.

「얼마나 친절한 사람일까. 우리들도 본받아야 해.」

그런 말을 그녀들은 주고 받았다.

그 병원에는 깜깜한 복도가 있었고 연인들은 그 어둔 곳에서 만나기를 좋아했다. 하지만 마에카와는 나의 침대 옆에서 문학이나 성서의 이야기를 할 정도였고 깨끗이 돌아간다. 그런 일에도 산뜻함이 느껴지고 있었던 모양이다. 이와같은 마에카와의 병문안 방식이 어느 덧 같은 방 환자들 가슴을 울려 주고 있었던 것이다. 마에카와가 소속된 교회의 다께우찌 아쓰시(竹內原) 목사를 초빙하는 일에 주저하는 사람도 반대하는 사람도 없었던 셈이다.

드디어 목사를 초빙하는 날이 되었다. 열이 있는 나에게 같은 방 사람들은 부담을 주지 않으려고 일해 주었다. 간호사 대기소에서 테이블을 옮겨오고 그곳에 간직해 두었던 레이스를 덮는 사람, 각 실에 목사가 온다고 알리고 다니는 사람, 꽃을 사다가 꽃꽂이 하는 사람, 모두들 열심이었다.

우리들의 병동에는 여섯 개 가량 큰 입원실이 있고 60명 가까이 입원하고 있었다. 그 중의 어떤 남자 병실은 전원이 빠짐없이 출석한다는 대답이 있었다. 일동은 기뻐했다.

소아과 어린이들이 우리 방으로 찾아왔다. 소아과의 큰 방에는 취학 이전의 유아로부터 중학생 정도까지 입원하고 있었다.

「목사님이 오신다면 저희들 방에도 오셔서 이야기해 주세요.」

어린이들은 진지하게 나한테 부탁했다. 나는 그만 가슴이 뜨거워졌다. 소아과 어린이라고 하면 조금 원기 있는 아이는 복도를 뛰어다니며 떠들고만 있었다. 그러나 그런 어린이들이 목사님의 이야기를 듣고 싶다고 바라는 것이다. 그 점에 나는 감동하여 부디 한 사람이라도 기독교의 얘기를 이해하고 신자가 되어 주었으면 하고 신자가 아닌 내가 그렇게 생각했다.

같은 방의 쉰 살 가까운 어떤 환자는,

「목사님을 뵙다니 얼마나 황송한 일이야. 너무 황송해서 눈이 안 보이면 곤란하지.」

그러며 그녀는 침대보를 새로 갈고 잠옷을 나들이 옷으로 갈아입고서 침대 위에 정좌하여 1시간 전부터 긴장된 표정으로 목사님을 기다리고 있는 것이었다. 신앙에 대해 잘 모르는 다른 환자들도 모두 말끔히 신변을 정리하고 그녀들과 마찬가지로 침대 위에 정좌하여 목사님을 기다렸다.

목사님은 신이 아니다. 보통의 인간이다. 그런 목사를 신이라도 맞듯이 공손하게 태도를 가다듬고 있는 동료들을 보자 나는 뭐라 말할 수 없는 깊은 감동을 느꼈다. 그 맞음이 조금 우스꽝스럽기는 하더라도 누구의 마음 속이건 신에 대한 외경(畏敬)이라는 게 있다고 생각되자 나는 그것을 웃을 수가 없었다.

목사님이 오셨을 때 다른 방에서도 30명 남짓 설교를 듣고자 환자들이 왔다. 확실히 12월 28일의 밤이었다고 기억된다. 하나 유감스럽게도 목사님의 이야기는 처음으로 설교를 듣는 사람에겐 어렵고 별로 흥미가 없는 이야기였다.

목사님이 돌아가신 뒤 같은 방 환자들은 입을 모아 말했다.

「기독교란 엄청나게 어려운 이야기네요.」

「그야 뭣이든 처음은 어려워요.」

「아냐, 어지간히 학문 있는 사람이 아니면 모르는 종교야.」

그런 얘기를 들으면서

「눈이 안 보이면 곤란하니까……」
라고 말한 쉰 살 가까운 환자가

「뭐니뭐니 해도 다께우찌 목사님의 신령스런 얼굴을 뵈었으
니까 가슴 속이 뚫려 이쪽까지 깨끗해졌어.」

라고 엄숙한 얼굴이 되었다. 그래서 결국은 이야기는 어려운
게 틀림 없지만 1주일에 한번은 계속해서 설교를 해 달라고 하
자는 것이 되었다. 아무도 성서를 가진 자는 없었다. 교회에서
성서를 사기로 했다. 대부분 사람들이 다투어 성서를 구입했
다. 어떤 남자 환자실에선 10명 전부가 성서를 샀다.

이래서 새해부터 목사에게 정기적으로 이야기를 듣게끔 되
었다. 기타를 잘 하는 어떤 청년은 열심히 찬송가를 연습하기
시작했다. 다음 번 모임까지 모두들 노래할 수 있게 되자고 저
녁 식사 후 우리들 병실에서 찬송가 연습을 시작했다.

아무런 낙도 없이 살고 있던 환자들에게 있어 이 정기 집회
는 좋은 자극이 되었다. 남자 환자들이 방에 놀러와도 인생에
관해 서로 이야기하게 되었다.

어느 날 밤 목사님이 사정이 있어 올 수 없게 되었다. 모인
환자들은 그래도 성서를 읽고 찬송가를 불렀다. 그뒤 내가 사
회를 보며 왜 이런 모임에 나오게 되었는가 하는 좌담회를 열
었다.

모두들 진지하게 갖가지의 의견을 말했다. 그 중에

「심심풀이로 나오고 있습니다.」

고 대답한 50살이 넘은 남자 환자가 있었다. 그 말이 너무도
정직했으므로 나는 마음에 새겼다. 그 사람과 나란히 앉아 있
던 청년이 있었다. 복도를 걸을 때 언제고 잠옷에 외투를 입고
있었다. 어딘가 마에까와의 얼굴을 닮았고 고상한 느낌이 드는
사람이었다. 하이꾸[誹句 : 短歌와는 달리 5·7·5의 내자로 되는 정형시]

를 하는 듯 때때로 하이꾸 일로 우리들 방을 찾는 청년이다.
그 사람은 구로에 쓰도무(黑江勉)라고 했다.

「저는 수양을 위해 나오고 있습니다.」

그는 이 모임에 오게 된 이유를 말했다.

「신앙과 수양은 다른 것인데……」

나는 그렇게 생각했다. 처음에는 누구라도 신앙과 수양, 신
앙과 도덕을 같은 것처럼 생각해 버린다. 실제 이 병동에 있는
환자 하나는 성서를 고쳐 써야만 한다고 말했다.

「성서 중에서 기적의 기사는 모두 빼내버리는 것이지요. 그
리고 너의 적을 사랑하라든가 색정(色情)을 갖고서 여자를
보지 말라 하는 부분만 모으면, 현대인은 성경을 읽는다고
생각합니다.」

이런 말을 듣고 있던 무렵이므로 구로에라는 청년이

「수양을 위해 출석하고 있습니다.」

라는 말은 특히 인상에 남았던 것이리라. 이날 밤 좌담회는 모
두들 즐거웠다고 말해 주었다. 그리고 이 집회는 내가 얼마 뒤
병원을 옮긴 뒤에도 계속되었다.

모임이 시작되고서 두 달 쯤 지나 내가 몹시 놀란 일이 있었
다. 그것은 심심풀이로 출석한다고 말한 환자가 불과 두 달 사
이에 신약 성서를 두 번 통독하고 세례를 받는다고 말한 일이
다. 그와 구로에는 도 경찰국에 근무하고 있었는데, 그의 근무
장소는 '루모이'였다. 그는 퇴원하기 전에 꼭 세례를 받고 싶
다고 목사님에게 신청했다. 그리고 일부러 교회까지 나갔던 것
이다.

그가 두 달 동안에 두 번 성서를 통독한 것만도 놀라운데 더
욱이 그는 성서에 나오는 많은 인물들의 이름을 잘 기억하고
있었다.

「복음서보다도 사도행전이 내 마음을 감동케 합니다. 스테파노가 타살되는 장면이나 사도들이 전도에 고심하는 데를 읽으면 역시 그리스도는 하나님이구나 하는 생각이 듭니다.」

그는 그렇게 말하고 연신 감탄했다. 나는 그 독서력에 놀람과 함께 성서라는 책의 이상스런 힘에 놀랐다.

그는 좌담회 때 많은 환자 중에서 단 하나,

「심심풀이로 모임에 출석했습니다.」

고 말한 사람이다. 동기는 어떠하든 성서를 읽었을 때 사람은 그 성서의 말에 감동되는 것인 지도 모른다고 나는 새삼 감회 깊게 느꼈던 것이다. 그리하여 비록 성서를 읽고 모르는 사람이 있어도 또한 반발을 느끼는 사람이 있어도 일단 성서를 남에게 권한다는 것은 중요한 일이라고 확신했던 것이다.

결과부터 말하면 이 집회에서 기독교에 입신(入信)하고 몇 년 뒤에 세례를 받은 것은 구로에와 리에였었다. 세례를 받고 싶다고 원한 루모이는 아직은 좀 이르다는 이유로 아사이까와에 선 세례를 받지 못했지만, 그뒤 어떻게 되었는지 모른다. '마노'라는 분으로서 우리들은 「문부대신」이라고 부르고 있었다. 당시의 문부대신[문교부장관]이 아마노 사다스께(天野負祐)였기 때문이다.

고교생이었던 리에는 그뒤 5,6년 지나고서 세례를 받았고 구로에는 교회 간부를 지낼 만큼의 열렬한 신자가 되었다. 지금도 역시 전도의 일을 계속한다.

27

N병원에 입원하여 넉 달이 지났지만 몸의 열은 여전히 계속되고 말라 있었다. 그러나 그 열의 원인을 알 수가 없었다. 배뇨(排尿)의 횟수가 많아지고 때로는 밤에 일고여덟 번 일어나는 일이 있었다. 의사에게 말했더니 놀랍게도 오줌이 나오지 않는 약을 준다는 것이었다.

나는 의학에는 맹문이다. 그러나 소변의 횟수가 많다고 하면 적어도 오줌 검사 쯤은 하리라고 생각했다. 그것이 느닷없이 소변이 나오지 않는 약을 준다는 말을 듣고 이 병원에 있어도 해결책이 없다고 생각했다.

열이 있으면 해열제, 설사를 하면 설사를 멎는 약, 기침이 나면 진해제라는 것은 가장 신뢰할 수 없는 의사가 하는 일이 아닐까. 무엇보다도 그 원인을 조사한 뒤에 적당한 조치가 강구되지 않으면 안 될 터이었다. 내가 퇴원을 생각한 것은 이 일 뿐만은 아니었다.

그 무렵 나의 등이 조금이라도 움직이면 이상하게도 아픈 것이다. 원내의 외과의에게 진찰을 받았더니,

「신경증이다. 젊은 처녀 시절은 곧잘 등이 아픈 일이 있다. 일일이 신경 쓸 필요없다.」

고 말했다. 그러나 움직이면 아프기 때문에 어쩌면 카리에스[주 : (결핵균 등으로 말미암아) 뼈나 관절이 만성의 염증으로 썩어서 파괴되는 질환]가 아닌가 하고 물어 보았다. 의사는 화를 냈다.

「엑스선 사진에도 변화가 없어요. 신경증이에요.」

다시 야단을 맞고 나는 할 수 없이 병실로 돌아왔다.

나는 요양 생활 7년째였다. 이미 객관적으로 자기의 병상을 파악할 수가 있었다. 누구라도 처음에는 병에 대해 잘 모르므로 쓸데없는 신경을 쓰지만, 적어도 6년의 경험이라는 것은 그리 신경성으로만 만들지 않는다.

의사가 뭐라 말하든 나는 병상부터 헤아려 카리에스일 거라고 짐작을 했다. 카리에스 환자의 이야기를 들으면 그 대부분이 몇 번인가 의사의 오진을 겪고 있는 것이다. 그리하여 카리에스라고 진단될 때에는 대개,

「어째서 빨리 병원에 오지 않았는가.」

하고 말을 듣는 모양이었다. 이런 이야기로 판단하면 엑스선 사진에 그림자가 나타날 때는 자각 증상도 상당히 진행되고 있는 것처럼 생각되었다. 그렇건만 엑스선 사진에 그림자가 나타나지 않는 동안은, 의사가 카리에스라고 진단하지 않는다.

어쨌든 이래서는 엑스선 사진을 미신처럼 믿고 있는 것과 같다고 나는 생각했다. 병자가 말하는 증상을 참고로 하지 않고 단지 엑스선 사진만이 결정적이라면 그건 말이 되지 않는다.

드디어 나는 N병원을 퇴원하여 삿포로의 I병원으로 옮기기로 했다. 거기에는 마에카와의 친한 친구가 근무하고 있었기 때문이다. 삿포로로 병원을 옮기는데는 용기가 필요했다. 첫째로 우리 집은 그다지 넉넉하지가 못하다. 아직도 고교에 다니는 동생도 있어 엄청난 부담이 되기 때문이었다. 그러나 다행히도 아버지가 다니는 은행의 건강 보험제도가 바뀌어 가족도 전액 지급되게 되었다. 이것은 매우 타이밍이 좋았고 나는 얼마 쯤 안심했다. 얼마 쯤이라 하는 것은 완전히 안심했다는 것은 아니다. 입원이라는 것은 입원비만 있으면 걱정 없다는 것

이 아닌 것이다. 눈에 보이지 않는 잡비가 꽤나 드는 법이다.

「이런 것까지 부모에게 폐를 끼치며 살아가도 좋을 것인
가?」

나는 마음 약하게 그리 생각했다. 하지만 그런 나를 꾸짖듯
이 격려해 준 것은 마에카와였다.

「아야짱, 산다고 하는 일은 우리들 인간의 권리가 아니고 의
무인 거예요. 의무라는 것은 글자 그대로 바른 소임이지요.」

이 말은 나에게 용기를 주었다.

「그런가. 산다고 하는 것은 의무였던가. 의무라면 아무리 괴
로운 일이 있어도 우선 살지 않으면 안 된다.」

이렇게까지 경제적 부담을 주어 가면서 산다고 하는 일은 무
언가 뻔뻔스런 것처럼 나는 생각하고 있었다. 그것이 인간으로
서의 의무라는 말을 듣자 무언가 찡해지는 겸손한 심정마저 되
었다.

또한가지 병원을 옮기는데 주저했던 것은 마에카와 다다시
가 있는 아사이까와를 떠나지 않으면 안 된다는 것이었다. 입
원 생활을 하면서 매일 병문안을 와 주는 그가 있음은 얼마나
큰 위안이었던 것인가. 그것이 아는 사람이란 전혀 없는 삿포
로에 가는 것이므로 역시 뭐니해도 쓸쓸했다. 병의 상태가 좋
다면 또 몰라도 언제 돌아올 수 있을지 모르는 불안도 있었다.

마에카와는 그런 나를 보고 웃었다.

「아야짱은 이제 나같은 것을 의지하며 살아선 안 된다는 때
에 와 있는 거예요. 인간은 인간을 의지하며 살고 있는 한
참다운 삶을 산다고 할 수 없지요. 신을 의지하기로 결심해
야 합니다.」

그는 그렇게 말하면서도 누구 하나 아는 사람이 없다는 것은
가엾다며 삿포로 기타이찌조(北一條) 교회의 장로 니시무라 규

우조(西村) 선생에게 엽서를 써 주었다. 이 니시무라 선생이 어떤 인물인지 나는 몰랐다.

「이번에 아사이까와 교회의 구도자 훗다 아야꼬상이 귀시의 I병원에 입원하므로 잘 부탁 드리겠습니다.」

그렇게 써 준 그의 엽서를 보면서 이런 엽서 한 장으로 낯도 모르는 병자를 병문안해 줄까, 나는 별로 기대하지도 않았다.

병원을 옮기기 전날 밤 동생인 아끼오(昭夫)가 와서 짐을 싸 주었다. 이 동생은 그뒤 내 병상을 가장 많이 찾아 준 마음 착한 동생이다. 언니인 유리꼬와 마에카와가 작별을 고하러 와 주었고 같은 방 벗들은 내가 좋아하는 닭곰탕을 방 한구석의 풍로에 불을 피워 만들어 주었다.

고교생인 리에는 쓸쓸해 하며 아침부터 식사도 않았다. 또 다른 친구는 나의 단벌인 옷 깃이 떨어졌음을 보고 새로운 수건으로 꿰매 주었다. 겨우 넉달을 함께 지냈을 뿐이건만 이렇게까지 모두들 작별을 아쉬워해 준다고 생각하자 나는 다만 가슴이 뜨거워질 뿐이었다.

남자 환자들도 짐싸는데 필요할 거라고 헌신문을 가져와 주든가 매점까지 무언가 심부름을 해 주든가 하며 누구나 친절했다. 나는 내가 떠난 뒤에도 기독교의 집회가 계속될 것을 진심으로 바라고 있었다. 집회의 책임자로서 누구에게 바통을 넘길까 생각한 끝에 나는 구로에 쓰도무에게 그 큰 소임을 맡겼다. 그는 쾌히 맡아 주면서,

「어떻게든지 할 수 있는 한 해 보겠습니다.」

고 대답해 주었다.

퇴원 전날 같은 병실에서 단 하나인 카리에스 환자 S상은 울고만 있었다. S상은 의료 보호와 생활 보호를 받고 있는 두 자녀를 거느린 미망인이었다. 그것이 돌연 생활 보호를 끊는다

고 하는 통보를 받았던 것이다.

위로하려 해도 방법이 없었다. 문제는 그 생활 보호가 끊기지 않도록 해 주는 일이다. 나는 교원 시절, 여자 청년단의 수양회에서 강사였던 쓰쓰이 히데끼(简井英樹) 씨를 떠올렸다. 이야기를 들은 것은 한번이지만 의협심이 있는 사람이라고 생각했다. 나는 내일 병원을 옮기지 않으면 안 된다. 아무런 생각도 없이 나는 곧 쓰쓰이 씨의 집에 전화를 걸었다. 쓰쓰이 씨는 나를 기억하고 있을 리가 없다. 나는 다만 강연을 들은 한 사람에 지나지 않으므로. 때마침 쓰쓰이 씨는 집에 있었다. S상의 사정을 이야기했더니 쓰쓰이 씨는,

「알았습니다. 관청 쪽을 조사하고 곧 병원으로 찾아가지요」

두 말 않고서 쾌히 승낙해 주셨다. 쓰쓰이 씨는 생선과 야채 시장의 사장인데 시의원도 도의원도 아니다. 쓰쓰이 씨가 움직여 준 것은 그 타고난 의협심에서이다.

씨는 곧 병원을 방문해 주셨다. 지팡이를 짚고 한 발을 절고 있었다. 언젠가 귀국자들을 역까지 마중하러 갔을 때 어떤 아이가 선로에 떨어졌다. 기차는 이미 가까이 오고 있었다. 씨는 그 아이를 구하기 위해 선로에 뛰어내리고 발을 다쳤다고 들었다. 오랫동안 씨는 다리 상처로 고생했던 모양이다. 그럼에도 불구하고 그 아픈 다리로 달려 와 주셨던 것이었다.

쓰쓰이 씨의 노력으로 S상은 살았다. 쓰쓰이 씨에겐 몇 년인가 뒤에도 크게 신세를 진 일이 있다. 이는 또 다른 기회에 써볼까 한다.

어쨌든 자기의 일만 생각하고 있던 내가 어느 틈엔가 남의 일을 진심으로 걱정할 수 있게 되었다니 얼마나 큰 변화였던 것일까?

이튿날 아침 일찍 마에카와는 역까지 배웅을 나왔다. 그는

나에게 한 권의 노트를 건네며 말했다.

「쓸쓸하거든 이 속에 무엇이든 쓰세요. 두 사람은 떨어져 있어도 결코 따로따로 있는 게 아니니까요」

아사이까와의 2월 아침이다. 추위는 매서웠다. 그날 아침은 영하 20도의 추위였다.

이리하여 나는 마침내 마에카와 다다시와 떨어져 다른 시에 옮겨 살게 되었다. 혹은 삿포로 땅에서 병들어 죽을 지도 모를 자기의 앞일을 생각하면서도 나는 얼어붙은 기차의 창유리에 입김을 불어가며 얼음을 녹였다. 작게 녹은 그 창문의 저편에 마에카와가 허리를 굽히며 움직이기 시작한 나의 기차를 전송하고 있었다.

28

삿포로의 I병원에는 마에카와의 동기생인 구로다 조교수가 있었다. 그는 얼굴색이 창백한 어딘지 차가운 느낌이 드는 의사였다. 그러나 그 청결한, 조금 차가운 느낌이 나로선 싫지가 않았다. 아니, 그것은 오히려 하나의 매력이라 해도 좋았을지 모른다.

병원에 닿자마자 구로다 조교수는 혈액 검사, 소변 검사, 그리고 엑스선 촬영으로 나에게 쉴 틈을 주지 않았다. 더욱이 이튿날은 물검사가 있다고 한다. 물검사란 아침 일찍 1.8리터 가량 환자에게 물을 먹이고 소변이 얼마 만큼의 간격으로, 얼마 만큼의 양으로 배설되는가를 검사하는 것이다. 첫날부터 이렇

듯 차례로 검사를 해야만 한다는 것은, 나에게 있어선 다행이
었다.

왜냐하면 아사이까와를 떠난, 마에카와를 떠난 쓸쓸함을 푸
념할 틈마저 없었기 때문이었다. 그런데도 나는 입원한 날 밤
창문에 기대어 삿포로의 하늘을 바라보았다. 과연 삿포로는 따
뜻했다. 스팀이 뜨겁게 들어와 있다고는 하나 창문을 열고 밖
을 바라본다는 것은, 아사이까와의 겨울로선 엄두도 못낼 일이
다. 먼 거리의 하늘이 밝았다. 이 넓은 삿포로에 아무도 아는
사람이 없다고 생각하자 나는 무언가 마음이 가볍기도 했다.

확실히 마에카와 다다시가 없다는 것은 쓸쓸한 일이기는 했
다. 그러나 아는 사람이 없다는 것은 매우 몸도 가벼운 느낌이
드는 법이다. 이 삿포로에서 또 몇 명의 사람과 나는 알게 될
것인가, 하고 삿포로의 밤하늘을 바라보며 생각했다. 20 몇 년
간 아사이까와에서 사귄 사람들에 대해서 나는 불성실했다. 그
러나 이 삿포로에서는 한껏 진실을 갖고서 사람과 사귀어 가는
새로운 내가 되고 싶다고 나는 소원했다.

문득 그때 나는 간도 아쓰히꼬의 일이 생각났다. 누구 하나
아는 사람이 없다고 생각했었는데 간도는 삿포로에 있었기 때
문이다. 끊듯이 편지도 보내지 않았지만, 그와의 교제가 완전
히 끊어졌다는 것은 아니다. 나는, 인간은 그리 간단히 과거의
자기와 인연을 끊을 수가 없는 존재라고 새삼 생각했다. 비록
자기로선 일체의 과거를 끊었다고 생각할 수는 있어도 자기가
살며 이루어 온 모든 행동을 결코 지울 수가 없는 거라고 나는
새삼 느꼈다.

〈비록 내가 죽어도 내가 한 일만은, 나의 엉터리 생활 방식
만은 이 세상에 머물러 있는 게 아닐까.〉

아사이까와를 떠났다는 것만으로서 무언지 몸이 가벼워진

것처럼 착각한 내가 우스웠다. 나는 다시금 과거의 여러 사람들과의 불성실한 추억이 나에게 단단히 얽혀 있음을 느끼고서 창문을 떠났다.

나는 침대 위에 앉아 성서를 펴들었다. 병실은 세 사람용이고 나의 침대는 가장 복도 쪽이었다. 다른 두 사람은 벌써 조용히 잠들어 있었다. 성서를 펴자 다음의 말이 눈에 들어왔다.

〈천지가 없어지겠으나 내 말은 없어지지 아니하리라〉

(마 24 : 35)

우연의 일치일까. 나는 지금 스스로 생각한 것과 너무나도 공통되고 있는 말에 놀랐다. 이 세상의 모든 것이 지나가고 그리하여 멸망해 버린다 하여도 예수 그리스도의 말은 영원히 멸망하지 않는다고 성서는 말하고 있다.

〈예수의 말이 멸망하지 않는다 함은 대체 어떠한 것일까〉

나의 가느다란 손가락은 그런 성구(聖句) 위에 머물러 떠나지를 않았다. 나는 생각했다. 그러니까 예수의 말이 멸망하지 않는다는 것은 그 말씀이 세상에 있는 한 나의 추악함도 또한 그곳에 머물러 있는 것처럼 생각되었다. 예수가 용서한다고 하면 나의 죄는 용서되리라. 그러나 만일 용서하지 않는다고 말씀하신다면 나의 죄도 영원히 그곳에서 사라지는 일이 없으리라.

〈천지가 없어지겠으나 내 말은 없어지지 아니하리라.〉

나는 반복해서 중얼거렸다. 그리고 그날밤 마에카와에게 입원의 보고와 함께 이것을 덧붙여 썼다.

마에카와에게서는 여전히 편지가 왔다. 아사이까와에 있을 때보다도 자세하고 긴 편지였다. 예를 들어 아침 몇시에 일어나 어떤 책을 읽고 누구를 만나고 무엇을 이야기했는가 하는, 참으로 자세한 그의 생활 보고였다. 그 편지를 보면 그가 친구하고 평화 문제에 관해 이야기할 때도 책방을 돌며 신간서를 손에 잡고 있을 때도, 내가 아사이까와에 없다고 하는 쓸쓸함을 아픔만큼 느끼고 있는 모습이 역력히 눈에 떠오르는 것이었다. 그도 또한 3월에 진단을 받기 위해 삿포로에 온다고 씌어 있었다. 그가 3월에 온다는 소식만으로도 나의 매일은 즐거웠다. 즐겁다는 말이 얼마나 기대에 넘치고 희망이 깃들어진 말인지 나는 절실히 느꼈다.

그런데 여기서 약간의 사건이 발생했다. 아사이까와에서 전화가 왔다 하여 나는 간호원 대기실로 갔다. 가족에게 무언가 나쁜 일이라도 생겼는가, 마에카와에게 무슨 잘못된 일이라도 일어났는가 하고 불안한 채로 수화기를 들었다. 하지만 그것은 내가 아사이까와의 N병원에 있을 때 매일 밤처럼 우리 병실로 놀러왔던 남자 환자로부터의 전화였다.

「여보세요, 리에짱이 그곳에 가 있지 않습니까?」

그는 몹시 다그치면서 물었다.

「리에짱이? 무슨 일이죠?」

「예, 리에짱이 집에 간다며 외출 허가를 받고서 병원을 나갔습니다만, 집에서 전화가 걸려와서 말이죠. 리에짱이 집으로 돌아가지 않았던 것을 알았지요. 어쩌면 당신한테 간 게 아닌가 하여 어머니와 언니가 삿포로로 떠났어요. 리에짱이 가거든 어디고 보내지 마세요.」

하는 전화였다.

그리고 몇 분도 지나기 전에 리에는 반짝거리는 눈빛에 골똘히 생각하는 표정으로 나의 병실에 들어왔다.

「뭣하러 왔지요?」

나는 무뚝뚝하게 말했다. 리에는 내가 병원을 옮기기로 결정하고나서 식사도 하지 않고 멍청해져 있었다. 그러한 따름이 귀엽기도 했지만 나는 결코 기쁜 듯한 얼굴은 보이지 않았다. 그녀는 전에 자살을 꾀한 과거가 있다. 그리하여 그 상처는 아직도 충분히 아물고 있지 않다. 두번 다시 죽지 않는다는 약속을 하고는 있었지만, 생각해 보면 겨우 이야기를 나눌 수 있게 된 나와 헤어진 리에는 가엾기도 했다.

그러나 그녀는 삿포로까지 와서 나의 얼굴을 보자 안심했으리라. 어머니가 오기 전에 다시 혼자서 돌아갔다. 병원에 거짓말 하고 삿포로까지 왔던 만큼 어쩌면 강제 퇴원을 당할 지도 모른다.

나는 아사이까와의 병원에 전화를 걸고 그녀 마음의 상처가 완전히 아물기까지 이번의 일로 너무 소란을 떨지 않도록 부탁해 두었다. 병원측도 그 점은 충분히 알고 있었던 모양으로 그녀는 아무런 질책도 받지 않고 입원 생활을 계속할 수가 있었다.

이 사건으로서 나는 또 사람과 서로 알게 되는 무게를 새삼 느꼈다. 정말로 사람을 사랑한다는 것은 그 사람이 혼자서 있어도 살아갈 수 있도록 해 주는 것이라고 생각했다. 그것은 마에카와 다다시가 나에게 한 말이기도 했다. 그는 아사이까와를 떠나기 전에 나에게 말했던 것이었다.

「아야짱은 이제 나같은 것을 의지하며 살아선 안 된다는 때에 와 있어요. 인간은 인간을 의지하며 살고 있는 한 참다운 삶을 살 수 없으니까요. 신을 의지하기로 결심해야 합니다.」

그는 그리 말했던 것이다.

어버이가 자식을 사랑하는 일도 남자가 여자를 사랑하는 일도 상대를 정신적으로 독립시킨다는 것이 정말로 사랑인지도 모른다. 「당신 없이는 살 수가 없다」는 등 하는 동안은 아직도 참된 사랑의 가혹함을 모른다는 것일까? 아무튼 나는 리에의

이 일로서, 사랑하는 것의 가혹함과 남과 사귀는 일의 책임이
라는 것을 배운 듯한 느낌이 들었다.

29

　입원하자 이런 일들로 1주일 쯤은 순식간에 지났다.
　어느 날 나의 병실에 참으로 청결하고 총명해 보이는 간호사
가 들어왔다. 그녀는 그 해 간호학교를 수석으로 졸업한 오찌
가즈에(越智一江)라는 간호사였다.
　「저는 이비인후과 근무의 오찌 가즈에라고 합니다만…… 니
　시무라 규우조 선생님의 전화가 있었는데, 아사이까와의 마
　에카와 다다시 상으로부터 병문안해 주십사 하는 엽서를 받
　았습니다. 다음 번 금요일에 찾아 뵙겠으니 몸조리 잘 하시
　라는 전갈이 있었습니다.」
　또렷한 말투였다. 나는 정직히 말해서 조금 놀랐다. 마에카
와는 아사이까와의 니죠(二條)교회에 다니고 있고 삿포로의 니
시무라 선생과는 결코 친한 사이는 아니다. 이 니시무라 선생
이 다니고 있는 삿포로의 기타이찌로 교회는 몇 백명이나 예배
하러 나오는 신자가 있고 그 한 사람 한 사람의 얼굴조차 알
수 없는 큰 교회이다. 이런 큰 교회의 대표적 신자인 니시무라
선생은 교회의 일만으로도 꽤나 바쁘리라. 게다가 선생은 몇
백명의 고용인이 있는 재빵회사의 사장이기도 하다. 역전에 큰
제과점을 두고 다방과 식당도 경영한다. 그 일만으로도 얼마나
바쁜지 상상할 수 있다. 그런 사람이 별로 알지도 못하는 마에

카와로부터 부탁받고 전혀 생면부지인 나를 어떻게 병문안 올
수 있을까? 우리들은 친지나 벗의 병문안조차 좀처럼 하지 못
하는 게 보통인데.

하지만 니시무라 규우조 선생은 내 생각과는 반대로 다음 금
요일에 나의 병실에 나타났다. 몸이 큰, 쉰 대여섯의 자못 친
근감이 가는 인품이었다. 눈이 컸지만 눈초리가 늘어져 웃는
얼굴이 부드러웠다.

「아사이까와의 마에카와 상으로부터 엽서를 받고 곧 병문안
을 오고 싶었습니다만 늦어졌습니다.」

선생은 그렇게 말씀하시고 병실을 둘러 보았다.

「3인용 병실이군요. 이 과자는 여러분이 나누어 잡수십시오.
슈크림은 상하기 쉬우므로 바로 들도록 하세요.」

그리 말하면서 내밀은 과자 상자를 나는 받으려 하지 않고
대답했다.

「선생님, 저는 오랫동안 요양생활을 한 몸입니다. 언제나 남
들로부터 위문품을 받으므로 남에게서 물품을 받는 것을 아
무렇지도 않게 여기게 되었습니다. 남에게 물건을 받는 일에
길들면 인간이 천해집니다. 부디 위문품 등은 주시지 않도록
부탁드리겠습니다.」

얼마나 귀염성 없는 말투인가. 하나 나는 진심으로 그렇게
생각했던 것이다. 남에게 물건을 받는 일에 익숙해져 걸인 근
성이 되는 것은 참을 수 없다고 자기에게 그리 타이르고 있던
콧대 높은 인간인 것이었다. 더욱이 니시무라 선생은 지금껏
전혀 면식이 없는, 말하자면 나를 병문안할 이유가 전혀 없는
인간이 아닌가. 그런 사람에게 위문품까지 받는 기분은 나로선
용서되지 않았다. 나의 이런 말에 선생은 놀란 모양이었다. 나
중에 안 일이지만, 선생은 금요일과 일요일을 하나님의 일을

위해 쓰도록 일정이 짜여져 있었다. 도청이나 병원의 직원들에게 성서 강의를 하든가 환자를 병문안하든가 하는 일로서 선생의 금요일과 일요일의 일정표는 아침부터 밤까지 빈틈 없이 예정이 꽉 차 있던 것이었다. 그러므로 선생은 그때까지 병자를 얼마만큼 위문했는지 모를 정도이다. 그렇지만 만나자마자 나처럼,

「위문품을 가져오지 말라」

고 따진 병자는 아마도 없었으리라.

선생은 큰 목소리로 웃었다.

「네, 네 알았습니다. 그러나 홋다상, 당신은 매일 햇빛을 받는데 이쪽의 각도로부터 받을까 저쪽의 각도로부터 받을까 하며 따져가면서 받습니까?」

지적되고서 나는 입을 다물고 말았다. 과연 햇빛이라면 고맙다는 감사도 하지 않고서 태연히 온몸으로 받고 있다. 남들의 위문품도 이런 햇빛과 마찬가지로 나에게 쏟아지는 인간의 사랑이 아닐까, 하고 나는 생각했다. 사람이 사랑을 받는데 필요한 것은 순순히 감사하며 받는다는 것이 아닐까. 실제 이렇듯 몇 년이고 요양을 하고 있다는 것은 부모 형제를 비롯하여 많은 사람의 사랑 덕분이 아닐까. 그것을 새삼 이제 와서 잘난 듯이 위문품은 필요 없다는 등 시건방지게 말을 하는 것일까. 나는 부끄러웠다.

니시무라 선생이라는 사람은 목사는 아니다. 그러나 모두에게 선생이라고 불릴 만큼 확실히 훌륭한 사람이었다. 이런 시건방진 내가 뭐라 말하든 선생은 그 풍부한 표정으로 느긋하게 받아 주었다.

여기서 잠시 니시무라 선생의 약력을 소개하고 싶다. 선생은 '오타루'의 고상[지금의 오타루 상과대학]을 나와 삿포로 상업학교

의 교사를 지냈다. 사실은 목사가 되고 싶었던 것인데 오노무라 린조(小野村林) 목사가 그것을 단념케 했다. 니시무라 선생 가정의 경제 상태로 보아 장남이던 선생이 목사가 된다는 것은, 오노무라 목사로선 너무도 애처로운 일이라고 생각되었을 게 틀림 없다. 일본에서의 목사라는 일은 수고가 많고 더욱이 물질적으로는 참으로 고달픈 직업인 것이다. 쇼와 40년 대(1965 ~75)의 지금이라도 끼니 걱정을 하는 목사가 몇 명이나 있는 세상이다. 하물며 쇼와 10년(1935) 경 목사 생활은 곧 빈곤을 의미하고 있었다.

그러나 니시무라 선생은 목사가 되고 싶다고 소원한 그 신념을 신자로써의 생활 속에서 관철한 드물게 보는 신앙인이다. 선생이 삿포로 상업학교의 교사시절, 그 제자가 위독했다. 병문안을 간 선생은 병실을 나온 복도에서 울었다.

〈나는 매일 저 학생에게 영어를 가르쳐 왔다. 그러나 그 아이에게 있어 가장 중요한 사는 힘을 무엇 하나 가르치지 않았다. 지금 저 아이가 가장 필요한 것을 나는 주지를 못한 것이다.〉

그렇게 생각하고 선생은 울었다. 그 학생은 죽었다. 그로부터 선생은 매일 아침 수업 전에 1시간, 뜻 있는 아이들에게 성서 강의를 시작했던 것이다. 그 강의를 받고서 몇 명의 학생이 세례를 받아 크리스찬이 되었다. 이 중에는 나중에 나오는 스카와라 유다가(菅原豊)라는 훌륭한 크리스찬이 태어났다. 삿포로 상업학교는 니시무라 선생의 덕분으로 그 고풍이 일신되었다 라고까지 일컬어진다.

선생은 소집되어 전쟁에 나갔지만, 뒤를 좇아 '오카후지'라는 친구가 중국에 건너갔다. 그 사람은 같은 크리스찬 벗이었다.

「니시무라, 너는 본의 아니게 군도(軍刀)를 허리에 차고 전
쟁에 나가야만 한다. 나는 그 속죄로 중국인을 사랑하기 위
해 사는 것이다.」

그는 그리 말하고 북경에서 학교 선생으로 있었다고 한다.
이만큼의 벗을 갖고 있는 것만으로도 니시무라 선생이라는 사
람의 인품을 알 수 있으리라.

선생은 가정 형편으로 교사를 그만 두고 제과점을 시작했지
만, 그 이율의 1/3을 남을 위해, 1/3은 운영 자금으로, 그리고
나머지 1/3은 생활에 쓴다는 말을 들었다. 조금 길어졌지만 이
니시무라 선생의 영향은 털구멍부터 침투하듯이 나의 마음에
크게 작용하고 있으므로 써 보았다.

새로운 병원 생활에도 익숙해지자 나는 다시 허무적인 생각
이 나를 덮어오는 것을 느꼈다. 무엇을 하든 결국은 덧 없다는
생각이 자꾸만 들고 나와 같은 인간이 과연 크리스찬이 될 수
있을까, 나와 같은 자를 용서해 주실 만큼 신은 관대할까 등등
멋대로인 것을 생각하게 되었다.

그러자 어느 날의 일이었다. 뜻하지 않게 니시나카 이찌로가
찾아왔다. 그는 결혼을 하여 '에베쯔'에 살고 있었던 것이다.
그는 매일 에베쯔로부터 삿포로의 어떤 상사 회사에 통근하고
있었다.

「어머, 오랫만이에요. 용케도 내가 이 곳에 입원하고 있음을
알았네요.」

나는 매일 만나는 사람처럼 아무런 구애도 없이 가볍게 말했
다. 하지만 그 어둔 해변에서 죽으려고 생각한 이래의 재회이
다. 그때는 그래도 10시간 가까이나 기차에 흔들려가며 여행할
만한 체력이 있었다. 그러나 지금은 화장실에 가는 것만도 숨

이 찰 만큼 나는 약해져 있었다.

「이찌로상, 결혼하셨다면서요. 축하해요」

몇 년이나 나를 기다렸던 그가 건강한 여성과 결혼했다는 것은 나에게 있어 기쁜 일이었다. 그는 사람을 행복하게 해 줄 능력도 있고 또한 행복했으면 하고 내가 바라는 인간이기도 했다. 그는 말 없이 나의 얼굴을 보고 있었는데,

「당신이란 좋은 사람이군」

하고 감회하듯이 말했다. 지난 날의 약혼자가 결혼한 것을 아직도 병상에 있는 여자가 축복한다는 일은 그에게 있어 큰 놀라움이기도 했던 것일까?

「이찌로상, 소개하고 싶은 사람이 있어요」

나는 그렇게 말하고 옆에 걸어 둔 마에카와의 단사쿠[短冊 : 색종이로 단까오 하이쿠 등을 쓴 것]를 올려다 봤다. 그러자 니시나카는,

「아야짱, 나는 아무 것도 듣고 싶지 않아. 내가 알고 있는 아야짱만으로 나는 충분해요.」

하며 마에카와에 대해선 한마디도 못하게 하려 했다. 나와 니시나까가 약혼했었다는 일은 나로선 과거의 일이었다. 하지만 니시나카의 마음 속에선 내가 반드시 과거의 사람만은 아니었던 것 같다. 나도 굳이 그 이상 마에카와에 대해선 말하지 않았다.

「여위었군요.」

니시나카는 지긋이 나의 얼굴을 보았다.

「당신의 부인은 몇 살이죠? 건강한 사람이겠지요?」

그런 것을 물으면서도 내 가슴은 아프지 않았다. 내가 결핵에 걸리지 않았다면 아마도 나는 니시나카 이찌로와 결혼하고 있었으리라. 그리하여 지금 쯤 둘째 아기를 안고 그런대로 행

복해 보이는 어머니가 되어 있었을 지도 모른다. 그런 것을 생각하면서 니시나카를 말끄러미 보고 있으려니까 인간과 인간의 인연이라는 것이 참으로 이상하게 생각되었다.

「그렇긴 하지만 용케도 내가 여기 있음을 알았네요.」

다시 내가 그렇게 말하자 그는 병원 옆을 지날 때 나를 보았다고 말했다. 그의 위문품은 통조림이나 과일, 그리고 한 묶음의 휴지였었다.

「아마도 아야짱은 이전처럼 가래를 많이 토하고 있을 것 같아서」

그는 그렇게 말했다. 그는 이전에 나를 병문안하고 있을 무렵, 가래가 나올 것 같으면 재빨리 타구를 내 앞에 내밀어 주는 다정한 사람이었다. 그런 이전 그대로인 다정한 그가 다시 내 앞에 나타났던 것이다.

30

I병원에 옮겼지만 나의 흉부에도 척추에도 이상은 없다는 것이었다. 여러가지로 열심히 조사해 주셨지만 여위는 원인도 열이 내리지 않는 원인도 모른다는 점에선 아사히까와의 N병원과 같은 일이었다. 그러나 똑같은 모름이라도 N병원에선 환자를 태평스레 바라보고 있는 듯한 태도였는데 I병원에선 적어도 진지한 태도였었다. 그런 태도 가운데 환자를 안심시키고 신뢰케 하는 것이 있었다.

병원을 옮긴지 한 달 가까이 지난 3월의 어느 날이었다. 그것은 정오 가까이었다고 기억된다. 나는 멍하니 하늘을 보고 있었다. 그때 내 침대는 창가로 옮겨져 있었다. 봄다운 부드러운 하늘이 되었다고 생각하면서 바라보고 있을 때 별안간 침대가 물결처럼 흔들렸다. 섬칫하여 나는 침대 위에서 일어났다.

「지진이야!」

같은 방의 다른 두 사람도 외치며 몸을 일으켰다. 건물이 기분 나쁘게 흔들리기 시작하고 눈 앞의 흰 벽이 금세 금이 가기 시작한다. 복도에서 간호사며 환자들의 당황하는 소리가 들렸다.

이윽고 지진은 가라 앉았지만 내가 받은 충격은 컸다.

내가 태어나 자란 아사히까와는 극히 지진이 적은 고장이다. 몸에 느낄 만큼의 지진은 좀처럼 없었다. 그러므로 대지라는 것은 나에게 있어 아무런 불안도 없는 것이었다. 대지만은 나를 위협하는 일이 없는 것이었다. 그런 만큼 이때의 긴 진동은 나를 문자 그대로 소스라치게 만들었다.

〈이 세상엔 절대로 안심할 수 있는 장소란 없는 것이다〉

나는 곰곰이 그렇게 생각했다. 그리하여 그 안심할 수 없는 대지 위에서 안심하며 살고 있는 것의 태평스러움을 나는 비로소 깨달았던 것이다.

생각해 보면 우리들은 대지에서 안심하고 살고 있는 것과 마찬가지로 무엇인가에 안심하며 살고 있는 게 아닐까? 그것은 어떤 사람에겐 돈이고, 어떤 사람에겐 건강이고, 어떤 사람에겐 지위일 지도 모른다. 그러나 이런 것들은 대지보다도 더욱 자주 흔들리는 것이다. 결코 절대적으로 의지할 수 있는 존재는 아니잖는가.

나는 새삼 대체 무엇에 안심하고서 살고 있는가 반성해 보았다. 내 자신 무엇에도 안심을 갖고 있던 셈은 아니다. 오히려 무엇이든 잊을 수 없는 불안한 영혼을 갖고 있었을 터이다. 하나 그런 나의 마음 속에도 대지 위에 올라타고 있는 듯한 안이함이 있었던 게 아닐까 하고 반성하였다. 정말로 나의 영혼이 불안하다면 안주의 땅을 구하여 좀더 엄격한 구도(求道)의 생활을 해야만 할 터이었다. 그런 구도의 자세가 어중간했다는 것은 나도 역시 안주해선 안 될 곳에 또한 안주하고 있었던 게 아닐까 하고 생각되었던 것이다.

나는 그때까지 막연히 읽고 있던 성서를 진지하게 배우게 되었다. 때때로 찾아 주시는 니시무라 선생에게 늘 질문을 준비하여 기다리게 되었다. 1분이라도 바쁘게 보내는 선생의 시간을 헛되이 하지 않으려고 걸신들린 것처럼 이야기도 들었다.

선생의 이야기는 내가 혼자 차지하기에는 아까운 이야기였다. 니시무라 선생은 '가두 전도'를 하여도 몇 백명의 사람이 발걸음을 멈추고 가 버리는 사람이 없었다고 일컬어질 정도의 뛰어난 웅변가였었다. 이 선생의 얘기는 늘 대단한 감명을 사람에게 주고 얼마나 많은 사람을 기독교로 이끌었는지 모른다.

선생은 병자인 단지 나 한 사람을 상대로 하여도 참으로 열정을 담은 얘기를 해 주셨다. 나의 어떠한 질문도 성서의 말씀을 인용하여 알기 쉽게 대답해 주셨다. 덕분에 나는 기본적인 성서의 말씀을 실로 명확히 배울 수가 있었다. 이것은 나에게 있어 매우 큰 행운이었다. 게다가 선생은 이렇게도 말씀해 주셨다.

「삿포로에 누군가 의지할 수 있는 친척이나 친구가 있습니까?」

없다고 대답했더니 선생은 다시 말했다.

「그럼 나에게 의지해 주세요. 무엇이든 떼라도 쓰세요.」

선생은 이 말 그대로 나의 육친처럼 해 주셨다. 혈담(血痰)

이 든 더러운 타구를 씻어 주시든가 남비에 뜨거운 반찬을 담
은 채 900미터나 떨어진 집에서 날라 주시든가 한 일 등등 그
친절은 헤아릴 수 없었다. 몇 백명의 종업원을 부리는 사장이
란 사람이 이렇게도 훌륭한 것일까 하여, 나는 몇 번이나 선생
님의 진실에 감동했다.

이렇게 선생님의 이야기를 통해 또 선생의 인격을 통해 나는
차츰 기독교를 알게 되었다. 결국 세례를 받고 싶다고까지 생
각하게 되었다.

하나 인간의 마음이란 것은 마음대로 되지 않는 것이다. 마
에카와 다다시의 사랑이며 니시무라 선생의 진실이며, 모두 크
리스찬 중에서도 특히 뛰어난 사람들이다. 이런 사람들에게 사
랑받고 이끌린다면 금방이라도 크리스찬이 되어 이상할 것도
없을 터이다. 그러나 그것이 그렇게 간단히 되지 않는 나였다.
그 이유의 하나로 니시나카 이찌로에 대한 자세가 있었다.

31

니시나카는 그 무렵 매일처럼 나를 찾아오고 있었다. 매일
정해진 시간에 찾아오게 되자, 나는 그만 그 시간에 그가 나타
나는 것을 은근히 기다리게 되었다. 그의 회사가 병원의 바로
근처에 있고 점심 시간에 그는 나를 방문하는 것이었다. 찾아
와 주는 사람이라고 하면 니시무라 선생과 니시나카 이찌로 뿐
이다.

그의 방문이 나에게 있어 즐거웠던 것은 도리가 없는 일이었

다. 매일 찾아 주는 것이 니시나카가 아니고 동성이었다 하여
도 나는 역시 그 시간에 그 사람을 기다렸으리라.

집에서 보내오는 돈은 입원비로도 빠듯하여 나로선 귤 하나
살 여유도 없었다. 마에카와는 나에게 쓰는 엽서값을 메꾸기
위해 등사 공판을 배우고 아르바이트를 하고 있었다. 그런 그
에게 송금 따위는 물론 의뢰할 수도 없다. 그의 편지에는 곧
잘,

「나는 아야짱을 위해서라도 하루 빨리 대학에 돌아가서 의사
가 되고 싶다고 생각합니다. 사랑하는 사람에게 경제적으로
부자유스럽게 한다는 건 남자로서 얼마나 유감된 일일까요.」
라고 쓰여 있었다.

I병원은 교수가 회진할 때는, 병동을 청소하는 아줌마가 아
침부터 특별히 꼼꼼하게 청소를 한다. 환자들에게 잠옷을 갈아
입도록 재촉하기도 한다.

「홋다상, 총회진에요. 잠옷을 갈아입도록 하세요.」

나는 몇 번이나 그런 말을 들었을까? 몇 번 지적되어도 나
에게는 단 한벌의 잠옷 밖에 없었다. 천성적으로 옷에는 무관
심한 편이었기 때문에 그다지 부끄럽지는 않았다 하여도 속옷
만 입고 잠옷을 빨아 달라 한 일은 지금껏 잊을 수가 없다.

그런 나에게 있어 니시나카 이찌로의 방문은 여러가지 점에
서 위로가 되었다. 휴지가 없어 곤란받고 있자 그는 회사의 헛
간에 있었던 폐지를 듬뿍 가져다 주든가 했다. 가래를 제거하
는 데는 휴지보다도 그런 두툼한 폐지가 쓸모가 있었다. 그는
또 몇 년 전 나의 기호(嗜好)를 잘 기억하고 있어 여름 밀감을
하나 주머니에 살며시 넣어 갖고 오거나 통조림을 가져다 주었
다.

그는 이렇듯 매일 찾아와 주었지만 두 사람의 사이에 연애적

인 분위기는 전혀 없었다. 그 점 니시나카는 절도가 있는 진지한 남성이었다.

최초로 병문안을 왔던 날, 마에카와 다다시의 말을 들으려 하지 않았음은 분명하지만 그렇다고 나에게 무언가를 기대하고 있던 것도 아니다. 그의 성품인 친절심은 전의 약혼자가 낯선 고장에서 가난하게 병들고 있음을 보고만 지나칠 수가 없었으리라. 그 증거로 이런 일이 있었다.

그 무렵 나는 등이 아파 몸을 구부릴 수 없게 되어 있었다. 바닥에 떨어뜨린 것을 주워 올릴 적에도 살며시 무릎을 꿇고 등은 꼿꼿이 세운 채로 줍지 않으면 안 되었다. 이런 꼬락서니이므로 발 따위를 전혀 씻을 수가 없었다. 물론 목욕도 허락되지 않았다. 일손 부족이었을까, 병동의 보조 아줌마는 청소나 식사 분배에 바쁘고 땀을 닦아 주거나 하지 않았다. 땀을 닦아 주는 일은 간호사의 소임이라고 생각되지만, 수술이 많은 비뇨과에선 걸을 수 있는 환자에게까지 손이 미치지 않았던 것 같다.

그런 나를 보다 못해서인지 어느 때 니시나카는 보일러실에서 양동이로 가득 뜨거운 물을 얻어왔다. 나의 발을 씻어 주겠다는 것이다.

「이찌로상, 아직 예수님만큼 훌륭하지 않아요. 그러니까 아직 남의 발을 씻겨 줄 자격은 없지요.」

나는 웃으면서 그의 호의를 사양했다. 성서에 예수가 십자가에 오르는 전날 밤 12명의 제자 발을 씻었다는 구절이 떠올라서였다.

그의 친절을 거절하여도 그는 조금도 구애받지 않는 표정을 짓고 여느 때처럼 이야기를 하고서 돌아갔다. 만일 니시나카에게 무언가의 흑심이 있다면 어떻게 나의 발같은 것을 씻겨 줄

수있겠는가. 더욱이 다른 환자가 보고 있는 앞에서. 이 일은
그가 아무런 야심도 없고 순수하니 친절했던 것을 말해 주는
것이 아닐까? 나는 진심으로 그의 친절에 감동되었던 것을 기
억하고 있다.

　이와 같은 까닭으로 두 사람 사이에는 남에게 들려 곤란한
일은 없었다. 하지만 어느 날, 나는 하나의 중대한 사실에 부
딪치고 말았다. 어느 밤의 일로서 옆침대의 환자가 우울한 얼
굴로 나에게 고백했다.

　「남편이 회사의 여자 아이와 커피를 마시러 다방에 같이 가
　는 모양이에요. 남편은 커피 쯤 여자 아이와 마시러 가는 게
　뭐가 나쁘냐고, 태연한 거예요. 하지만 나는 싫어요! 안 그
　래요?」

　「그야 싫지요. 아무리 아무렇지도 않다고 하여도 다른 여자
　와 다방같은 데서 사이좋게 이야기한다면 싫지요. 상상만 하
　여도 화가 나지요. 더욱이 당신이 입원 중인데.」

　동정하여 나도 맞장구를 쳤다. 만일 내가 삿포로에 입원하고
있는 동안에 마에카와가 다른 젊은 여성과 커피를 마시러 갔다
고 하면 어떠할까? 비록 단 한 번이라도 그런 일을 당하면 불
쾌할지 모른다고 생각했을 때, 나는 섬칫했다. 비록 마에카와
가 다른 여성과 매일 다방에 갔다고 하여도 불쾌하다고 말할
자격이 나에게 있는 것일까? 나는 매일 니시나카 이찌로의 병
문안을 받고 있지 않는가! 아무리 두 사람은 결백하다 하여도
니시나카와 나하고는 이전의 약혼자였던 사이이다. 더욱이 그
에게는 아내가 있고 나에게는 마에카와가 있다.

　니시나카의 방문을 나는 마에카와에게 편지로 알리고는 있
었다. 무엇하나 숨기고 있지는 않았지만, 그렇다고 하여 마에
카와가 불쾌하게 생각지 않는다고는 단언할 수 없는 것이다.

또 니시나카의 아내 역시 이 일을 안다면 마음에 상처를 입을 지 모른다. 나로서는 남의 마음을 상처 주고 있다는 자각이 그 때까지 전혀 없었다.

하지만 옆침대의 환자가

「싫어, 싫어!」

라고 하면서 밤에도 잠을 이루지 못하는 것을 바라보자 그런 모습이 니시나카의 아내로 생각되었다. 나는 내가 하고 있는 일이 얼마나 나쁜 것인지 비로소 깨달았다. 깨달았다면 즉시 니시나카의 병문안을 거절해야 했었다. 하나 이튿날 찾아온 그 의 얼굴을 보자, 나는 별로 나쁜 일도 아니고, 아무 것도 하고 있지 않는 거라고 생각해 버렸다. 그는 그로서 아내를 사랑하 고 나는 나대로 마에카와를 사랑한다. 그런 두 사람이 이렇게 사귀고 있다고 왜 나쁜가, 하는 반항하고픈 심정이 나에게 있 었다. 만일 그의 아내이든 마에카와이든 이 일 때문에 고뇌하 고 있다면,

「바보네요, 좀더 고뇌할 만한 것을 고뇌하세요」

라고 웃어 버릴 것만 같은 느낌마저 들었다.

객관적으로 보면, 나의 입장은 명백히 남에게 상처를 주는 배신 행위일 지도 몰랐다. 그러나 아무리 생각해도 정작 나로 서는 그다지 나쁜 일을 하고 있다는 진실한 느낌이 생겨나지 않았다. 그뿐인가 니시나카하고는 이대로 우정을 계속 간직하 고 싶은 느낌마저 들었다. 또한 니시나카 만큼의 친절한 우정 을 잃고 싶지 않다는 심정이 강했다. 그런 내 모습이 나로선 문득 무서워졌다.

〈나에게는 어쩌면 죄의식이라는 것이 결여돼 있는 게 아닐 까?〉

죄의식이 없다는 것만큼 인간에게 있어 무서운 것이 있을

까? 살인을 하여도 태연하다. 도둑질을 하여도 아무런 양심의
가책이 없다. 그것과 마찬가지로 나도 또한 남의 마음을 상처
주는 짓을 하고서도 가슴이 아프지 않는 것이다.

이렇게 생각했을 때 나는,

〈죄의식이 없는 게 최대의 죄가 아닐까?〉

하고 생각했다. 그리하여 그때 예수 그리스도의 십자가 의의
(意義)를, 나는 내나름으로 안 것만 같은 느낌이 들었다.

32

삿포로의 봄은 아사히까와 보다 반 달 쯤 빠른 모양이었다.
봄철의 삿포로 명물인 '말똥바람'이 부는 4월, 나의 몸은 더욱
여위어 갔다. 내과의 외래(外來)로 갔더니 '스즈키'라는 노의
사가 나의 가슴에 청진기를 댄 채 말했다.

「있군요. 공동(空洞)이 있어요」

새삼 나의 얼굴을 쳐다보며 스즈키 선생은 말했다.

「청진기로 분명히 아는 만큼 엑스선 사진에 나와 있지 않을
리가 없어요.」

나는 이곳 병원에서도, 전의 병원에서도, 또 요양소에서도
사진에 공동이 나온 일은 없었다고 말했다. 그러나 미열은 있
고 어깨는 무지근하고 혈담도 나왔으며 가래는 휴지가 아무리
있어도 모자랄 만큼 많이 나왔다고 말했다. 스즈키 선생은 곧,

「즉시 단층 사진을 찍어 봅시다.」

고 수속을 해 주셨다. 단층 사진의 결과 6센티미터 쯤 안쪽에

공동이 있음을 알았다. 이 스즈키 선생의 청진기를 어떤 여의
사는 신의 귀라고 말한 적이 있다. 이 선생의 덕분으로 나의
흉부에 공동이 있음이 뚜렷해졌다. 그리하여 나는 비뇨기과로
부터 내과로 옮겨졌다. 스즈키 선생은 좀더 살이 붙고나서 수
술을 합시다고 말씀하셨다.

하나 한편 나의 등은 더욱 더 아픔이 심해졌다. 발끝에 슬리
퍼를 걸치는 일도 곤란해졌다. 두세 걸음 걸으면 발끝이 휘청
거린다. 내심 카리에스가 아닌가 걱정하고 있었던 만큼 나는
카리에스의 증상에 관해 얼마 쯤 지식이 있었다. 이것은 바로
카리에스의 증상인 것이다. 이것을 그대로 버려 두면 하반신에
마비가 오고 실금(失禁 : 대소변을 가리지 못함)이라는 저주스런 증
상을 동반하게 된다.

곧 엑스선 사진을 찍었지만 젊은 의사는,

「염려 없습니다. 사진에는 나와 있지 않으므로」

라고 말했다. 나는 화를 냈다. 흉부의 엑스선 사진으로서도 공
동이 없다 들으면서 나는 얼마 만큼 혈담이나 미열로 시달렸던
것일까. 병원을 몇 군데나 전전하여 겨우 스즈키 선생의 청진
기가 나의 공동을 발견했던 것이다. 아마도 이런 실패는 몇 번
이고 반복되어 왔을 텐데, 의사는 왜 이렇듯 완고하게 환자가
호소하는 증상에 귀를 기울이려고 하지 않는 것일까? 아니,
그 뿐인가 신경 쇠약이기나 한 것처럼 그런 호소를 비웃는 것
일까. 나는 이미 엑스선 사진 같은 것을 신용하고 있지 않았
다. 환자의 자각 증상 쪽이 훨씬 빠르고 엑스선 사진에 나타나
는 것이 이렇게 늦다면, 아무런 도움도 되지 않을 뿐더러 오히
려 위험하다고 까지 생각했다.

다음 5월말에 다시 척추 사진을 찍었더니 이때 의사가 말했
다.

「어째서 빨리 진찰을 받지 않았습니까? 당신은 카리에스예요. 깁스 배드에 절대 안정으로 누워 있어야 합니다.」

요일에 따라 외과 환자 진찰 의사는 바뀌었다. 의사 앞에서 나는 그만 웃었다.

「왜 그러지요?」

카리에스라 진단되자 울어버린 환자가 있다고 들었다. 그렇건만 나는 웃었던 것이다. 의사가 이상하게 여기는 것은 무리도 아니었다. 그러나 나는 이번에야 말로,

「당신은 신경성이라던가, 좀더 일어나서 운동하는 게 어때요.」

등등 노이로제 취급이 되잖고 느긋하니 누워 있을 수 있다 생각하고서 웃었던 것이다. 원인만 알면 치료 방법은 있는 셈이었다.

병실로 돌아와서 나는 생각했다.

〈자기의 등뼈가 결핵균에 좀먹히고 있건만 엑스선에 뚜렷이 찍혀나오지 않았던 까닭에, 이렇게 발이 후들후들해지기까지 몰랐었다. 만일 이대로 끝내 모르고 있었다면 나의 뼈는 아주 썩어 버리고 말라 죽을 수 밖에 없었던 게 아닐까〉

또 이런 생각도 했다. 영혼의 존재만 하더라도 같은 것을 말할 수 있는 게 아닐까 하고. 죄의식이 없는 까닭에 나는 자기의 마음이 좀먹히고 있는 것도 깨닫지 못하는 게 아닐까. 푹 썩고 있는 것을 알지 못하고 있는 게 아닐까. 나는 새삼 곰곰히 무섭다고 생각했다.

나의 마음은 정해졌다. 한시라도 빨리 세례를 받아야만 한다고. 이번에야말로 다급한 느낌이 들었다.

니시무라 선생은 이 결심을 듣고 진심으로 기뻐해 주셨다.

「정말이지 훗다 상의 말 그대로이지요. 우리들 인간이라는

자는 죄의 무서움을 모르는 겁니다. 만일 문둥병 균이 혈액 속에서 발견되면 우리들은 얼마나 놀라며 의사에게 달려가겠습니까. 그러나 죄가 있음을 알아도 그렇게 허둥지둥 하나님한테 가지 않는 법입니다. 세례를 받겠다는 결심을 참 잘 하셨습니다.」

이리하여 나의 세례는 7월 5일로 결정되었다.

나의 병실은 내과 병동에서 다시 중환자실로 옮겨졌다. 배균(排菌)하고 있는 것이 판명되었기 때문이다. 내과 병동은 깨끗했지만 중환자실은 우중충했다. 벌레 먹은 더러운 기둥이며 얼룩이 묻은 벽이 방안 전체를 어둡게 하고 있었다. 그런 방에는 나보다도 더욱 중환자인 50세 가량의 농가 부인이 여윈 몸으로 누워 있었다.

나의 침대는 크레졸 냄새가 유난히도 심했다. 그것을 깨닫고 나는 돌봐 주는 아줌마에게 물었다.

「이 침대는 누군지 갓 죽었겠지요?」

내가 생각한 대로였다. 그 침대는 내가 옮겨지기 수시간 전, 60 몇 세라는 부인이 그 생애를 마친 침대인 것이었다.

「싫겠지요. 돌아간 분의 뒤라서」

살결은 검었지만 친절해 보이는 병실 청소부는 동정해 주었다. 그러나 나는 머리를 저었다. 살고 있는 인간으로서 죽지 않는 자가 한 사람이라도 있을까. 아마도 이 병원의 중환자실에서 사람이 죽지 않았던 침대는 하나도 없으리라. 그리하여 나도 또한 지금이야말로 낡은 자기가 여기서 죽는 것이다.

〈그런 즉 누구든지 그리스도 안에 있으면 새로운 피조물이라, 이전 것은 지나갔으니 보라 새것이 되었도다.〉

(고후 5 : 17)

이 성서의 말처럼 낡은 나는 죽고, 그리하여 새로이 예수 그리스도 안에서 사는 자로써 거듭 나지 않으면 안 되는 것이다. 사람이 죽은 베드 위야말로 나의 앞으로인 요양 생활에 어울린다고 나는 진심으로 생각했던 것이다.

33

마침내 세례를 받는 7월 5일이 왔다. 세례를 받는다고 하여도, 나는 아버지나 어머니에겐 아무런 보고도 하지 않았다. 나의 양친은 신앙이라면 무슨 신앙을 갖든 간섭을 하지 않았다. 확고한 신앙에 대한 확신이 있어 간섭 않는 게 아니고 오히려 무관심이었으리라.

나는 세례를 받는다는 것을 아사히까와의 마에카와 다다시에게만은 전하고 있었다.

그날은 화창한 날씨였다. 점심 식사가 끝나자 '야마다 상'이라는 키가 늘씬한 간호사가 들어왔다.

「세례를 받는다면서요, 축하해요. 조금 병실을 정리합시다.」

그녀는 삿포로 '기타이찌조' 교회의 신자였다. 재빨리 주위를 치우고 대기실에서 목사가 앉을 의자를 가져왔다. 그리고 그곳에 오찌 가즈에 간호사도 왔다. 오찌 상 역시 기타이찌조 교회의 신자였다.

약속한 오후 1시에 니시무라 선생과 함께 들어온 사람은 약간 비쩍 마른 오노무라 린조 목사였다. 오노무라 목사는 전쟁 중 「비전론」을 주장하여 투옥된 기골이 있는 목사라고 들었다. 또한 아주 엄격한 목사라고도 듣고 있었다. 하지만 그때 만난 목사는 참으로 부드럽고 조용한 느낌의 사람이었다. 그런 기골 있는 목사로부터 세례를 받는다는 일은 나에게 있어 자랑스럽고 기쁜 일이었다.

드디어 세례식이 시작되었다. 세례를 받기 위한 물을 담은 「세례반」을 니시무라 선생이 들어 주셨다. 입회하는 사람은 겨우 오찌, 야마다 두 간호사 뿐인 병상 세례였다. 나는 깁스를 하고 누워 있는 채였다. 목사는 성서의 로마서 제 6장을 읽어 주셨다.

〈그런 즉 우리가 무슨 말하리요, 은혜를 더하게 하려고 죄에 거(居)하겠느뇨. 그럴 수 없느니라. 죄에 대하여 죽은 우리가 어찌 그 가운데 더 살리오. 무릇 그리스도 예수와 합하여 세례를 받은 우리는 그의 죽으심과 합하여 세례 받은 줄을 알지 못하느뇨. 그러므로 우리가 그의 죽으심과 합하여 세례를 받음으로 그와 함께 장사되었나니, 이는 아버지의 영광으로 말미암아 그리스도를 죽은 자 가운데서 살리심과 같이, 우리로 또한 새 생명 가운데서 행하게 하려 함이니라. 만일 우리가 그의 죽으심을 본 받아 연합한 자가 되었으면, 또한 그의 부활을 본 받아 연합한 자가 되리라. 우리가 알거니와, 우리 옛 사람이 예수와 함께 십자가에 못 박힌 것은 죄의 몸이 멸하여 다시는 우리가 죄에게 종노릇하지 아니하려 함이니, 이는 죽은 자가 죄에서 벗어나 의롭다 하심을 얻었음이니라.〉

읽고난 오노무라 목사는 뼈만이 앙상한 내 손을 은제의 세례 반에 담그고 누워 있는 나의 머리에 손을 얹었다.

「홋다 아야꼬. 성부와 성자와 성령의 이름으로서 세례를 주노라. 아멘」

그때까지 나의 심정은 극히 냉정했었다. 세례를 받는다고 하는데 이렇듯 아무런 감동도 감격도 없어 좋은 것일까 하며 불안해 질만큼 평정(平靜)했었다. 그런데 이 말을 듣자마자 나는 그만 울어 버렸다. 그것은 나 자신으로도 뜻밖의 일이었다. 그러나 눈물이 마음 속 깊은 곳으로부터 뿜어져 나왔다. 나처럼 불성실한 자가, 나처럼 죄많은 자가 그리스도의 사람이 될 수가 있는가 생각하자 아무래도 울음이 나와 견딜 수 없었다.

오노무라 목사는 기도해 주셨다.

「아버지이신 하나님, 이 병든 자매를 하늘 나라에 이름을 기록한 자로써 허락해 주신 것을 감사 드립니다. 아무쪼록 끝나는 날까지 신앙을 다할 수 있도록 해 주시옵소서.」

나는 훌쩍이면서 아멘이라고 했다. 이어서 니시무라 선생이 기도해 주셨다. 선생의 눈에도 눈물이 넘치고 그 기도도 자주 끊기곤 했었다. 그러나 그 기도 역시 참으로 감사한 기도였다.

「……부디 이 홋다 아야꼬 자매를 이 자리에서 증명을 위해써 주십시오. 또한 거룩하신 뜻에 맞는다면 하루라도 빨리 병상으로부터 해방되어, 하나님 아버지의 뜻을 받드는 그릇으로써 써 주십시오……」

기도하고 나서 니시무라 선생은 눈물을 닦았다. 나처럼 아무런 쓸모도 없는 병자를 신의 뜻이 이루어지도록 써달라고 기도해 주신 일이, 나를 더 한층 감동시켰다.

이어서 찬송가 199번[역주 : 우리 찬송가엔 없음]이 불러졌다.

　　내 주 예수이시여 죄지은 이몸은
　　어둔 나그네 길에 헤맸으련만
　　남김없이 비추시는 은총의
　　빛을 받는 기쁨이여(의역)

문득 니시나카 이찌로에게 구출된 저 어둔 해안에서의 밤이 생각났다. 사는 일에 아무런 희망도 없었던 그 밤의 자기 모습이 이 찬송가에 있듯이 참으로「어둔 나그네 길에서 헤맸으련만」그대로인 것의 모습으로 생각되었다.

　　죄지은 이몸은 이제 죽어서
　　주님의 보혈로 되살아나고
　　하나님 종의 열에 둔
　　깨끗한 표적인 세례로다(의역)

오찌 간호사도 야마다 간호사도 모두 울고 있었다.

그로부터 15년이 지난 지금도 아직, 이 찬송가를 노래할 때 나는 눈시울이 뜨거워진다. 그만큼 세례를 받았을 때의 눈물은 감동에 넘친 눈물이었다.

세례식이 끝나고 오노무라 목사는 곧 다음 집회에 나가지 않으면 안 되었다. 선생은 조용히 말씀하셨다.

「반드시 낫습니다. 이제 조금의 시련만 남았습니다.」

나는 순순히 끄덕였다. 도저히 낫는다고는 생각되지 않았지만, 그러나 목사의 그 말이 입에 발린 것이라고는 생각되지 않았다. 사람의 말이라는 것은 중요한 것이다. 혓바닥 세 치로 사람도 죽이지만 또한 살리는 일도 있는 것이다.

「반드시 낫습니다.」

확신에 넘친 그 조용한 말은 그 뒤의 오랜 병상 생활 중에서 몇 번이고 나를 위안케 하고 격려해 주었다. 앞뒤를 통해 오노무라 목사를 만난 것은 그때 한 번 뿐이었지만, 그러나 한 번 들은 말은 그뒤 몇 번이고 나를 위로하고 용기를 주었던 것이다.

이상한 일이 일어났다. 세례를 받은 그 날부터 나는 기쁘고 기뻐 견딜 수 없게 되었다. 마음 속에 불이 켜졌던 것이다. 그 불빛이 나를 뒤흔드는 것이다. 나는 곧 신에게 기도했다.

「하나님, 간도 야스히꼬 상과 하루꼬 상과 리에 상 세 사람을, 부디 크리스찬으로 이끌어 주세요. 이 세 사람이 크리스찬이 된다면 언제 하늘의 부름을 받아도 좋아요.」

그리하여 나는 이 세 사람에게 엽서를 썼다. 내가 이렇듯 기뻐하는 기쁨을 나누고만 싶었다. 그것은 맛있는 것을 먹을 때 다른 사람에게도 주고 싶은 심정과 비슷했다. 깁스 베드에 누운 채 천정을 보는 자세로 엽서를 쓰는 일은 괴로웠다. 금방 어깨가 아팠다. 한 장의 엽서를 쓰는 데 사흘이나 걸렸다. 그러나 나는 쓰지 않을 수 없었다. 니시무라 선생의 일상을 보고 있노라면, 크리스찬이란 전도하는 것이라고 생각하지 않을 수 없었다. 그러기에 아무리 고통스러워도 벗들에게 엽서는 써나가리라 생각했다.

마에카와 다다시로부터 편지가 왔다. 거기에는 나의 세례에 대해 듣고 혼자서 로마서 6장을 읽고 찬송가 199번을 노래하고, 진심으로 감사의 기도를 드렸다고 씌어 있었다.

저 '춘광대'의 동산에서 나를 위해 자기의 발을 돌로 짓이겼던 마에카와이다. 매일 편지를 쓰며 나를 그리스도에게 이끌어 준 그 사람이다. 교회에서 오는 길에는 멀리 길을 돌아 내 병실의 복도에 서서 나를 위해 은밀히 기도해 준 그였다. 그런 그에게 나의 세례 받은 소식은 도저히 말로선 표현할 수 없을 만큼의 기쁨이었으리라. 그가 혼자서 기도했다고 씌어 있는 부분을 다시 읽어가면서 나는 다시금 눈물이 볼을 적시는 것을 막을 수 없었다.

34

11월이 되어 마에카와가 돌연 삿포로에 나타났다. 그는 큰 트렁크를 들고 있었다.

「아야짱, 1주일 쯤 이 병실에서 재워 주세요.」

그는 트렁크를 바닥에 놓고 조금 콜록거렸다.

「어머, 무슨 일이세요. 진찰인가요?」

진찰로선 1주일의 체제는 너무 길다고 생각했다. 그는 대답하지 않고,

「큰일이군요. 깁스 배드는 고통스럽겠지요.」

하고 동정해 주었다. 나는 깁스 배드 따위는 조금도 괴롭다고 생각지 않았다. 머리부터 허리까지 고스란히 깁스에 들어가 목도 움직여선 안 되는 것으로 되어 있었다. 목을 움직이면 척추에 나쁜 영향을 주기 때문이다. 목도 움직이지 못했다. 돌아눕지도 못한다는 것은 확실히 큰일이기는 했었다. 그러나 등이 아파도 열이 나 있어도,

「아무 데도 병이 아닙니다. 조금 운동을 하십시오.」

라고 억지로 걸어야 했던 때보다는 훨씬 편했다.

「아뇨, 조금도 괴롭지 않아요.」

내가 대답하자 마에카와는,

「아야짱, 훌륭해졌어요. 신자답게 되었지요.」

하고 미소지었다.

「저, 그것보다 어째서 1주일이나 삿포로에 머물지요.」

마에카와가 삿포로에 있어 주는 것은 기뻤다. 더욱이 나의 병실에서 묵어 준다는, 이렇게 기쁜 일은 나에게 있어 두번 다 시 없을 정도였다. 하지만 나는 웬지 불안하기만 했다. 나의 병실은 앞에서도 말했던 것처럼 쉰 살 가까운 시골 농가의 주 부가 폐를 앓고 요양하고 있었다.

마에카와 다다시와 나는 옆 침대에 방해가 되지 않도록 이야 기를 시작했다.

「아야짱, 실은요, 나도 드디어 수술하기로 결정했지요.」

나는 놀라며 그를 보았다.

「다다시상, 수술을 꼭 해야만 해요? 좀더 보류하는 편이 좋 지 않아요?」

당시 흉곽 성형 수술은 많이 하고 있었다. 그러나 그럼에도 수술 직후 죽는 사람은 꽤 있었다.

「아야짱도 내가 65kg이나 나가니까 수술같은 것 않더라도 저 절로 나으리라고 생각하겠지요? 그런데 아야짱, 나의 폐는 이대로 버려 두면 어쩔 도리가 없게 되는 상태이지요.」

나는 아무 말 없이 그를 보았다. 의학생인 그가 수술을 결심 하는 것은 그 나름대로 판단을 내렸을 거라고 생각했다.

「그야 나의 수술이 성공할지 어떨지는 모르지요. 하지만, 이 판사판과 같은 수술이지만 해 보리라고 생각하는 거지요. 언 제까지 병이 있는 폐를 지니고서 살아갈 수도 없는 셈이니까 요. 수술이 성공하면 복학할 수 있고, 그러면 반 년 남짓으 로 졸업할 수 있지요. 첫째, 아야짱도 이렇듯 깁스에 들어가 버렸고 우선은 몇 년간 누워 있어야만 되잖아요. 아야짱을 위해서라도 나는 빨리 의사가 되어 경제적으로도 뒷받침 해 주고 싶지요.」

이판사판의 수술을 해야 할 만큼의 큰일난 병 상태일까. 그

렇게 생각만 하여도 나의 마음은 무거웠다. 그리고 그가 일찍
이 한 말이 생각났다.

「연인에게 아무 것도 해 주지 못하는 생활 능력 없는 사내란
 쓸쓸한 법이지요.」

그는 그런 말을 한 적이 있었다.

그는 수술 결심을 가족에게도 알리지 않고 삿포로에 왔다.
그런 그의 비통한 결심을 생각하자 나는 다만 묵묵히 고개를
끄덕일 수밖에 없었다. 그날부터 그는 침대가 비기까지 나의
병실에서 숙박하게 되었다.

마에카와는 즐거운 듯싶었다. 그는 아침에 일어나자 마자 뜨
거운 물을 받아다가 나의 얼굴을 씻겨 주었다. 나는 그가 오기
까지 누구에게도 얼굴을 씻긴 적이 없다. 병동의 잡역 아줌마
가 가슴 위에 세변기를 놔두고 가면, 그 물을 엎지르지 않도록
조심하면서 천정을 본 채로 손을 씻고 수건을 쥐어짜고 그 타
월로 얼굴을 닦을 뿐이었다.

마에카와는 비누칠을 한 수건으로 내 얼굴을 정성껏 씻고 깨
끗하게 헹군 타월로 닦아 주었다.

「유액이나 크림을 바르겠지요. 어디에 두었죠?」

그는 다정하게 물었다.

「크림도 유액도 나에겐 없어요.」

그렇게 대답하자 그는 그날 중으로 '에쓰꼬시'(백화점)까지
가서 '크라브크림'을 사다 주었다.

「화장품 이름같은 걸 몰라 어머니가 쓰고 있는 크라브크림을
 사 왔지요.」

그는 그렇게 말하고 나의 얼굴에 곧 크림을 발라 주었다.
코, 이마, 볼, 턱에 드문드문 크림을 바르고 손가락으로 문지
르면서 그는 말했다.

「미인이 되라, 미인이 되라」

그의 우스꽝스런 그런 표현에 나는 퍼뜩 가슴이 뜨거워졌다. 부디 그의 수술이 성공토록 해 주십시오, 라고 기도하지 않을 수 없었다.

그는 식사 시중을 들었고 편지 대필을 했으며, 그리고 침대 물통 교환까지 부지런히 돌보아 주었다. 아침 식사가 끝난 뒤에도 그는 나의 머리맡에서 성경을 읽어 주었다. 이어서 휴식 시간이었다. 그는 침대 아래 돗자리에서 좋아하는 독서를 하거나 '단까'를 짓거나 했다. 너무나 조용하면 나는 무엇을 하는 것일까 궁금해서 손거울로 그를 비쳤다. 그랬더니 그는 열심히 노트에 쓴 단까를 퇴고하고 있었다. 손거울로 비치며 보고 있는 나를 깨닫자 그는 수줍은 듯이 미소 지었다. 그것은 담담한 모습이었지만 그럼에도 우리들은 충분히 행복했다.

병원의 밤은 길다. 5시에는 이미 저녁 식사가 끝나고 잡역 아줌마들도 돌아가 버린다. 우리들은 성경 이야기를 하든가 소설에 관해 말하고 9시의 소등까지는 즐겁게 보냈다. 소등 시간이 가까워지면 아침과 마찬가지로 또 성경을 읽는다. 그리고 그는 바닥에 침구를 깔고 잔다.

소등한 뒤 아래로부터 살며시 손을 뻗어 나의 머리에 겁먹은 듯이 닿는 일도 있었다. 이것이 크리스찬인 그가 나에게 한 최대한의 애무이기도 했었다.

사나흘이 지나고서 그의 아버지로부터 편지가 왔다. 그는 묵묵히 그것을 읽고 있었는데,

「읽어 보세요.」

라고 나에게 건네었다.

「하지만, 다다시 상 앞으로 온 것을 읽으면 아버님께 죄송해요.」

하고 나는 사양했다.

「괜찮아요. 나와 아버지는 아주 닮았어요. 나를 이해하기 위해서라도 읽어 봐 주세요.」

나는 편지에 눈을 떨구었다. 그것은 부모에게 의논도 없이 수술을 결심한 것에 대한 의견이었다. 자세한 것은 잊었지만 참으로 애정이 짙은 편지였다.

〈여러 가지로 말했는데 부디 기분 **나빠**하지 말아라. 노파심으로 쓴 것이니까.〉

라는 뜻의 말이 나를 놀라게 했다. 부모에게 엎혀 있는 마에카와 다다시가 자기만의 결의로 수술을 받는다는 것은 어버이를 업신여긴다고 해도 할 수 없는 일이었다. 비록 그러한 형식을 취하지 않고선 아버지의 동의를 얻을 수 없다 하여도 비난받는 것은 부득이 한 일이었다. 그러나 그 일에 대해 어버이는 어버이로서의 의견을 말하면서 어디까지나 아들의 의사를 존중하는 점에 나는 놀랐다. 훌륭한 사람들이라고 생각했다.

이윽고 그는 아흐레째에 침대가 나서 정식으로 입원하게 되었다. 이 겨우 아흐레 동안이, 그전에도 또 그후에도 나와 그가 같은 방에서 밤낮을 함께 지낸 유일한 생활이었다.

35

드디어 마에카와의 수술날이 결정되었다. 확실히 12월 17일이었다. 아사히까와에서 그의 어머니가 간호하러 왔다. 그의 어머니는 나를 병문안하고 가늘어진 나의 팔을 조용히 쓰다듬었다. 그곳에 그가 들어왔다. 그는 나의 팔을 쓰다듬고 있는 자기 어머니를 보고 그만 싱긋 웃었다. 어지간히 그런 정경이 기뻤으리라. 그는 그날 아주 즐거워 보였다.

그는 이 수술로서 갈비뼈를 여덟 개나 떼어내게 되었다. 그의 병실은 다행히도 나와 같은 병동이었다. 걸어서 2분도 걸리지 않는 곳에 그는 입원하고 있었다. 하나 나는 그를 간호하기는 커녕 병문안조차 갈 수 없었다. 이 때만큼 나는 나의 병을 원망스레 생각한 일은 없었다. 마에카와의 생애에서 단 한 번인 위험한 대수술이라 하는데, 기도하는 것 이외에는 아무 것도 못하는 것이다.

첫 수술을 받기로 한 그 전날 밤, 그는 목욕을 끝내고 나의 방에 왔다.

「한 쪽 다리만 씻지 않았지요. 선배들이 전부 씻으면 저 세상에 간다고 겁을 주는 거예요. 인간이란 약한 것이더군요. 신을 믿고 있다느니 뭐니 하고는 있지만, 한쪽 다리만 나도 씻지 않고 남겼지요.」

또 이렇게도 말했다.

「나는 수술은 괜찮지만 마취가 싫어요. 마취가 깰 때면 몸부림을 치든가 헛소리를 하든가 한다나 봅니다. 아야짱! 아야짱! 하며 이름을 부른다면 추태이니까요.」

그 말을 들은 옆침대에 있던 환자는 그 말에,

「남자분은 순진하네요. 마에카와 상이라면 어쨌든 수술은 성공해요.」

라고 말했다. 그녀는 농가의 주부로서 특히 봉건적인 가정에 출가하고 신문조차 읽은 일이 없었다. 그러나 마에카와는 그런 그녀가 하는 말을 언제라도 친절히 들어 주었다. 「호오」라든가 「그것은 큰 일이군요」라든가 맞장구를 치며 듣는 태도는 보통 사람에게 대하는 것과도 같았다. 결코 그녀를 비웃든가 적당히 구슬리는 일이 없었다. 특히 감탄한 것은 그녀가 잘못하여 반지를 잃었을 때였다. 그는 침대 아래는 물론이고 방의 구석구석까지 기듯이 하며 찾았고 마침내 그녀의 머리맡에 있는 휴지통을 맨손으로 찾았다.

그녀는 나보다 훨씬 중증의 폐결핵 환자로서 그 휴지통 속에는 혈담을 닦은 종이가 가득했었다. 그런 더러운 종이를 하나하나 털듯이 하며 찾는 그의 모습은 마치 자기의 소중한 것을 찾듯이 열심이었다.

반지는 끝내 나타나지 않았지만 그의 그런 친절에는 그녀도 두고두고 감탄하고 있었다.

「마에카와상 같은 좋은 사람이 수술로서 죽을 리가 없어요.」

그녀는 되풀이하여 말했다.

수술 당일 그의 동생과 친구가 아사히까와로부터 달려왔다. 그가 수술실에 들어갔다는 소식이 왔다. 나는 열심히 기도했다. 그의 등에 메스가 들어가는 광경이 눈에 떠오른다. 피하지방의 울퉁불퉁한 흰 상태로부터 갈비뼈 아래 숨쉬는 폐의 움직임까지 눈에 보인다.

일찍이 나는 마에카와 다다시와 함께 친구의 수술에 입회하고 그 기록을 결핵환자의 모임 회지에 실은 일이 있었다. 그때의 일을 나는 생각해 내고 마에카와의 갈비뼈가 뚝하여 절제되는 소리마저 들리는 것만 같았다. 시시각각으로 수술 시간은 지나갔다.

36

마에카와 다다시가 수술하는 동안 나는 다만 깁스 위에서 기도하는 수밖에 없었다.

이윽고 간호사가 수술이 끝났음을 알려 주었다.

「원기 있나요?」

「글쎄요, 아직 마취가 깨어나지 않았으니까. 창백한 얼굴로 잠들어 있을 뿐이지요.」

젊은 간호사는 정직했다. 거짓말이라도 원기 있다고 대답해 주기를 바라는 심정을 전혀 깨닫지 못하는 것처럼 그렇게 대답했다.

이에 마취가 깨었다고 생각될 무렵, 나는 병동의 잡역 아줌마에게 마취가 깨었는지 상태를 좀 알려 달라고 부탁했다. 1분이면 갔다 올 만큼의 가까운 곳에 그의 병실은 있었다.

「이상해요, 아직도 깨어나고 있지 않아요. 이제 슬슬 몸부림을 칠 무렵인데.」

그렇지 않아도 불안한 나에게 그 알림은 공포감마저 주었다.

그 며칠 전에도 마취가 깨지 않은 채로 죽은 사람의 일을 들었기 때문이었다. 나는 빨라지는 심장 고동을 진정하려 해도 진정할 수가 없었다.

2시간 쯤 지나고서 겨우 그가 마취에서 깨어났음을 들었을 때의 기쁨, 감사의 기도를 올리고자 손을 모아도 손가락에 힘이 주어지지 않았다.

「마에카와 상은 역시 신사예요. 마취가 깨는 것도 다른 사람
처럼 몸부림치거나 하지 않았으니까.」

나중에 누군지가 그렇게 말한 것을 지금도 기억하고 있다.
그러나 실제는 그의 수술 무렵부터 마취약이나 마취 방법이 그
전과는 달라진 모양이었다. 마취는 그 무렵부터 급속히 진보되
고 있었던 것으로 듣고 있었다.

어쨌든 엉뚱한 걱정을 했던 것인데, 그뒤 그는 차츰 원기를
회복하고 있다는 이야기였다.

그리고 수술하고서 며칠째의 밤이었을까. 10일이나 지난 무
렵이었을까, 도어를 밀고 그림자처럼 들어온 사람을 보고 나는
순간 섬칫했다. 유령인가 싶었다. 그것이 마에카와라고 안 순
간 나는 말을 걸기보다도 앞서 눈물지었다. 이렇게도 여윌 만
큼 괴롬을 당했던 것일까. 그런 괴로운 며칠간을 나는 다만 누
워 있을 뿐 한번도 병문안할 수가 없었던 것이다. 아무리 깁스
배드에서 절대 안정을 강요받고 있었다고는 하나 그것이 자못
박정하다고 생각되기만 했었다.

「벌써 걸어도 돼요?」

그러나 정작 본인은 나만큼 심각하지는 않았다. 어딘가 걷잡
을 수 없는 웃음띤 얼굴로 그는 대답했다.

「실은요, 지금 비로소 화장실까지 왔었지요. 그런 김에 여기
까지 걸음을 옮겼는데 어머니에겐 비밀이에요.」

병을 앓는 적이 없는 분은 모르실 테지만, 배변이라는 것은
쇠약한 병자에게 있어 일대 노동인 것이었다. 눈앞이 캄캄해지
고 얼마 동안은 일어날 수 없는 일마저 있다.

수술 후 처음으로 화장실까지 와서 그것만으로 충분히 지쳤
을 터인데, 그는 나의 방까지 발을 옮겨 주었던 것이다. 그는
나의 얼굴을 보는 것만으로 안심이 되었는지 얼마 쯤 아무 말

도 않고 의자에 앉아 있었다. 말도 못할 만큼 피로해 있었으리라.

이윽고 간호사에게 들켜 야단을 맞자 비틀비틀 돌아갔다.

마침내 그 해도 저물었다. 마에카와가 수술하고 내가 세례를 받은, 서로의 일생에서 잊을 수 없는 쇼와 27년[1952]이었다. 그리고 새로운 해가 왔다.

그의 어머니가 햄에그를 만들어 가져다 주었다. 그도 이 햄에그를 먹고서 정월을 맞고 있는 것일까 하며 그와 같은 병원에서 새해를 맞았다는 느낌이 새삼 솟았다.

그러나 한숨 돌릴 겨를도 없이 그의 두번째 수술이 2주일 뒤에 기다리고 있었다. 늑골 여덟 개를 절제하는데 네 개씩 두번에 나누어 수술하는 것이다. 다시 같은 괴롬을 시킨다고 생각하자 가엾어 견딜 수 없었다. 하나 마음 어딘가에서 첫번째가 무사했으니까 두번째도 무사할 거라는 느낌이 들어, 첫번째만큼 불안하지는 않았다. 가까스로 조금 체력이 붙었다고 싶을 때에 또 아픈 꼴을 당하는가 싶자 도무지 안타까워 견딜 수 없었다.

나는 일찍이 자살을 꾀했던 일을 생각해 냈다. 한 인간이 건강을 되찾는데 이 만큼의 괴롬을 거치지 않으면 안 된다. 얼마나 황송한 일을 생각했던 것일까 하며 그 무렵이 되어서야 겨우 자신의 어리석음이 뉘우쳐졌다.

그의 두번째의 수술이 끝난 이튿날 아침이었다. 꾸벅꾸벅 졸고 있는 나의 병실에 그의 어머니와 동생이 들어왔다. 나에게 빌린 돗자리를 돌려 주려 왔다고 한다. 그 돗자리는 그의 어머니가 병실에서 깔고 사용하도록 내가 빌려 준 것이었다. 놀란 내가,

「왜, 이제 필요 없습니까?」

184

고 물었더니,

「다다시가 조금 전 죽었으므로 이제 필요 없게 되었지요.」
라고 말씀하시며 동생과 둘이서 내 배드를 붙잡고 우시는 것이
었다.

「그럴 리가 없어요」

그렇게 외치려했으나 좀처럼 목소리가 나오지 않았다. 거우
목소리가 되었다고 싶었을 때 나는 잠을 깨었다. 지금의 일은
꿈이었다고 생각되지 않을 만큼 너무나도 생생하여 나는 뭐라
말할 수 없는 불길한 예감이 들었다. 싫은 꿈을 꾸었다기보다
싫은 환상을 본 것만 같은 느낌이었다.

하지만 나의 꿈과는 반대로 그는 날로 원기를 되찾고, 이윽
고 3월 말에 퇴원하게 되었다. 그의 아버지가 마중하러 오셨고
나를 병문안해 주셨을 때, 나는 눈이 시뻘겋게 울어 부어 있었
다. 큰 수술도 무사히 끝나고 원기 있게 돌아가는 것이므로 나
는 누구보다 기뻐해도 좋을 터이었다. 그렇건만 나는 웬지 울
음이 나와 견딜 수 없었다.

아사히까와를 떠나 삿포로 땅에서 혼자 병들어 있는 게 쓸쓸
했던 것일까. 그와의 다섯 달에 걸친 병원 생활이 아쉽기만 했
던 것일까. 나도 모르게 눈물은 우스꽝스럴 만큼 넘쳐 그치지
를 않았다. 아니면 이것도 또한 불길한 것을 예감한 눈물이었
던 것일까?

마침내 그는 아사히까와로 돌아가고 말았다.

성경을 서로 읽어주며 잠에 든다
내일 나는 그대를 배드에 두고서 떠나리
마에카와 다다시.

37

마에카와가 아사히까와로 돌아가고 한 달 가까이 지난 4월 말, 니시무라 규우조 선생이 오셨다. 그 날은 엷게 흐린 조금 추운 날이었다는 느낌이 든다. 들어오신 선생의, 여느 때의 원기 있는 얼굴이 묘하게도 으스스해 보였다.

여느 때처럼 성경을 읽고 이야기를 해 주신 뒤,

「내달 도쿄에 갔다 오겠어요.」

라고 선생은 말씀하셨다. 선생은 '고덴바'(御殿場)에서 열리는 수련회의 위원이었으므로 아무래도 상경하지 않으면 안 되었던 것이다. 나중에 들은 일이지만, 이때 선생은 이미 과로 때문에 폐장 내에 울혈을 가져와 절대 안정을 지시받은 몸이었던 것이다. 그런 줄도 모르고 나는 태평스레 말했다.

「선생님은 2등차(지금의 1등차)로서 가실 테죠?」

「아냐, 나는 2등칸의 점잔을 빼는 분위기가 질색이라서요. 3등이라면 누구하고도 스스럼 없이 말을 주고 받을 수 있고 예수님의 이야기도 곧 할 수 있으니까요. 첫째 2등칸에 탈 돈이 있으면 그 돈을 좀더 유효하게 쓰지요.」

선생은 웃었다. 그리고 돌아갈 때 여느 때처럼 배드에서 홀러버린 나의 이불을 제대로 덮어 주셨다.

그리고 보름쯤 지나 니시무라 선생이 병환으로서 도쿄로부터 침대차를 타고 돌아오셨다는 이야기를 들었다. 2등에도 타지 않는 선생이 침대차로 돌아오셨다 함은 어지간한 일이라고 나는 걱정했다.

5월도 지나고 6월이 되어도 선생은 나의 병실에 오시지를 않았다. 나는 병문안 편지를 보냈지만 걱정하지 말라는 선생님의 필적으로 답장을 받았다.

7월 5일, 세례 주던 기념일이 돌아왔다. 나는 그 날의 일을 돌이키면서 기도하고 있었다. 그때 세례를 베풀어 주신 오노무라 목사는 지주막하 출혈(蜘蛛膜下出血)로서 이미 쓰러져 있었다.

「반드시 낫습니다」

고 말씀하신 오노무라 목사님의 일을 생각하며 눈물로 기도해 주신 니시무라 선생님도 생각했다. 목사님은 중태이고 니시무라 선생님 또한 병상이 순조롭지 못했다. 1년이라는 짧은 세월 동안에 참으로 사람의 운명은 알 수 없다고 나는 생각했다.

이삼 일 있다가 니시무라 선생으로부터 엽서가 왔다. 선생은 교회의 주보를 보시고 내가 세례받은 기념으로 감사 헌금을 한 것을 아셨던 모양이다. 병상에 있으면서 헌금한다는 일이 얼마나 큰 일인지를 선생은 알고 계셨던 것이리라. 당신이 이끄시고 몇 번이고 병문안하고 계셨던 만큼 더욱 기뻐하셨으리라. 매우 기뻐하시는 편지였다.

나는 곧 답장을 쓰리라 생각하면서 병동이 바뀌는 바람에 지쳐 있었다. 7월 11일의 일이었다. 선생 댁에 하숙하고 있는 북대생(北大生)인 가네다 료이찌(金田隆一)상이 찾아와서,

「선생님이 위독합니다」

고 알려 주었다. 나는,

「거짓말이죠」

라고 말하며 화를 냈다. 속아넘어간 것이라고 생각했다. 가네다 상은 아사히까와의 니죠 교회 신도이고 마에카와의 친구이

기도 했다. 그해 봄 북대에 들어갔을 때 아르바이트를 하면서
하숙시켜 주는 집은 없을까 하여 나에게 말했다. 그것을 니시
무라 선생의 부인께 말씀드렸더니 부인은 극히 어렵지도 않게,

「우리 집이라도 괜찮으면, 부디」

라고 말씀해 주셨다. 가네다 상과는 그런 사이였으므로 흉허물
없는 장난은 충분히 있을 수 있었던 것이다.

그가 돌아간 뒤에도 나는 화가 잔뜩나 있었다. 그런데 오찌
간호사에게 그 점을 확인했더니,

「알려드리기 거북하지만 간호사가 곁에서 한시도 떠나고 있
지 않아요.」

라고 말했다. 오찌 간호사는 친절하고 명랑한 분으로서 교회
예배의 이튿날은 반드시 주보를 갖고 목사님의 설교를 들려 주
고자 와주곤 했다.

이튿날 7월 12일은 일요일이었다. 아주 좋은 날씨 때문에 누
워 있어도 땀이 날 만큼 더웠다. 나는 그 병원에 입원하고서 1
년 반 가까이나 지나고 있었으므로 간호사나 의학생 친구가 생
겼다. 간호사 학교에 다니는 친구도 있었다. 그 중에는 매일
놀러오는 의탁생이나 간호사도 있어 나는 모두로부터 이것저
것 친절하게 대해졌다. 그러므로 아무도 오지 않는 날은 없었
다.

하나 그 일요일에는 웬지 아무도 오지 않았다. 다음날 월요
일 점심 시간에는 반드시 오던 오찌 상도 왜 그런지 나타나지
않았다. 급환이라도 있었는가 하고 나는 생각했다.

그러자 시험실에 근무하고 있는 미쿠니 후쿠꼬(三國福子)상
이 묘하게도 조용히 들어왔다. 프랑스 미인이라고 내가 부르고
있던 이 후쿠꼬상은 아름다운 데다가 참으로 다정한 사람이었
다.

「홋다상」

그녀는 슬픈 듯이 의자에 앉았다.

「왜 그러죠? 실연을 당한 것 같아」

나는 일부러 명랑하게 말했다.

「어머, 홋다상은. 니시무라 선생님의 일을 아직 몰라요?」

선생님의 죽음을 아는 데는 그 뿐의 말로서 충분했다.

너무나도 슬퍼 나는 그곳이 병실이라는 것도 잊고서 어린이처럼 큰 목소리로 울었다. 그곳은 4인 병실로서 모두 중증의 사람 뿐이었다. 후짱은 안절부절 했다. 그러나 나는 걷잡을 수 없이 슬펐다. 니시무라 선생을 어떻게 설명해야 사람들이 알아 주실까? 나의 소설 《양치는 언덕》을 만일 읽어 주신 분이라면 소설의 주인공 「나오미」의 양친을 생각해 주시기 바란다. 그 목사님 부처가 니시무라 선생님 부처의 일부분을 말해 주고 있으리라 생각한다.

나는 서견기[書見器 : 누워서 책을 읽을 수 있게 고안된 기구]에 걸려 있는 니시무라 선생의 사진을 보았다. 이것은 그 전해 10월, 사진을 달라고 조른 나를 위해 일부러 사진관에 가서 찍어다 주신 것이었다. 이 사진을 건넬 때 선생은 말씀하셨다.

「집 사람이 죽은 사람의 사진 같다며 싫다고 말했지요. 그러고보니 어딘지 원기가 없어 보입니다. 당신도 싫다면 다시 찍어 갖다 드릴까요?」

몹시 바쁘신 선생이 나를 위해 일부러 사진관에 가 주셨다는 것만으로도 황송했다. 확실히 어딘가 힘이 없는 사진으로는 생각되었지만, 나는 기꺼이 그것을 받았다. 그러나 그 사진이 9개월 후에 유영(遺影)으로서 장의장에 장식되리라고는 생각지도 못했다.

사진을 받고서 두 달 반이 지난 세월이었다. 크리스마스에 선물을 주신 선생은 돌아가시면서 말했다.

「뭔가 원하는 게 있다면 사양말고 응석을 부리세요.」

「그럼 부탁하겠어요. 저는 연어구이가 먹고 싶어요.」

처음으로 뵈었을 때 선물은 필요 없다고 말하며 거절한, 완고한 나였지만 이런 소리를 할 만큼 순순해져 있었다.

「그것은 아주 쉬운 분부이군요.」

선생은 그렇게 말씀하셨다. 그리고 섣달 그믐의 저녁 때 부인이 정성껏 차리신 음식을 일부러 가져다 주셨던 것이다. 그속에는 두툼한 연어 구이를 비롯하여 고기조림, 야채 조림, 콩장, 명란젓 등이 곁들어져 있었다. 그것도 같은 병실의 환자와 나에게 따로따로 차려 갖고 가져다 주셨던 것이다.

태어나 처음으로 타향에서 병들어 가난한 나에게 이렇듯 마음 훈훈하니 한 해를 넘기게 해 주신 부부에게 나는 감사의 말도 찾지 못했다. 자기의 가족조차 병이 길어지면 미처 손이 돌아가지 않는 법이다. 그렇건만 생면부지인 나에게 이렇게까지 해 주시는 풍부한 사랑에는 문자 그대로 감사의 말을 할 수 없었던 것이다.

그러나 그것도 지금은 다만 슬픔의 씨앗이 되었다. 나는 마지막 이별이 된 날 선생을 떠올리고 종이에 단까를 끄적거렸다.

배드에서 흘러내리려는 내 침구를
고쳐 주시고 돌아가심이 마지막이었노라.

이 단까 외도 몇 구를, 나는 미쿠니 후쿠꼬 상에게 부탁하여 관 속에 넣었다.

밤샘 끝나고 장례가 끝났다. 장례식 참여자는 8백여 명, 누구 한사람 울지 않은 자는 없었다고 듣고 선생이 얼마나 사람들에게 사모된 참된 크리스찬이었음을 새삼 생각지 않을 수 없었다.

'우에무라 다마끼' 선생도 뒷날 이렇게 썼다.

〈니시무라 규우조 씨의 사랑——그것은 영원히 그에게 스친 사람들의 마음에서 살아 그들을 위로하고 힘을 돋아 주리라. 이렇게 쓰고 있으면서 나의 눈은 눈물로 젖어왔다.〉

오찌 간호사가 나에게 말했다.

「정말이죠, 니시무라 선생님 부인이 홋다 상에게만은 알리지 말라고 말씀하셨던 거예요. 그러니까 알려드리지 못했던 거지요.」

슬픔의 구렁텅이에 있으면서 병 중의 내 몸을 염려하며 그렇게까지 마음을 써 주신 니시무라 선생의 부인에게 나는 감동했다.

이윽고 가을도 깊어졌을 무렵, 부인이 송이밥을 짓고 송이버섯 된장국을 끓여 가져 와 주셨다. 부인의 얼굴을 보자마자 나는 이불을 뒤집어쓰고 울어 버렸다. 그 송이버섯은 교또(京都)의 어떤 분이 니시무라 선생의 인덕을 전해 듣고 보내 주신 것이라고 한다. 그러나 유감스럽게도 그 향기도 맛도 나로선 몰랐다. 눈물로 코가 완전히 메워지고 말았기 때문이다.

38

니시무라 선생이 돌아간 삿포로는 나에게 별안간 공허한 곳이 되었다. 때마침 그 무렵 마에카와가 아사히까와로부터 진찰을 위해 삿포로에 왔다. 수술 후 처음으로 그는 삿포로에 왔던 것이다.

그는 이전처럼 살이 찌고 건강해 보였다. 진찰 결과도 이상은 없는 모양으로, 어쨌든 수술하여 좋았다는 것이 되었다. 나는 건강 보험이 끊어지므로 집에 돌아갈까 아니면 삿포로 시내의 요양소로 옮길까 하고 의논했다. 그는 조금 생각하더니 말했다.

「돌아갈 수 있다면 아사히까와로 돌아오도록 해요. 삿포로는 역시 조금 머니까요. 아야짱의 집까지는 10분도 걸리지 않지만 이곳까지는 4시간이나 5시간은 걸리니까요.」

나도 니시무라 선생이 돌아간 삿포로에 머무를 생각은 없어졌다. 마에카와 다다시와 언제라도 만날 수 있는 아사히까와 쪽이 훨씬 즐거울 터이다. 깁스 배드에 누운 채의 몸으로선 돌아가기가 어렵지만, 오빠나 동생들이 있으므로 어떻게 되겠지 하고 즉시 아사히까와에 돌아가기로 결심했다. 그는 안도한 것처럼,

「기다리고 있을 게요.」

라고 말하며 돌아갔다.

돌아간다고 결정하자 한시라도 빨리 돌아가고 싶어졌다. 집에 편지를 보냈더니 귀가해도 좋다는 것과 '도시오' 오빠와 '데쓰오', '아끼오' 두 동생이 데리러 오기로 하였다.

10월 26일, 나는 마침내 퇴원했다. 1년 8개월만에 나는 아사히까와로 돌아가는 것이다. 깁스 배드에 누운 채 자동차에 옮겨졌고 동생들은 엉거주춤, 나를 덮치듯이 하여 태웠다. 나는 간호사며 잡역 아줌마며 병실 친구들에게 전송되어 병원을 떠났다.

자동차는 이미 잎이 거반 떨어진 삿포로의 가로수 아래를 달렸다. 역에 도착하자 나는 오빠에게 업혔고 구름다리를 건넜다. 사치스럽지만 2등석을 두개 끊고 널빤지를 깐 위에 깁스를 놓고 나는 눕혀졌다.

그곳에 바로 아랫 동생인 데쓰오가 짐을 갖고 웃으면서 들어왔다.

「정말 웃겼다니까. 홈에서 딸랑딸랑 하며 손에서 굴러 떨어진 게 있었지. 보니까 변기 뚜껑이었어. 모두들 웃더군.」

데쓰오는 자못 우습다는 듯이 웃었다. 싸고 있던 비닐 보자기가 풀려 그런 일이 되었던 모양인데, 얼마나 부끄러웠을까 하고 나는 미안했다.

발차하려고 홈에서 기적이 높다랗게 울렸다. 나는 삿포로에서 신세진 사람들의 일을 생각하고 니시무라 선생이 이미 돌아가셨음을 새삼 생각하고서 묵도를 하며 삿포로를 떠났다.

동생인 아끼오가 누운 채로 바깥을 볼 수 없는 나를 위해, 지금은 어디를 달리고 있다며 때때로 가르쳐 주었다. 나는 그 때마다 손거울로 창 밖을 비치면서 인생에는 이런 여행도 있는 거라며 자기에게 들려 주고 있었다.

그러나 나는 비참하지는 않았다. 삿포로에 올 때에는 제대로 걸터앉아 타고 간 내가 지금 이런 꼴이 되어 돌아간다는 것에 슬픔은 없었다.

〈나는 크리스찬이 되어 돌아가는걸 뭐. 이것은 얼마나 대단한 일이냐. 지금의 나는 거듭난 생명인 것이다.〉

〈다다시상, 나는 당신이 있는 곳에 돌아가는 거예요. 이번에야말로 나는 당신과 같은 신을 믿는 아야꼬로써 당신에게 돌아가는 거예요.〉

연신 그렇게 속으로 외치고 있지 않을 수 없었다.

아사히까와에 돌아가서 그와 자주 만나고, 그는 내년 봄 대학에 돌아가리라. 그리하여 나도 5년 쯤 지나면 건강해질 지도 모른다. 그렇게 되면 두 사람은 이윽고 결혼하여 아름다운 크리스찬 가정을 만들리라.

나는 나의 미래에 대해 그런 것을 꿈꾸면서 기차에 흔들리고 있었다. 그러나 인간은 얼마나 자기 앞날을 모르는 것일까?

<h1 style="text-align:center">39</h1>

여섯째 동생인 '하루오'가 밤을 새워 가면서 도배를 해 주었다는 크림색의 벽지로 몰라 볼 만큼 밝아진 나의 방에, 나는 1년 8개월만에 돌아왔다. 새 매트리스 위에 침구가 깔리고 새하얀 요잇이 나를 기다리고 있었다.

발병하고서 이미 8년, 경제적으로나 정신적으로 고생만 안겨 주었던 나였다. 그런 나에게 이렇게까지 마음을 쓰며 부모, 형제는 기다려 주고 있었던 것이다. 8년이라고 하니, 중학생이던 하루오가 이미 고교를 나와 은행원으로 다니고 있었고, 국민학생이던 막내 동생도 고교를 졸업하려 하고 있었다.

더욱이 이 8년간에 나는 다섯 번이나 입원했던 것이다. 가족에게 얼마나 무거운 짐이었던 것일까? 그리고 지금도 퇴원했다고는 하나 앞으로 몇 년이나 깁스 배드에 누워 절대 안정이라는 생활이 계속될지 모르는 것이다. 식사의 시중부터 배변처리에 이르기까지 60이 넘은 어머니가 혼자서 맡아 주는 것이다. 폐인과 똑같은 이런 나에게 부모는 전보다 더욱 다정했다.

내가 퇴원한 이튿날, 마에카와는 곧 찾아와 주었다.

「어제 역까지 마중 가려고 집을 나섰지만 도중에서 그만 두기로 했습니다.」

오빠에게 업힌 꼴불견인 나의 모습을 마에카와는 차마 볼 수가 없었던 것이리라. 단젠(솜튼 내리닫이) 모습인 채 오빠에게 업혀 기차에서 내렸을 때, 마중나와 있던 아버지는 눈물을 글썽이며,

「오, 잘 돌아왔다. 잘 돌아왔다」

고 간신히 말했다. 나는 31세가 되어 있었다. 건강하다면 어린이가 둘이나 있을 주부일 터이었다. 그것이 8년이나 앓고 있으며 오라버니에게 업혀 기차를 내렸던 것이니, 아버지는 얼마나 슬펐을까. 더욱이 언제 낫는다는 가망이 있는 셈도 아니었으니, 그런 가족의 감정도 마에카와는 알아 주었던 것이라. 마중와 주지 않았던 심정이 나로선 기뻤다. 하나,

「기차 여행은 피로했겠지요」

그렇게 염려해 주는 그의 안색은 밝지 않았다. 바로 한 달전 삿포로로 찾아 주었을 때와는 달리 어딘지 원기가 없었다.

「다다시 상, 당신 어디가 아픈 건 아녜요?」

나는 불안했다. 그는 쓸쓸한 미소를 보였다.

「역시 아야짱은 눈치가 빠르군요. 걱정하면 안 되겠다 싶어 아버지와 어머니에게도 알리지 않고 있는데…… 실은 요즘 때때로 혈담이 나오지요.」

나는 내 얼굴에서 핏기가 가셔지는 것을 느꼈다.

혈담이 나온다! 그것은 명백히 수술의 실패를 밝혀 주고 있었다. 여덟 개나 갈비뼈를 절제하고도 아직 그의 공동은 찌부러지지 않았던 것이다. 나는 그만 눈물지었다. 그가 혼자, 그런 사실을 견디내고 있는 심정이 손에 잡히듯이 알았다.

「아야쌍, 그렇게 걱정하지 않아도 염려 없어요. 혈담이라 하여도 침에 피가 섞일 정도이니까요. 게다가 지금은 스트렙토마이신도 있고 파스도 하이드라지드도 있으니까요.」

그는 쾌활하게 말했다.

이전의 그라면 6백미터 밖에 떨어져 있지 않은 나의 집에 매일처럼 찾아 왔다. 편지도 매일 반드시 부쳐 주었다. 그렇건만 그뒤 그의 편지도 발걸음도 멀어졌다. 그럼에도 20일 쯤 동안에 그는 세번 찾아와 주었다. 하지만 여전히 얼굴빛이 맑지 못했다.

「괜찮아, 다다시 상?」

걱정하는 나에게 그는,

「염려 없어, 염려 없어. 내년 봄에는 대학에 돌아갈 수가 있어요.」

라고 원기 있듯이 대답하는 것이었다.

40

그것은 잊을 수도 없는 11월 16일의 일이었다. 그는 그날 발매된 새해 선물의 경품이 붙은 연하 엽서를 사다 주었다. 그리고 나의 가래를 갖고 추운 가운데 일부러 보건소까지 갔다가 그 걸음으로 또 내집에 들려 주었다.

그날 우리들은 무엇을 말했던 것인가. 유감스런 일이지만, 인간은 자기들의 마지막 이별의 날 대화도 자세히 기억하고 있지 않다. 다만 수술 뒤의 노래를 몇 구인가 보여 준 것을 기억

196

하고 있다.

　　절제한 내 갈비뼈를 달래서 보니,
　　투명한 것처럼 보이는 것도 가엾어라.

　그때 보여 준 노래 중에서 이것이 가장 나로서는 잊혀지지 않았다. 왜냐하면 그는 그때 그 늑골을 가져와 나에게 보여 주었기 때문이었다. 피가 검게 늘어붙고 가제에 싸여 있는 것을 나는 묵묵히 바라보았다. 그가 그런 대수술을 받은 동기의 하나로선 앞서 말한 것처러 나를 위해서라는 것이 있었다. 두 번이나 괴로운 수술을 하고 모처럼 나을 수 있다는 희망으로 불타고 있었건만, 그는 지금 피가래를 쏟고 있는 것이다. 그렇게 생각하는 것만으로 나는 그 늑골을 보는 일조차 견딜 수 없었다.
　「이것을 주시겠어요?」
　이윽고 나는 그렇게 말했다.
　「물론 드릴 작정으로 갖고 왔지요. 하지만 아야짱이 쓸모 없다는 듯이 바라보고 있어 드리는 것을 그만 둘까 생각했었지요.」
　일본인의 표정은 꽤나 무표정한 거라고 두 사람은 웃었다. 나의 표정이 너무나도 굳어져 있었기 때문에, 실은 감회를 갖고서 바라보고 있는 것이 그로선 오히려 시시해 하는 것처럼 보였으리라.
　이윽고 그는 다미에 두 손을 짚고 정중히 절을 했다.
　「아야짱, 슬슬 추워지니까요. 나도 조금 안정을 지키겠어요. 이번에는 크리스마스에 올 테니까요. 아야짱도 감기들지 않도록 조심해 주세요, 네?」

라고 말했다. 그리고 일어나서 돌아가려다가 또 두 서너마디 무언가 말했다. 그리고 선 채 절을 하고 또 뭔가 말을 하며, 몇 번이고 그런 일을 반복하더니 그는 마침내 웃기 시작했다.

「난, 오늘 몇 번 절을 하는 것일까요? 사실은 아까부터 악수를 하고 싶었던 것이지만, 그것이 좀처럼 입에서 나오지를 않아……」

그렇게 말하면서 그는 살며시 내 손을 잡았다. 만 5년이나 사귀고 있으면서 아직 악수하는 일조차 주저하는 그였었다. 그는 나의 손을 잡더니 안심한 것처럼 다시 한번 「사요나라」하며 허리를 굽혔다. 그리고선 방의 장지문을 열고.

「아, 눈이 많이 내리고 있어요. 보여 드릴까요?」

그는 장지문을 열어젖히고 안뜰에 내리는 눈을 보여 주었다.

「추우니까 이제 닫읍시다.」

손거울로 뜰을 비치며 싫증도 없이 바라보고 있는 나에게 그는 부드럽게 말하고 조용히 장지문을 닫고서 돌아갔다.

그뒤 어쩌다가 엽서는 왔지만, 어느 것이나 무언지 원기 없는 소식이었다. 나는 마음에 은근히 그가 찾아와 준다고 말한 크리스마스를 기다리고 있었다. 하나 그런 크리스마스에도 그는 마침내 찾아오지 않았다.

크리스마스로부터 사나흘 쯤 있다가 「아라라기」 [단까잡지의 이름 : 산달래] 1월호가 배달되었다. 그 선가(選歌) 후기를 보고서 나는 놀랐다. 어떤 아라라기 회원이 28년(1953) 11월호의 내 노래에 관해 투고하고 있었다.

　배드에서 흘러내리려는 내 침구를
　고쳐 주시고 돌아가심이 마지막이었노라 〈坂田綾子〉

배드에 드리어진 내 침구를
고쳐 주신 고마움. 취중에 하신 것일까 〈坂本免美〉

위연의 것은 조금도 차이가 없습니다. 무언가 동일한 선례
(先例)가 있는 것은 아닐런지요. 〈하략〉

선자인 쯔찌야 분메이(土屈文明) 선생도 이 투고에 동의하고
개탄하고 계셨다. 격렬한 성격의 나는 문자 그대로 불길처럼
분노했다. 밤에도 잠이 오지 않았다. 이튿날 마에카와로부터
엽서가 왔다.

〈걱정하고 있습니다. 너무나도 작자를 모르는 말이네요. 그
러나 이런 일로서 노래를 그만 두던가 하지 않도록 부탁드립
니다. 곧 발행소 쪽에 항의문을 보내 두겠습니다.〉

서둘러 썼던 것이리라. 여느 때의 엽서보다 크고 흩어진 글
씨였다. 나는 단까를 짓고는 있었지만, 짓는다 하기보다 단숨
에 노래가 되어 버리는 쪽이다. 퇴고 따위는 좀처럼 한 일이
없다. 게다가 가집(歌集)이라는 것을 거의 읽은 일이 없었다.
가집을 읽기보다는 모리악이나 토스토예프스키의 소설을 읽고
문학적 감동이 주어지는 쪽이 노래의 공부가 된다고 생각했다.
내가 읽는 노래의 책이라고 하면 「아라라기」지 뿐이었다. 그런
나를 마에카와는 누구보다도 잘 알고 있었다. 더욱이 노래가
되어도 노트에 소중히 써둔다고 하는 꼼꼼함이 없고 약싼 종이
나 광고 뒷면에 닥치는대로 완성된 노래를 그 자리에서 적는
것이다.

「좀더 자기 노래를 소중히 하세요.」

나는 곧잘 그에게 야단을 맞았던 것이다. 그러나 나는 노래
를 만들면 그걸로 만족하는 것으로서, 그에게 재촉되지 않는다
면 아라라기에의 투고마저 게을리 하는 편이었다. 이런 나였던

만큼 자기의 노래마저 곧 잊어버린다. 하물며 남의 노래를 기억하고 있을 리는 없었다.

첫째, 이 노래는 니시무라 선생의 죽음을 애도하며 울면서 읊은 노래가 아닌가. 나는 분해서 견딜 수가 없었다. 즉시 나는 동료인 리에를 불러 우리 집에 있는 아라라기 시를 전부 조사해 달라고 했다.

「이것과 닮은 노래가 있는지 없는지 한 구 한 구 빠짐 없이 조사해 줘요.」

리에는 충실히, 며칠이나 걸려가며 전부를 조사해 주었다. 교또의 사까모또(坂本) 상에게서도 편지가 왔다. 아무튼 같은 호에 이 두 개의 노래가 실렸던 만큼, 물론 서로 훔치는 일이 가능할 까닭도 없었다.

해가 밝고, 마에카와로부터 발행소로 보내는 원고지 16매나 되는 항의문이 보내졌다.

「아야짱이 읽어보고 괜찮다면 이것을 발행소에 보내 주세요.」

지금 생각해도 이때의 일을 생각하면 나는 가슴이 아프다. 그는 그 무렵 1매의 엽서를 쓰는데도 지칠 만큼 몸이 약해져 있었던 것이다. 그래서 이것을 쓰고나서 그는 각혈을 했던 것이다. 그러나 그런 병상은 나에게도 알려 주지 않았다. 그가 이미 절대 안정의 병상에 있고 변기를 쓰면서 누워 있는 일 등을 알 리가 없었다. 크리스마스엔 볼 수 없었다 하여도 그래서 그의 어머님 대필의 연하장이었다 하여도 설마 그가 그렇게나 중태라고는 생각지 않았다. 춥기 때문에 몸조심을 하고 있는 것이리라. 안정하고 있으면 이윽고 혈담도 멈추리라 생각하고 있었다. 만일 그가 죽음의 병상에서 이 항의문을 썼다고 알았다면, 나는 반드시 그것을 발행소에 보냈으리라. 하나 나는 내

일에 관해 남에게서 변명을 받고 싶지는 않았다.

나는 반듯이 누운 채 쯔찌야 선생에게 편지를 썼다. 사까모 또 상과 나의 편지는 아라라기 3월호에 실렸다. 나의 편지 일 부를 옮겨보자.

「 ……관 속에 넣어드린 그 노래를 저는 남의 흉내로 지을 여유도 없었습니다. 다만 눈물 속에서 니시무라 선생을 추억 하여 지은 노래를, 사기꾼 운운 이라고까지 들어 참으로 분 하게 생각했습니다. 아마도 교또의 사까모또 님도 자신의 체 험에 바탕하여 지으셨던 걸로서 믿습니다.

저는 카리에스로서 절대 안정을 하고 있으며, 흉부에도 공 동이 있고 무거운 겨울 이불이 흘러내리면 끌어올릴 힘이 없 습니다. 간호사나 병문안 오는 사람이 언제나 고쳐 주고 있 는 일이라서 특별한 일도 아니며, 니시무라 선생님도 오실 적마다 바르게 덮어 주셨던 것입니다. 그리하여 그날도 여느 때처럼 고쳐 주시고 돌아가셨는데 마지막이 되고 말았던 것 입니다. (중략)

선생님, 저희들이 「선생님」이라고 부르는 만큼 신뢰하여 선(選)을 받고 있습니다. 아무쪼록 선생님을 신뢰하고 있는 회원들을 좀더 신용해 주셨으면 합니다.

　　　　　　　　　　　　　　　　　　　　1월 6일.

쯔찌야 선생은 우리들의 편지에 대해 앞서의 말을 취소해 주 셨고 유가(儒家)의 문제에 관한 갖가지의 가르침을 말한 뒤 마 지막으로,

「어쨌든 이제 양군의 직접적인 설명에 의해, 회원 여러분의 작가(作歌)에 즈음하여 진지하고 순결하다는 걸 알 수 있었

던 것은 나로서 오히려 유쾌했었다.」
라고 써 주셨다.

솔직히 말해서 어리석은 나는 1월호를 읽었을 때 화가 난 나머지 단까를 그만 두려고 생각했다. 선자(選者)의 노고니 하는 것을 상상할 수도 없는 초심자였으므로 무리도 아니다. 하나 이 사건은 나에게 있어 크게 도움이 되었다. 자기의 안이한 창작 태도를 반성하는 기회가 되고 비록 한 귀절의 노래라도 진지하게 다루지 않으면 안 된다는 것을 배운 듯한 느낌이 들었다. 이것에는 물론 마에카와 다다시의

「이런 일 정도로 노래를 그만 두던가 하지 않도록」
하고 편지에 써 준 것도 힘이 되고 있었다. 확실히 이런 일 쯤으로서 노래를 그만 둘 정도라면, 처음부터 노래를 만들지 않는 편이 좋았던 것이다. 만일 그때 홧김에 「아라라기」를 그만 두고 있었다면 나는 참으로 많은 것을 잃었을 게 분명하다.

나중에 나는 다음과 같은 노래를 아라라기에 보내고 있다.

평범한 일을 평범하게 읊으면서
배운 것은 진실하게 산다는 것.

참으로 「아라라기」의 가풍(歌風)은 인간의 진실을 끌어내 주는 것이었다. 아라라기에선 '스켓치'라는 것을 중시한다. 그것은 「생명을 베껴낸다」는 것이라고 들었고 나는 나대로 그런 노래찾기 태도를 배워 왔다.

신앙과 더불어 「아라라기」의 노래를 전한 마에카와 다다시의 깊은 배려를, 나는 지금까지 몇 번 생각했을까. 그가 투서를 보고서 노래를 그만 두지 말라고 해 준 마음이 지금껏 나의 가슴에서 메아리 친다.

「아야짱, 만일 노래를 그만 두는 일이 있다 하여도 그것에 대체되는 문학 발표를 꼭 가져 주세요.」

그런 말도 그는 때때로 해 주었던 것이다. 지금 나는 소설을 쓰게 되었지만 「아라라기」에서 배운 것이 참으로 큰 도움이 되고 있다. 물론 좀더 충실히 아라라기에서 배웠다면 나의 문장은 이렇게 서투른 것은 아니었으리라. 그 점 아라라기의 선배나 벗들에게 죄송한 일이다.

41

어떤 까닭인지 항의문을 써 준 뒤 그의 소식은 뚝 끊어졌다. 어쩌면 불쑥 찾아와 주지는 않을까 하고 기다리고 있었지만 그것도 없었다. 1월의 반이 지나자 나의 불안은 더욱 심해졌다.

1월이 거의 끝나갈 무렵 어머님의 대필로서 봉함 편지가 왔다. 그는 1월 6일 이후 각혈이 계속되어 친한 친구의 병문안마저 사절하고 있다고 씌어 있었다. 1월 6일이라고 하면 그 항의문 16매를 쓴 직후가 아닌가. 나는 당장이라도 일어나 병문안을 가고 싶었다.

그 뒤에도 때때로 그의 어머님으로부터 병세를 알리는 소식을 받았지만, 나의 불안은 더욱 더 높아질 뿐이었다. 조금 좋아졌다고 알려 온 뒤는 반드시 또 각혈했다는 소식이 뒤를 이었다. 나는 그의 수술 때와 마찬가지로 다만 기도할 수밖에 없는 자신의 무력함이 분했다.

어느 날 나는 방을 날고 있는 한 마리의 파리를 보았다. 아사히까와의 매서운 추위에 견뎌내고 살아남은 이 파리에게 나는 봄을 느꼈다. 나나 마에카와 다다시나 이 파리처럼 간신히 겨울을 나고 있다고 생각하자 무언가 눈물짓고 싶은 심정이었다.

이윽고 스토브도 때지 않는 날이 이따금 있게 되고 어느 덧 4월이 되었다.

4월 25일은 나의 생일이다. 매년 그는 나의 생일이면 반드시 책을 선물해 주었다. 금년도 건강하다면 잊지 않고 책을 선물해 줄 텐데 하면서 각혈을 되풀이 하는 그를 그리며 혼자 '서견기'의 성경을 읽고 있었다. 그러자 뜻밖에 그로부터의 봉함편지가 왔다. 나는 놀라고 기뻐하면서 봉함을 뜯었다. 그것은 창호지 같은 흰 종이에 연필로 씌어져 있었다.

축 탄생
　언제나 기도하고 있습니다. 다다시 아야짱에게
　　　　　　　　　　　　　　　　1954 · 4 · 25

11, 12월에 침과 함께 피가 섞여 있었다. 1월 6일 처음으로 각혈한 이래, 혈담. 주 1 회 각혈하다. 100cc~10cc. 아버지, 어머니, 스스무가 밤새도록 자지도 않고 간호해 주다. 흡입(吸入)을 하면 가래가 나오기 쉬우므로, 밤중에 서너 번은 일으키고 어머니에게 걷게 하라고 함.

수술 쪽 혈관이 약해진 것이 있는 듯. 재종간인 의사에게 밤의 각혈 때 와달라고 함. 지금까지 없었던 일이라서 역시 당황하다. 그러나 상당히 익숙. 모두가 필담(筆談).

그쪽의 어머님 병문안 고마워요. 그러나 현관에 어머니가 나가면 외롭기 때문에 너무 걱정하지 말아 주세요. 편지도 읽지 않고 어머니에게 요점만 들을 뿐.

또 반 년은 편지 쓰지 않겠어요. 하나님께 기도해 주세요. 오늘은 이쪽, 아이신, 파스, 왕진으로 지출 많음. 책도 드리지 못함. 이만큼 쓰기도 상당한 것이었다. 어머니에게 누르게 하고서.

원기 있게.

읽고난 나는 암담했다. 연필로 쓴 글씨가 꼼꼼한 평소의 그답지 않게 꽤나 어지럽다. 누운 채로 어머니에게 눌러 달라하면서 전심전력으로 쓴 편지인 것이다.

나는 지금껏 일찍이 이 만큼 진실한, 필사적인 생일 축하를 받은 적은 없었다. 슬픔 속에서도 깊은 감동이 있었다. 나는 세 번 네 번 그의 편지를 다시 읽었다. 그가 몸을 베어내듯이 쓴 편지를, 나는 또한 전력투구하여 이해하려고 했다. 마지막의 「원기 있게」의 한마디로서 나는 많은 말을 들은 듯한 느낌이 들었다.

「또 반 년은 편지 쓰지 않겠어요」

그는 그리 쓰고 있지만, 과연 반 년 뒤에 다시 펜을 잡을 수 있을까 하고 나는 염려했다.

「원기 있게」

의 한마디에 그는 온갖 생각을 부탁했던 것이 아닐까?

「원기 있게 살아 가야 합니다, 비록 어떤 일이 있어도.」

그는 그렇게 말하고 싶었던 게 아닐까. 과연 이 편지는 단순한 탄생 축하의 편지일까, 아니면 암암리에 작별을 고하는 편지일까 하며 몇 번이고 다시 읽지 않을 수 없었다.

42

나무의 싹이 움틀 무렵은 결핵환자에게 있어 우울한 계절이다. 병도 또한 싹트기나 하듯이 몸의 상태가 나빠진다.

5월 1일, 그 날도 나의 온몸은 돌처럼 굳어지고 열도 있었다. 몸은 피로해 있는데 밤이 되어도 왠지 잠잘 수가 없다. 여느 때처럼 '서견기'에 걸린 성경을 읽고 기도를 끝냈지만 이상하게도 머리가 맑기만 했다.

내가 이렇듯 기분 나쁜 날은 마에카와 다다시 또한 몸상태가 나쁜 게 아닐까 염려하는 사이 시계는 12시를 쳤다. 그러자 그것이 신호이기나 하듯이 마에카와 다다시의 모습이 차례로 눈에 떠올랐다. 요양소에서 처음 만났을 때의 큰 마스크를 벗은 얼굴. 술을 마시지 말라고 타일렀던 엄격한 얼굴. 노래 모임을 사회하고 있을 때의 즐거워 보이던 얼굴. '춘광태'의 동산에서 자기의 발을 돌로 쳐대던 비장한 얼굴. 그것들이 마치 영화의 한 장면 한 장면처럼 참으로 선명하게 나의 눈에 차례로 떠오르는 것이다. 그것은 내가 떠올리는 게 아니고 억지로 눈앞에 제시되고 있는 듯한 이상스런 느낌이었다.

「이상해. 어찌된 까닭일까.」

나는 내 의지를 초월하여 누군가에 의해 비쳐지고 있는 것만 같은 그의 갖가지 모습을 뿌리치듯이 시계를 보았다. 시계는 이미 1시를 지나고 있었다. 나는 깊은 피로를 느꼈다. 그리고 끌려들어 가듯이 잠에 떨어지고 말았다.

다음 5월 2일도 아침부터 열이 있어 기분이 나빴다. 나는 간밤에 차례로 떠올려 본 마에카와의 모습을 생각하면서 이상한 일도 있구나 하고 생각했다. 스스로 떠올리고자 애썼던 것도 아니건만 왜 그렇듯 갖가지 그의 모습을 1시간 이상이나 본 것일까? 그런 생각을 하고 있는 내 집 위를 연신 '자위대'의 비행기가 날고 있었다. 그것은 지친 나에게는 너무도 심한 소음이었다. 이런 소음에 그도 또한 시달리고 있는 게 아닐까 하며 나는 그의 병세를 동정했다.

저녁 때가 가까이 되자 언니가 나를 찾아왔다. 언니는 검은 드레스를 입었고 조용히 나의 방에 들어왔다.

「아야짱, 상태가 어때?」

여느 때의 언니보다 묘하게 조용하다.

「무슨 일이죠, 유리 언니. 어디 조상이라도 가요?」

나는 시무룩하게 말했다.

「아니.」

언니는 그대로 나갔다. 내가 시무룩하므로 언니는 곧 나간 거라고 나는 생각했다. 저녁 식사는 언니가 날라왔다. 아무런 식욕도 없었다. 나는 몇 젓가락 반찬을 집었을 뿐 곧 상을 물렸다.

저녁 식사가 끝나고서 곧이어 아버지와 언니가 방에 들어왔다.

「아야꼬, 너는 성미가 격하니까……」

아버지는 먼저 그런 소릴 하고 말끝을 흐렸다. 내가 하루 종일 시무룩했으므로 아버지가 걱정하여 그런 것을 말하러 왔는가 하고 나는 태평스레 여겼다. 얼마나 둔감한 나였던가?

「아야꼬, 실은 마에카와 상의 일을 알려 주는 것인데……」

평소의 아버지라면 「알려 준다는」식으로 말하지 않는다. 겨우 나는 이상하다고 깨닫고 아버지의 말을 잡아채듯이 외쳤다.

「죽었어요?」

나로서도 뜻밖인 큰 목소리였다. 언니가 얼굴을 두 손으로 가렸다.

「언제?」

「오늘 새벽, 오전 1시 14분이었다고 하더라.」

나는 문득 간밤에 차례로 떠오른 그의 얼굴을 생각해 냈다. 아무리 멈추려고 해도 멈출 수 없었던, 차례로 눈앞에 떠오른 그 모습이 나에게 보내는 마지막 작별 인사였을 지도 모른다. 나는 비로소 그렇게 깨달았다.

「죽었어요?」

돌연 격렬한 분노가 뿜어 올랐다. 그렇다. 그것은 바로 슬픔 이라기보다 노여움이었다. 마에카와 다다시만큼 성실하게 살아온 청년이 또 있을까. 그런 성실한 그의 젊은 생명을 앗아간 자에 대한 걷잡을 수 없는 분노가 나를 엄습했다.

「가위를 갖다 주어요, 유리 언니.」

「가위?」

언니는 불안스레 나를 보았다.

「그래요, 가위를 가져와요.」

언니로부터 건네진 가위로 나는 앞머리를 싹둑 잘랐다. 그런 나를 언니는 지긋이 응시하고 있었다. 나는 그 머리를 백지에 싸고 나의 사진을 곁들여 언니에게 건넸다.

「유리 언니, 초상집에 가 주시겠죠. 이것을 관속에 넣어달라고 해요.」

당황하고 있었을 터인데 웬지 나는 침착해 있었다.

「아야짱, 훌륭해요.」

언니가 말했다. 언니는 나의 태도에 안심했던 모양으로 마에카와 다다시의 최후를 알려 주었다.

「다다시 상은요, 어젯밤 9시 반 경 식사 중에 의식 불명이 되었다나 봐요. 그리고 그대로 의식이 돌아오지 않고 새벽 1시 14분에 운명했대요.」

언니는 이미 마에카와 댁을 방문하고 왔던 것이다. 그의 어머님은 슬픈 나머지 자리에 누워 있었다고 언니는 말했다. 그리고 또 말했다.

「아야짱이 심장마비라도 일으키면 큰 일이다 싶어 알리지 않을 작정이었지요. 하지만 내가 반대했어요. 어차피 누군가의 편지로 알게 될 것이고, 그때 알려 주지 않았다고 틀림없이 말할 거라면서.」

그리고 언니는 내가 누구네 초상집에 가느냐고 물었을 때, 뭐라고 대답할 말이 없었다고 나에게 알렸다. 누가 보아도 마에카와는 나에게 있어 없어선 안 될 사람이었다. 그러니까 심장마비를 일으키지는 않을까 염려한 것도 당연했다. 마음 약한 동생은 내가 그의 죽음을 아는 일에 견딜 수가 없어 하루내내 밖에 나가 있을 정도였다.

그러나 어떤 까닭인지 나는 심장마비를 일으키지도 않았고 기절도 하지 않았다. 다만 나 같은 사람이 죽지 않고 그처럼 성실한 사람이 죽은 일에 말할 수 없는 분노를 느끼고 있었다.

밤이 깊어서야 나는 겨우 그의 죽음을 현실로서 피부로 느꼈다. 매일 밤 9시면 나는 기도했다. 마에카와 다다시의 병이 하루라도 빨리 낫게 해 달라며 뜨거운 기도를 올리고 있었다. 그러나 오늘밤부터 그의 쾌유를 비는 일은 소용 없다고 생각하자 나는 소리내어 울지 않을 수 없었다.

봇물이 터진 것처럼 눈물은 좀처럼 멎지 않았다. 반듯하게 누운 자세로 울고 있었으므로 눈물은 귀로 흘렀고 귀 뒷머리를

적셨다. 깁스 베드에 묶여 있는 나로서는 '몸부림치며 운다는
것조차 허용되지 않았다. 슬픔에 겨워 걸어다닐 수도 없었다.
다만 얼굴을 천정으로 향한 채 울 뿐이었다.

나는 그날 밤 끝내 한잠도 이루지 못했다. 그가 죽은 오전 1
시 14분이 되었을 때, 나는 문자 그대로 통곡했다. 그의 죽음
도 모르고서 차례차례 떠오르는 그의 모습을 생각한 어젯밤의
내가 가엾게 여겨져 견딜 수 없었다. 생일축하 편지를 보내고
설마 1주일 뒤에 죽으리라고는 꿈에도 생각지 못했다. 그래서
그의 모습이 아무리 차례로 떠올라도, 언니가 상복으로 나타나
도 나는 그의 죽음을 상상할 수도 없었던 것이다.

이튿날은 맑은 날씨였다. 아버지, 언니, 조카들이 그의 장례
식에 갔다. 나의 집과 그의 집은 겨우 6백미터 밖에 떨어져 있
지 않았다. 어떻게 하이어(전세자동차)라도 태워 데려가 주었으
면 하고 나는 간절히 바랐다. 단 한 번만이라도 좋다. 나는 그
의 죽은 얼굴에 작별을 고하고 싶었다. 그러나 그것은 결국 무
리였으리라. 깁스 베드에 절대 안정을 강요받고 있는 나로선
도저히 그것을 말할 수가 없었다.

43

그리고선 며칠 동안, 밤이 되면 나의 귓가에 사람의 잠자는
숨소리가 들렸다. 나는 외딴 채에 혼자 자고 있었기에 사람의
잠자는 숨소리가 들릴 까닭이 없었다. 하지만 그 숨소리는 참
으로 뚜렷이 귓가에서 들렸다.

(다다시 상의 잠자는 숨소리야.)

들릴 턱이 없는 잠자는 숨소리가 곁에서 들리는 것이 처음에는 기분이 으스스 나빴다. 그러나 그의 숨소리라고 믿고서 부터는 나는 몹시 위안이 되었다. 그가 곁에서 잠을 자 준다, 나는 그렇게 생각했다. 육체는 죽어도 그의 영혼은 멸망되지 않았다. 나는 그 숨소리를 들어가며 울었고, 울면서도 위로되었다. 그런 숨소리는 10일 쯤 계속되고서 딱 멎었다. 나는 열심히 귀를 기울였지만 이미 그의 숨소리는 들리지 않았다.

또다시 비할 데 없는 적막감이 나의 몸을 감쌌다. 완전히 외토리가 되었다고 생각했다. 이승에서 맺어지는 일이 없었던 그가 죽어 열흘남짓 나와 함께 옆에서 잠을 자 주었던 것일까. 그 이상한 숨소리는 지금도 때때로 생각난다.

나는 그때서야 비로소 천국을 생각했다. 작년 7월, 경애(敬愛)하는 니시무라 선생을 잃고, 그리고서 1년도 지나기 전에 가장 사랑하는 마에카와 다다시도 하늘이 부르셨다. 당시의 나는 이 세상 보다도 천국 쪽이 그리웠다.

며칠이고 멍청한 날을 보냈다. 멍하면서도 눈물이 마르는 일이 없었다. 그의 죽음을 듣고서 삿포로에서 간도 야스히꼬가 찾아왔다. 나는 만나지 않겠다고 어머니에게 말했다. 그러나 어머니는 일부러 삿포로에서 오셨는데 하면서 그를 나의 방에 안내했다. 나는 그에게 말했다.

「만나고 싶지 않았어요.」

그는 섬칫한 것처럼 나를 보았다.

「미안. 나는 내 기분만 생각하고 당신이 사람을 만나고 싶어 하지 않는다는 것을 잊고 있었습니다.」

그리고 두 사람은 무슨 말을 했을까? 단지 마에카와의 말이 나올 것 같으면 나는,

「그만 해요 !」

라고 외친 것만은 기억한다.

　그 뒤 몇 명의 벗이 나를 위로하려고 찾아왔다. 그러나 나는 누구에게서도 「마에카와 다다시」라는 이름을 듣고 싶지 않았다. 누가 나하고 함께 눈물을 흘릴 수가 있겠는가? 그들이 보는 마에카와 다다시와 내가 보는 마에카와 다다시는 전혀 다른 존재인 것이다. 누가 그를 칭찬하든 또 애석해 하든 그것은 나에게는 심히 공허한 말에 지나지 않았다. 마침내 나는 얼마 동안은 누구와도 만나지 않고 단 혼자 그의 상복을 입으리라고 결심했다.

　그가 죽고서 한 달째였다. 기다리고 기다렸던 그의 어머님이 나를 찾아 주셨다. 얼굴을 마주 보자마자 두 사람은 울었다. 이 세상에서 함께 울 수 있는 사람은 오직 그 분 뿐이었다. 이 어머님만은 예외였다. 그의 어머님은 그의 유품인 단젠(丹前), 유서, 노트에 메모한 유언, 그의 일기와 단까의 원고, 그리고 내가 그에게 보낸 6백여 통의 편지 등을 가져와 주셨다. 나의 편지는 날짜순으로 번호가 매겨져 몇 개의 과자 상자에 말끔하게 정리돼 있었다. 그것은 그에게 있어 내 편지가 얼마나 귀중한 것이었나를 말해 주는 것 같았다.

　노트에 메모한 유언은 그의 양친에게 드리는 유언으로서 그 속에는 나와 관련된 말도 있었다.

　〈아야짱의 일, 알고 계셨을 테지만 아무 것도 꺼림칙한 일은 없으니 안심해 주십시오.〉

　이것은 그와 나 사이에 육체 관계가 없음을 부모님께 알린 것이었다.

　나에게 보낸 유언은 비교적 병세가 가벼웠던 무렵에 쓴 것으로 봉투에는 정중하게 그의 인감이 찍혀 있었다

〈아야짱

　서로가 한껏 성실한 우정으로 사귀어 올 수 있었음을 진심으로 감사드립니다.

　아야짱은 참된 의미로서 나의 최초인 사람이었고 최후의 사람이었습니다.

　아야짱, 아야짱은 내가 죽더라도 사는 것을 그만 두거나 소극적으로 사는 일이 없을 거라 확실히 약속해 주셨지요.

　만일 이런 약속에 대해 불성실하다면 아야짱은 나의 예상과는 빗나가는 셈입니다. 그런 아야짱은 아닐 테지요!

　한 번 말한 일, 반복하는 것은 삼가고 있었습니다만 나는 결코 아야짱의 마지막 사람임을 원하지 않았다는 일, 이 점을 지금 새삼스레 말씀드리고 싶습니다. 산다고 하는 일은 괴롭고 또 수수께끼로 가득차 있습니다. 묘한 약속에 묶여 부자연스런 아야짱이 된다면 그것은 내게 가장 슬픈 일입니다.

　아야짱의 일을 나의 입으로는 누구에게도 자세히 이야기한 일이 없습니다.

　주신 편지의 다발과 나의 일기[아야짱에 관해 쓰고 언급한 것], 노래 원고를 드립니다. 이것 말고는 내가 아야짱을 어떻게 생각하고 있었는지, 또 서로의 관계를 남기는 구체적인 물건은 타인에겐 전혀 없는 것이 됩니다. 즉 소문 말고는 타인에게 전혀 속박될 증거가 없습니다. 그러니까 모든 것은 완전히 「백지」가 되고 아야짱은 나로부터 「자유」이신 셈입니다. 불태워 진 후에는 아야짱이 나에게 한 말은 지상에 흔적을 남기지 않는 셈. 무엇에도 속박되지 않고 자유입니다.

　이것이 나의 마지막 선물

　만일을 위해 미리부터

1954. 2. 12 저녁

다다시

〈아야꼬님에게〉

얼마나 깊은 배려의 유서인가. 그에게 가장 걱정이었던 것은 그가 죽은 후의 내 생활이었다. 그는 내가 자살은 하지 않을까 하여 첫째로 염려하고 있었다. 그 다음으로 누구든 다른 남성이 내앞에 나타날 때, 내가 마에카와 다다시와의 과거에 묶여 자유롭게 행동하지 못할까 봐 걱정해 주고 있었다. 그래서 일기도, 편지도, 노래 원고도 내가 자유롭게 처분할 수 있게끔 나한테 돌려 주었던 것이다.

하지만 어떻게 이 귀중한 두 사람의 생활 기록을 불태워 버릴 수가 있으랴? 아니, 불태우기는 커녕 나는 그에 대한 내 생각을 차례로 노래로 읊어 「아라라기」나 그외 잡지에 발표했다.

구름 한조각 흐르는 5월의 하늘을 보면
그대가 세상 떠났음을 믿기 어려워라.

그대 죽어 쓸쓸할 뿐인 매일이건만
살아야 하는가, 기브스에 누워서.

그대가 떠나고 날이 지남에 따라 더욱 쓸쓸하여라.
오늘 아침은 처음으로 뻐꾸기가 울었네.

님의 유품인 단젠에 꽂혀 있는

이쑤시개를 보니 눈물이 멎지 않아라.

귓속에 흘러든 눈물을 닦으면서
또 새로운 눈물이 넘친다.

어둠 속에서 눈을 크게 뜨고 있노라.
혹시나 죽은 님이 나타날지도 몰라.

내 머리칼과 그대의 유골을 담은
오동나무 작은 상자를 품고서 잠들다.

마거리트에 덮여 환했던 관이라고
전해들은 것을 꿈에서 보았노라.

님이 죽은 뒤에 한탄하며 살고 있는
내 목숨도 길 수 없어라.

온갖 괴롬 끝에 맞은 그대
그런 그대도 겨우 5년만에 가 버렸네.

그대의 사진 앞에 바쳤던 귤을
내려 먹는 쓸쓸함은 상상도 못했노라.

크리스찬의 윤리 안에 살다가
동정인 채로 간 그대 나이 35세.

여자보다도 다정한 사람이라고 불려졌지만

자기 주장을 굽힌 적 그대에게 없었노라.

담배 피는 나를 보고 슬픈 듯이 고개숙인
그대에게 내 마음 이끌렸노라.

마지막까지 처음 만난 때와 변함 없었지.
그 말 다정하고 부드러움이.

시체 해부 의뢰의 전문(電文)도 적혀 있었노라
그대의 유언 중에는.

꿈에서조차 그대는 죽어갔고
그대의 유해를 끌어 안고서 아아 나도 죽어 갔노라.

기도하는 일, 노래 짓는 일을 가르쳐 주고
나를 남기고서 그대는 떠났노라.

원죄의 사상으로 이끌어 주신
그대의 격렬한 눈을 회상하면서.

산비둘기 우는 저녁 동산에서
무릎 꿇어 함께 주 예수님께 빌었노라.

아내처럼 생각한다고 나를 안아준 님이여
돌아오라 하늘 나라에서.

만가(挽歌)는 차례로 태어났다. 그러나 그의 선배인 학예대

학의 교수 '사카모토 후키오'씨는

내 스승은 모끼지 후미아끼(茂吉·文明[저명한 歌人])가 아니고
십년 앓은 마에까와 다다시.

라고 아라라기에다 읊은 것을 끝으로 노래를 뚝 끊고 말았다.
또 좋은 노래를 아라라기에 발표하고 있던 '마쯔에다 아키라'
씨도 그가 죽은 후 노래에서 멀어지고 말았다.
「다다시 상이 죽고나니 노래를 지을 생각이 없어지고 말아서
이죠.」
이것은 우연하게도 이 두 사람의 말이었다. 나는 차례 차례
만가가 태어나는 나보다도 노래를 지을 수 없게 되고만 이 두
사람 쪽이 그를 훨씬 사랑하고 있었던 게 아닌가 하며 곰곰히
생각한 적이 있다.
그러나 나는 35세로 죽어야만 했던 마에카와 다다시가, 만일
살아 있었다면 대체 무엇을 하려고 생각했을까? 죽은 그의 몫
까지 나는 살지 않으면 안 된다고 자칫하면 주저앉으려는 내
마음을 채찍질하고 있었다.
(다다시 상은 병이 낫고 싶었던 것이다. 나는 낫지 않으면
안 된다. 그 사람은 노래를 짓고 싶었던 것이다. 나는 짓지
않으면 안 된다. 그 사람은 교회에 나가고 싶었던 것이다.
나는 교회에 다니지 않으면 안 된다.)
그가 살고 싶었던 것처럼 나는 그의 의지를 계승하여 살 수
있는 한 살아보리라고 결심했다.
하나 나는 여전히 울고만 있었다. 매일 밤 새벽 1시 14분,
그가 죽은 그 시간이 지나지 않으면 잠잘 수가 없었다. 그 시
간까지 깨어 있지 않는다면 웬지 그가 쓸쓸해 하지 않을까 하

고 생각되었다. 가능하다면 나도 또한 그 1시 14분에 죽어버리고 싶은 그런 유혹에 이끌리는 일도 있었다. 살겠다고 결심하면서도 나는 죽고 싶었다.

그런 어느 날, 내게 낯선 사람들로부터 몇 통의 편지가 왔던 것이다.

44

편지는 가고시마(麗兒島), 히로시마, 오카야마(岡山), 니이가타(新鴈) 등에 사는 가슴을 앓는 사람들로부터의 것이었다. 무슨 일인가 봉투를 뜯어보고서야 나는 비로소 깨달았다.

마에카와 다다시가 죽기 조금 전에 나는 요양잡지 「보건 동인」에 편지한 적이 있었다. 그것은 하야마 교회(華山敎會)의 에야자키 목사가 주재하는 월간지 「외침」을 요양자에게 무료로 보내달라는 편지였다. 이 「외침」은 마에카와가 매달 나에게 보내 주고 있던 것이었다. 20페이지도 되지 않는 얇은 기독교지였지만 그 설교는 나의 가슴에 힘차게 파고 들었고 참으로 깊은 감동을 주었다.

요양 중인 나는 교회에 나갈 수가 없었다. 주일마다 교회에 나가 이런 설교를 들을 수 있는 건강인이 나는 부러웠다. 꼼짝도 못한 채 혼자 누워 있으면 쫓기는 것처럼 성경 이야기를 듣고 싶다고 생각되는 일이 있었다. 가령 집에 작은 빨간 기라도 꽂아둔다고 치자. 그것을 보고 어떤 목사라도 지나가는 길에 찾아 준다면 얼마나 좋을까 하고 생각할 만큼 나는 설교를 듣고 싶었다. 그럴 적마다 에야자키 목사의 설교를 다시 읽곤 했다.

그러던 어느 날 나는 문득 생각했다. 나처럼 목사의 설교를 듣고 싶다고 갈망하는 요양자가 전국에는 많이 있는 게 아닐까. 그런 사람들에게 이 「외침」을 보내 준다면 얼마나 기뻐할까. 그런 취지를 「보건 동인」지에 편지했던 것이다.

그랬더니 그 투서가 마침내 「보건 동인」지에 실리고 그것을 본 요양자들이 각지로부터 편지를 보내 온 것이다.

마에카와 다다시의 죽음에 울고만 있던 나에게 신은 미리 일을 준비해 두고 계셨던 것이다. 나는 한 사람, 한 사람에게 엽서를 쓰고 「외침」을 보냈다. 그러자 곧 몇 십부 갖고 있던 「외침」이 곧 없어질 정도로 많은 편지가 왔다.

당시 나는 편지나 엽서를 깁스에 묶여 있는 자세로 쓰고 있었다. 마에카와가 죽은 후 나의 체력은 더욱 쇠약해져 한 장의 엽서를 쓰고 나면 3일 쯤은 아무 것도 할 수 없을 만큼 지치고 마는 것이었다. 그러나 나는 받은 편지마다 한매,한매 기도를 해가며 답장을 썼다. 에야자키 목사에게는 백넘버(잡지의 지난 호)를 주문했다.

요양자들로부터는 참으로 갖가지의 편지가 왔다. 거기에는 나보다도 훨씬 비참한 사람들이 수많이 있었다. 관절 결핵으로 서든가 눕든가 밖에 하지 못하고 앉을 수도 걸터 앉을 수도 없는 사람. 긴 요양 중에 남편으로부터 버림받고 어린 자식에게도 미움을 받아 「아이는 매일 누워 있는 저에게 베개를 던지는 거예요」라는 어머니. 자기의 요양 중에 남편이 여자를 집에 끌어들이고 그 여자에게 식사 시중을 받고 있다는 유부녀. 결핵성 관절염으로 한 다리를 절단하고 설상가상 카리에스가 도진 데다 지금은 신장 결핵으로 적출 수술(摘出手術)을 받기 위해 입원 중인 학생. 어느 사람이고 참으로 엄청난 인생을 보내고 있으면서 모두 하나님을 믿고 강하게 살고 있는 사람들이었다.

이런 사람들에 비한다면 나는 너무 행복에 겨울 정도였다. 부모가 있고 형제가 있고 별채에다 방 하나를 병실로 쓰고 있는 게 아닌가. 마에카와의 죽음은 슬펐지만 남편이 애인에게 식사 시중을 받는 굴욕적인 생활보다는 훨씬 단순한 슬픔이었다.

자연히 나의 편지는 그 사람들을 위로하는 형태가 되었다.

다시 그런 사람들로부터 감사의 편지가 속속 날아들었다. 나는 놀랐다. 아사히까와의 한 구석에서 호젓이 요양하고 있을 뿐인 나같은 자가 쓴 편지가, 한매의 엽서가 이토록이나 사람들에게 기쁨을 주리라고는 생각지도 못한 일이었다. 이리하여 나는 전국 각지에 많은 벗을 얻었다. 그 중에는 구도 중(求道中)인 사람도 있었다. 아무 것도 모르는 나에게 진지하게 기독교에 관해 묻는 편지도 왔다.

〈나 같은 사람도 남을 기쁘게 하고, 위로하고, 무언가 도움이 되는 일을 할 수 있는 것이다.〉

이런 생각이 나의 살아가는 버팀목이 되었다. 마에카와의 죽음에 울며 슬퍼하는 나를 지탱해 준 것은 참으로 이 사람들이었다. 나는 여기서 남을 위로하는 일은 자기를 위로하는 것이고 남을 격려하는 일은 자기를 격려하는 것이기도 하다는 평범한 사실을, 이러한 체험으로써 깨달았다.

병든 벗 한 사람 한 사람의 이름부르며 기도하는 성화(聖畵) 아래 누워 있는 나날들.

이런 노래도 나올 정도로 나는 어느 덧 슬픔으로부터 일어서고 있었다. 그 무렵 오후 3시에는 반드시 서로 기도한다는「기도의 벗」모임이 있었고 전국 각지에서 기도가 올려지고 있었다. 나는 그 회원은 아니었지만, 3시가 되면 내가 아는 벗들을 위해 차례 차례 기도하고 있었다. 모두가 지금 이렇듯 서로 기도하고 있다고 생각하자 내 자신에게 큰 위안이 되었다.

나는 이 무렵이 되어 겨우 내 신앙이 얼마나 수동적인 신앙이었는가를 생각하게 되었다. 나는 신을 믿고 있었다. 아니 믿고 있다고 생각했다. 그러나 믿음이란 나에게 있어 대관절 무엇이었을까? 마에카와 다다시가 죽었을 때 나는 격렬한 분노를 느꼈다. 그리고 그 뒤에도 자주 이렇게 중얼거렸다.

「하나님, 어째서 내 목숨을 뺏지 않고 다다시 상을 부르셨던 겁니까?」

「하나님, 다다시 상 같은 훌륭한 사람은 이 세상에서 아직도 쓸모가 있었을 게 아닙니까. 나처럼 어리석은 자가 살아 있기 보다는 다다시 상이 살아 있는 편이 좋았을 게 아닙니까?」

나는 신에 대해 불만을 쏘아붙이고 있었다. 쉴새없이 신에게 따져 묻고 있었다. 어째서 마에카와는 죽고 나는 살고 있는가, 아무리 생각해도 납득이 되지 않았다.

그러나 나는 신에게 불평을 말하면서도 결코 신을 믿고 있지 않는 것은 아니었다. 신이 이 세상에 없다고 생각하는 것은 아니었다. 그 증거로 나는 신에게 항의를 계속하고 있었던 것이다.

하나 그 태도가 잘못인 것을 깨달았다.

「신은 사랑이다」

성경에는 그렇게 씌어 있다. 신이 계획하신 일을 인간인 내가 알 까닭이 없었다. 그러나 신이 사랑인 이상, 마에카와 다다시의 죽음은 그런대로 신이 정하신 가장 좋은 끝맺음이었을 게 분명하다. 나는 그렇게 생각하게 되었다. 신은 올바르신 분이므로 올바른 일을 하실 게 틀림 없다. 신은 좋으신 분이니까 좋으신 일을 하실 게 분명하다. 인간인 나는 비록 납득이 되지 않는 일이라도 이제 틀림없이 신이 하신 일을 알게 되리라.

「하나님, 당신의 하신 일은 모두 옳은 일이었습니다.」

그렇게 기도하고 자신에게도 타일러 주며 하나님께 불평 불만하는 것을 그만 두었다. 하나님이 하시는 일에 고분고분 하리라고 생각했다.

그런 생각을 갖고 전국 각지의 요양자들과 편지 왕래를 하고 있는 사이, 이윽고 사형수인 친구들도 생겼다.

당시 내가 편지를 주고 받던 한 사람으로 '스카하라 유다카'라는 삿포로에 사는 요양자가 있었다. 전직 은행원으로서 10년 가까이 요양하고 있을 뿐이었다. 스카하라 씨는 니시무라 선생의 상업학교 시절 제자였다. 결핵으로 여위셨지만 「무화과」라는 기독교지를 스스로 편집하고 요양소 침대에서 등사판을 스스로 긁었다. 이 등사로 통신 강좌도 독학하고 뒷날 「대신상」을 탔으며 등사 인쇄의 강사로 자주 초빙될 만큼 의지가 강한 사람이었다.

이 「무화과」에는 전국의 요양자나 사형수, 또 목사, 전도사들의 감상문이나 소식을 싣고 있었다. 거기에는 저마다의 생활 상태며 슬픔이나 기쁨이 나타나 있어 어떤 사람의 신앙이건 생생하게 피부에 와 닿는 것처럼 느껴졌다.

동인 중에는 서간집이 베스트 셀러가 되었으며 옥중 결혼까지 한 고(故) 야마쿠찌 기요또(山口淸人) 씨나 살인마 니시쿠찌를 붙잡은 큐슈(九州)의 승려 '후루카와 쓰네다키' 씨 등이 있었다. 물론 마에카와 다다시도 그 동인이었다.

쇼화 30년[1955] 2월경 같은 아사히까와에 사는 미우라 미쯔요 (三浦光世)라는 사람의 편지가 「무화과」에 처음으로 실렸다. 그 편지에는 거의 사형수의 소식만 씌어져 있었으므로 나는 이 사람도 영락 없는 사형수의 한 사람이라고 생각했다. 그 이름을 보면서 미쯔요(光世)라는 말이 참 좋다고 생각했다. 성경에도 「너희들은 세상의 빛이 되어라」고 씌어 있다. 아마도 이 사람의 부모는 그런 성경의 말씀에서 글자를 따서 「光世」라고 이름지었을 게 틀림 없다. 그렇건만 어째서 사형수가 되고 말았을까 하고 나는 은근히 마음 아파했다.

당시 아사히까와에는 「무화과」의 동인은 나 뿐이었다. 그러므로 이 미우라 미쯔요라는 사람의 출현은 나의 관심을 끌었다. 나의 집은 교도소로부터 약 150미터 정도 되는 곳에 있었다. 그 높은 담속에서 살고 있는 거라고 나는 혼자 추측했다. 그리고 이 사람에게 편지를 쓰려고 마음먹고 있는 사이 또 「무화과」의 다음 호가 왔다.

「같은 아사히까와에 살고 있으면서 어디에 계시는 지도 모르는 홋따 아야꼬 님, 아무쪼록 건강 조심하시고 활약해 주십시오.」

라는 말이 그의 편지 속에 씌어져 있었다. 그런 편지도 또한 나는 사형수의 편지라 믿고서 읽었다.

45

또다시 마에카와 다다시가 가버린 5월이 다가왔다. 작년 이

맘 때에 다다시 상은 아직 살아 있었다. 이렇게 빨리 죽을 줄 알았다면 아무리 괴롭더라도 매일 편지를 썼을 텐데. 나는 그런 일을 되풀이 생각하면서 매일을 보내고 있었다. 그러다가 4월 25일 내 생일이 되었다. 매년 축하해 준 마에카와 다다시의 편지가 올해는 오지 않았다. 그가 죽음의 병석에서 쓴 생일 축하 편지를 받은 지난 해의 오늘을 돌이키며 나는 거의 하루내내 울면서 보냈다. 이제 앞으로 내 생일이 몇 번 돌아와도 그로부터 결코 다시 편지가 오는 일은 없다. 그렇게 생각하자 나는 살아가는 일이 문득 공허해지기 조차 했다.

낫지 않는 채로 죽고 마는가 낫고서 고독한 늙음에 견디는가, 나의 미래는.

나는 이미 33세였다. 병 중인 나의 미래는 대강 짐작이 간다. 이대로 악화되어 죽어 가든가 비록 나았다한들 나홀로 늙어 갈 것이다.

마에카와 다다시의 상을 입고 거의 사람과 만나지 않는다고 하는 일이 나를 더욱 고독하게 만들었던 것일까? 이대로 죽어 버려도 아깝지는 않은 인생처럼 생각되었다. 환자들의 온갖 비참한 생활을 알고 있으면서도 자칫하면 나는 나 혼자의 슬픔 속으로 빠져가는 듯했다. 그의 1주기에 나도 죽어 간다면 얼마나 행복할까. 어느 덧 그런 일마저 생각하고 있는 자신을 깨닫고 나는 소스라치게 놀랐다.

나는 마에카와 다다시가 살고 싶었던 것처럼 살아야만 했던 것이 아닐까. 그의 명을 이어받고서 억세게 살아가야 하는 것이 아니었던가. 나는 스스로를 질타했다. 혼자만의 슬픔 속으로 침잠(沈潛)해 버린다면 아무것도 태어나지는 않는다. 아니,

내 생명은 말라붙고 만다. 5월 2일에 상(喪)을 벗는다면 찾아
오는 누구와도 만나리라고 나는 마음으로 작정했다. 지난 1년
나는 그가 죽은 새벽 1시 14분이 오기 전에 잠잔 일은 한 번도
없었다. 이래서는 안 된다. 겨우 나는 그렇게 깨달았던 것이
다.

그대가 떠난 새벽 1시가 지나지 않으면 잠들 수 없는 습관으
로 1년이 지났다.

인생이란 참으로 이상한 것이었다. 확실히 자기가 예정하고
있었던 것처럼 인생은 전개되지 않는다. 돌연 뜻하잖은 일이
일어나는 법이다.

마에카와 다다시의 1년상이 끝나면 누구와도 만나리라 생각
하고 있던 나에게, 5월 2일 기다렸다는 듯이 그의 친구 '쓰루
에 표이찌' 씨가 찾아왔다. 그는 「아라라기」의 회원이었다. 그
를 시작으로 과장되게 말하면 조수가 밀려오 듯이 낯선 사람들
이 차례로 찾아왔다. 북대 의학생인 '무라야마 야스노리' 씨.
요양 중인 시인 '고마쓰 마사에' 씨 등도 그런 한 사람이었다.
무라야마 씨는 나중에 의사가 되고 열성스런 크리스찬이 되었
다. 「빙점」에 「무라야마 야쓰오」라는 청년 의사가 나오는데 이
름이 그와 비슷하여 그가 모델이 아닌가 하여 의심받는 경향도
있다. 이것은 친구의 우정으로 이름의 일부를 빌리기는 했지만
결코 그가 모델은 아니다.

그런데 문제는 시인 고마쓰 마사이 씨였다. 그는 대단한 외
모에 감수성도 풍부한 사람이다. 아주 친절하고 때때로 그 눈
은 어린이처럼 순진하고 깨끗하게 보였다. 이 사람에 관해 조
금 써야겠지만 당분간은 쓰지 않겠다.

그것은 어쨌든, 마에카와 다다시의 상이 끝나기를 기다리고 있던 것처럼 차례로 사람이 나타난 것을 나는 지금도 이상하게 생각하고 있다. 나는 무명의 한 요양자에 불과하다. 그러나 그들은 나의 노래를 읽고 나의 이름을 알고 있었다. 그리곤 찾아와서 꼼짝도 못하는 나의 소중한 벗이 되어 주었다.

그 이후로 나의 병실은 방문객이 끊이지 않게 되었고 어떤 때는 한꺼번에 서너 명의 벗이 마주 쳤다. 많은 날은 예닐곱 명의 손님이 왔고 어머니는 매일 방문객의 응접으로 바빠지셨다. 드물게 한 사람도 찾아오지 않는 날이 있었으나 그런 날은 어머니도, 「오늘은 어쩐 일일까.」
하고 맥빠진 것처럼 말할 정도였다.

친구들은 찾아오면 2시간이고 3시간이고 이야기를 하고서 간다. 그 사람이 돌아가고 10분 쯤 지나면 또 다른 친구가 온다. 그런 식으로 하루 내내 손님이 끊이지 않는 날도 있었다.

그날은 잊히지도 않는 5월 18일, 화창한 토요일 오후였다. 어머니가 한장의 엽서를 손에 들고 들어오셨다.

「미우라 상이라는 분이 오셨구나.」

순간 나는 섬칫했다.

「사형수, 미우라 상이? 어떻게?」

나는 엽서를 재빠르게 훑어보았다. 엽서는 '스카하라 유다카' 씨가 미우라 미쯔요에게 보낸 것이었다. 스카하라 씨는 나의 주소를 적고, 틈이 있다면 한번 병문안을 해 주세요 라고 씌어 있었다. 아무래도 그는 사형수가 아닌 듯 싶었다. 그러면 그는 교도소에 근무하는 사람일까 하고 나는 생각했다. 그렇지 않고선 죄수들의 소식을 그렇게 많이 알고 있을 리가 없다. 나는 사형수라고만 알고 있었던 스스로가 우스웠다. 사실 그는 사형수들과 편지 왕래를 하고 위로하며 용기를 주고 있었던 것이다.

　이것은 나중에 안 일이지만 실은 스카하라 씨도 하나의 착각을 하고 있었다.

　〈같은 거리에 살면서 어디에 살고 있는지도 모를 홋다 아야꼬님〉

　미우라가 「무화과」에 쓴 편지에 스카하라 씨는 곧 나의 주소를 그에게 전했다. 씨는 미우라 미쯔요라는 사람을 틀림 없는 여성이라고 지레 짐작하고 있었던 것이다. 여성끼리니까 하고 씨는 가볍게 병문안을 부탁했던 모양이다. 그런데 여성 아닌 남성의 미우라 미쯔요는 그런 엽서를 보고 얼마간 곤혹했다고 한다. 그리고 얼마쯤 생각한 뒤, 며칠인가 지나서 나를 병문안 할 것을 결심했다는 것이다. 물론 이것들은 뒷날 안 일이지만, 여성으로 생각하기 쉬운 미쯔요라는 이름을 지어 준 그의 부모님에게 나는 진심으로 감사하고 있다. 그가 만일 미쯔오(光夫)였다면 스카하라 씨는 그런 엽서를 쓰지 않았을 지도 모른다. 그러면 나의 운명은 지금과는 전혀 다른 것이 되어 있으리라.

　어머니는 그를 나의 병실에 안내했다. 복도를 걸어오는 조용한 발소리가 나고 백색에 가까운 그레이 양복 차림의 청년이 나의 방에 들어왔다. 첫눈에 나는 가슴이 철렁했다. 죽은 마에카와 다다시와 꼭 닮은 얼굴이었다.

　초면의 인사를 나누고 있는 사이 그 조용한 말솜씨마저 참으로 그와 썩 닮았다고 나는 생각했다. 나는 그 표정 하나 하나에 놀라움을 가지면서,

　「닮았다, 닮았다.」

며 그를 응시하고 있었다. 사람들을 만나면서부터 체력이 점차로 회복되어 그때는 베드에 일어나 앉을 수 있게까지 되었다. 그것을 말했더니 그는 자기 일처럼 기뻐해 주었다.

그도 또한 14년 전에 신장 결핵의 수술을 받았다는 일, 남은 한쪽도 나빠졌지만 마이신 덕분으로 완치되었다고 말해 주었다.

「방광이 아파오기 시작하면, 옆으로 누워 잠잘 수가 없어 앉은 채로 이불에 기대어 밤을 밝혔지요. 그런 내가 지금은 관청 근무를 할 수 있게 되었지요. 용기를 내세요.」

맑은 표정이었다. 그리고 차분하고 조용한 사람이었다. 그 어느 쪽이나 너무도 마에카와를 닮고 있어, 나는 무언가 꿈을 꾸고 있는 것만 같은 심정이었다.

「저 근무처는 어디세요?」

교소도일 거라고 생각하면서 물었더니 생각과는 동떨어지게 그는 아사히까와 영림서[산림청관계]에 근무한다고 말했다.

〈영림서!〉

나의 마음은 뛰었다. 영림서는 나의 집에서 겨우 300미터 되는 곳에 있다. 그러면 이 사람은 언제나 내 집 앞을 지나 영림서에 다니고 있는 것일까?

「아직 혼자이십니까?」

나는 예의도 없이 물었다. 독신이었다. 보기에는 얼핏 스물 예닐곱 살로 보였다.

〈나보다 대여섯 살 아래인 것 같다.〉

이 사람에게는 이미 연인도 있을 거라며 나는 자신에게 타일렀다.

「당신이 좋아하는 성경 구절을 읽어 주시겠어요?」

그는 주저 않고 요한 복음서 제14장에 있는 말씀을 읽어 주었다.

〈너희는 마음에 근심하지 말라. 하나님을 믿으니, 또 나를 믿으라. 내 아비지 집에 거할 곳이 많도다. 그렇지 않으면 너희에게 일렀으리라. 내가 너희를 위하여 처소를 예비하러 가노니, 가서 너희를 위하여 처소를 예비하면 내가 다시 와서 너희를 내게로 영접하여 나 있는 곳에 너희도 있게 하리라.〉

이 성구로서 그가 천국에 그 희망을 품고 있음을 나는 알았다. 이어서 찬송가를 불러 달라고 했더니 그는 즉시 불러 주었다.

  내 주를 가까이 하려함은
  십자가 짐 같은 고생이나
  내 일생 소원은 늘 찬송하면서
  주께 더 나아가기 원합니다.

그의 목소리는 찬송가를 부르기 위한 목소리처럼 아름다웠다.

그날 밤 나는 그에게 곧 감사의 편지를 썼다. 그리고 또 방문해 달라고 곁들였다. 그러나 그에게는 아무런 답장도 없었고 찾아오지도 않았다. 스카하라 씨의 의뢰로 의리상 부득이 병문안은 해 주었던 것인가 하여 나는 쓸쓸했다. 그러다 문득 나는 이상한 생각이 들었다. 어쩌면 그 사람은, 인간이 아니었을지도 모른다. 내가 너무나도 마에카와 다다시를 그리워하니까 하나님이 가엾게 여기시고 마에카와를 꼭 닮은 사람을 은밀히 병문안하러 보내 주었는지도 모른다.

그리 생각해도 이상하지 않을 만큼 그는 너무나도 마에카와를 닮았고 또한 매우 깨끗한 인상을 나에게 주었던 것이다.

46

쾌나 오랫동안 미우라 미쯔요로부터는 소식도 없었고 찾아와 주지도 않았다고 기억하지만, 그의 일기를 보면 7월 3일 저녁 그는 두번째의 방문을 해 주고 있다. 나의 기억으로선 그것이 8월 초 같은 느낌이 들고 있었다. 그렇게 생각했을 만큼 나로선 그의 방문이 기다려졌던 것이리라.

어느 날 아버지는 나의 방에 잰걸음으로 들어와서,

「아야꼬, 마에카와 상의 동생이 오셨구나.」

라고 말씀하셨다. 그러나 안내된 사람은 마에카와 다다시의 동생이 아닌 미우라 미쯔요였다. 이것과 비슷한 이야기는 몇 개나 있다. 미우라 미쯔요가 나중에 아라라기의 아사히까와 노래 모임에 처음으로 출석했을 때, '고바야시 도시히로'라는 사람이,

「마에카와 상, 오랫만입니다.」

라고 인사하여 사람들을 놀라게 만들었다. 한 순간 모두들 마에카와 다다시의 죽음을 모를 리가 없을 텐데 하고 생각했던 모양이다. 고바야시 상은 아마 미우라를 마에카와 다다시의 동생으로 잘못 알았던 것이리라.

또 이런 일도 있었다. 나의 제자인 '나카니시 료이찌' 군이 어느날 찾아왔다. 그리고 병상 머리맡에 있는 마에카와 다다시의 사진을 보고 놀란 듯이 말했다.

「홋다 선생님은 미우라 상을 알고 계십니까?」

료이찌 군과 미우라는 같은 교인이었다. 전혀 다른 사람이라고 내가 말해도 료이찌 군은 납득이 가지 않는다는 얼굴을 하고서,

「꼭 닮았어요, 미우라 상과 꼭 닮았어요.」

라고 몇 번이고 말했다.

그만큼 마에카와 다다시를 닮고 있는 미우라는 취미나 사상까지도 참으로 그를 닮고 있었다. '단까'를 하고 있다는 미우라에게 나는 「아라라기」지를 빌려 주고 입회를 권했다. 그는 나의 권유를 받아들이고 아사히까와의 노래 모임에도 나가보고 싶다고 말했다.

그날은 2,30분만에 돌아갔지만, 그가 무언가 내 마음 속을 뒤 흔든 것만 같은 생각에 나는 잠겨 있었다. 그가 마에카와 다다시를 닮았다는 사실을 스스로 경계하지 않으면 안 된다고 생각하기 시작했다.

8월 24일, 미우라 미쯔요는 세번째로 찾아왔다. 열어 젖혀진 툇마루에 여름 해가 눈부시게 쏟아지고 있었다.

돌아갈 때 그는 나를 위해 기도해 주었다.

「하나님, 나의 목숨을 홋다 상에게 드려도 좋으니까 부디 낫도록 해 주십시오.」

나는 이 기도에 심하게 감동했다. 이때까지 나를 위해 이와 같은 기도를 해 준 이는 한 사람도 없었다. 또한 내 자신도 남을 위해 목숨을 주어도 좋다는 등의 기도 따위는 아직껏 한 적이 없었다.

생각하는 일과 기도하는 것은 별개이다.

〈가엾게도, 저 사람의 괴롬을 대신해 주고 싶다.〉

남을 동정하여 그렇게 생각하는 일은 나로서도 할 수 있었다. 그러나 신 앞에서

「신이시여, 저 사람의 괴롬을 제가 짊어지겠으니 그 괴롬부
   터 해방시켜 주세요.」
라고는 기도할 수 없다. 누구라도 인간은 자기의 몸이 귀중하
다. 신을 믿는 자로선 기도는 큰 일이다. 기도하여 만일 그대
로 된다면……, 아주 중대한 기도는 그리 간단하게 할 수 있
는 것이 아니다. 신자에게 있어 「생각하는 것」과 「기도하는
것」과는 비슷한 것 같지만 전혀 다르다. 자기 목숨을 주어도
좋다고 기도할 수 있을 만큼 사랑과 진실은 쉽게 가질 수가 없
는 것이다. 그러나 그 하기 어려운 기도를 미우라는 진실을 곁
들여 기도해 주었던 것이다. 더욱이 단 세 번밖에 만나지 않은
나를 위해 그와같은 기도를 올려 주었다. 나는 감동했고, 감동
한 나머지 그만 그에게 손을 내밀었다. 그런 나의 손을 그는
단단히 쥐어 주었다. 생각보다 살이 두툼하고 따뜻한 손이었
다. 그에게 있어 이것이 이성과의 처음인 악수였음을 나는 나
중에 들었다.

그 이후로 그는 한 달에 두 세번 찾아 주게 되었다. 두 사람
은 편지도 주고 받게 되었다.

하나 가을도 끝나갈 무렵 나는 또 열이 올랐고 식은땀으로
시달렸다. 말을 하면 혈담도 많아졌기에 다시 면회 사절의 생
활로 들어갔다.

부모 몰래 피를 토하는 이 밤의 방 공기는 푸르게 보이거니.

면회 사절을 계속하는 나에게 어느 날 어머니가 과일과 그의
편지를 병실로 가져왔다.

「미우라 상이 안부를 물었단다.」

「벌써 돌아가셨어요?」

「안부만 전하고 현관에서 돌아갔지.」

나는 쓸쓸했다. 현관까지 왔는데 만나지 못했다는 것이 나를 몹시 쓸쓸하게 만들었다. 편지에는

「기도하고 있습니다. 부디 몸조리 잘 하세요.」

라고 아름다운 펜글씨로 씌어 있고 5천 엔이 동봉되어 있었다. 5천 엔은 나에게 있어 큰 돈이다. 나는 그의 편지를 몇 번이고 다시 읽었다. 몇 번을 다시 읽어도 거기에는 기도하고 있다는 것과 몸조리 잘하라는 것 이외에는 아무 것도 씌어 있지 않았다. 나는 그 편지를 머리맡에 놓고서 그를 생각했다.

나에게는 지금 많은 남자 친구들이 있다. 그것은 마에카와 다다시와 알기 전 무렵처럼 많이 있었다. 다만 틀리는 것은 내가 크리스찬이고 찾아오는 사람들 또한 마음 착하고 진지한 사람 뿐이라는 것이다. 그 중에는 나를 사랑하기 시작한 사람도 있었다. 연인이 있으면서 나에게 마음 이끌려 괴로워하는 청년도 있었다. 그 사람들 중 어떤 사람은 매일처럼, 어떤 사람은 3일에나, 어떤 사람은 주에 한번 찾아왔다. 나의 방은 떠들썩했다. 뒤에 나는 소설「빙점」속에서 춤선생 다쓰꼬의 거실을 묘사했다. 이 거실의 분위기는 그때의 내 병실 분위기이기도 했다.

다만 그 중에서 미우라 미쯔요 만은 달랐다. 그는 현관에서 어머니에게 반드시,

「몸의 상태가 좋지 않다면 여기서 실례하겠습니다.」

그렇게 말하며 나의 병세를 묻고 방에 안내되고서도 짧은 시간 있다간 돌아갔다. 좀더 오래 있어 주었으면 하고 바라는데 그는 성경을 읽고 찬송가를 부르고 단까 이야기를 조금 하고서 기도를 하고 돌아가는 것이었다. 그 병문안 방식은 자못 나의 병세를 염려하는 마음으로 넘쳐 있었다.

면회 사절이 된 지금, 그의 편지를 읽으면서 나는 그 점을 새삼 생각했다. 그는 얼마나 진실에 넘친 사람인가. 그것은 아주 먼 사람처럼 생각되었다. 아니 경계하지 않으면 안 된다고 나는 자신을 타이르고 있었을 게 분명했다.

나는 미우라 미쯔요가 마에카와 다다시를 닮았다는 것에 얽매이고 있었다. 미우라에게 이끌리고 있음을 속일 수는 없다. 그러나 그것이 죽은 그와 썩 닮고 있다는 데서 이끌리고 있는 거라면, 그것은 미우라 미쯔요라는 인간을 전혀 무시한 것이 되지않은가? 그들 두 사람은 별 개의 사람이다. 아무리 얼굴이 닮았고 같은 신앙을 가졌으며 취미가 공통되고 있다 하여도 다른 인격을 가진 인간이었다. 나는 마에카와의 대용품으로써 미우라를 보고 있는 셈은 아니었다. 하나 그렇게는 말하지만 죽은 사람을 닮았다는 것은 역시 나의 마음을 위로해 주었다. 그리하여 그 점이 나를 신중하게 만들었다.

이윽고 면회 사절인 채로 크리스마스를 맞았다. 나는 작년의 크리스마스에 대해 생각했다. 지난 해 나는 단 혼자서, 이 방에서 이렇게 누운 채로 크리스마스를 맞았던 것이다. 편지로 사귄 친구들의 사진을 몇 장이나 독서대에 장식하고 베드 옆에 의자를 놓아 달라고 했다. 그 의자는 예수님이 앉으실 의자였다. 몇 번인지 마에카와 다다시와 함께 보낸 크리스마스가 생각났다. 건강을 뺏기고 니시무라 선생도 마에카와 다다시도 하늘의 부르심을 받아 다만 쓸쓸할 뿐인 크리스마스일 때였다. 하지만 성경을 읽고 마음 속으로 찬송가를 부르고 단 혼자서 맞은 작년의 크리스마스는 얼마나 깊은 위안으로 넘쳐 있었던가? 건강도 연인도 스승도 잃은 나에게 뜻밖에도 넘치는 기쁨이었다.

누구도 앉아 있지 않은 그 의자에 바로 예수 그리스도가 앉아 계셨다. 지금 생각해도 그 해 만큼 풍부함으로 넘친 크리스마스는 없던 것 같다. 그것은 참으로 하나님이 함께 계신 은총의 크리스마스였다.

나는 고린도 후서 제12장의 성경 말씀을 생각했다.

〈내 은혜가 네게 족하도다. 이는 내 능력이 약한 데서 온전하여짐이라.〉

그런 작년의 크리스마스를 생각하면서 나는 금년도 나 혼자만의 크리스마스를 맞으려 하고 있었다. 작년처럼 의자를 배드 옆에 놓고 벗들의 사진을 독서대에 장식했다. 작년과 똑같은 크리스마스를 맞을 참이었다.

그러나 어쩐 일인지 나의 마음은 위로가 되지 않았다. 나는 연신 마음 속에서 미우라 미쯔요를 기다리고 있었다. 작년처럼 아무도 기다리지 않는, 다만 신만을 기다리는 크리스마스는 아니었다.

저녁 때가 되어 미우라가 찾아 주었다. 어머니가 억지로 병실에 들여보내기라도 했던 것일까. 뜻밖에 그의 모습을 보고서 나는 눈물이 날만큼 기뻤다. 그는 영림서의 경리 담당이라 크리스마스에도 교회에 갈 수 없을 만큼 바쁘다고 말하고서,

「쓰던 만년필이라 죄송하지만.」

하고 나에게 만년필을 주었다. 선물을 사러 시내에 나갈 틈마저 없었으리라. 그는 한마디 기도하고 곧 다시 직장으로 돌아갔다.

나는 그가 사용하던 만년필이라는 게 기뻤다. 새 만년필 보다도 몇 갑절이나 기뻤다. 그가 이 만년필을 쥐고 일기나 편지를 썼다고 생각만 해도 그 마음의 비밀을 알고 있는 만년필이 몹시 친근하게 느껴졌다.

그날 밤의 크리스마스는 이미 혼자만의 크리스마스라고는

하기 어려웠다. 나는 몇 번이고 만년필 뚜껑을 벗기고 가까이 들여다 보며 일기를 썼다.

이는 완전히 연애하는 자의 생각이었다. 그것을 깨닫자 나는 얼마쯤 우울해졌다. 나는 결코 마에카와 다다시를 잊지 않았다. 아니 잊기는 커녕 언제나 죽은 그와 대화를 하고 있었다. 그렇건만 나는 이미 다른 남성에게 마음이 이끌리고 있지 않는가. 나는 자신이 몹시 경박한 인간으로 생각되었다. 더러운 여자라고 생각되었다.

47

정월을 맞았고 이윽고 눈 녹이는 바람이 부는 3월이 왔다. 나의 병세는 차츰 좋아졌고, 열도, 혈담도 진정되었다. 다시 나의 방에는 벗들이 찾아오게 되었다. 나는 내게 연인이 없다는 일이 무서웠다. 누구에게나 자유롭다는 일, 그것은 나를 오히려 위협했다. 남들이 내가 마에카와 다다시의 연인이라고 여겼을 때 나는 안정되고 있었다.

그러나 나는 지금 누구를 사랑해도 좋은 입장에 있다. 비록 병자이기는 해도 나를 사랑하는 몇 명인가의 사람이 내 주변에 있었다. 누구를 사랑하건 나는 결코 비난받지는 않는다.

때때로 나는 자유라는 것에 대해 생각했다. 정말로 나는 자유인 것일까? 생각해 보니 그것은 아무래도 의심스러웠다. 왜냐하면 나의 소원은 마에카와 다다시를 생각하며 일생을 마치는 일이었다. 하나 나는 너무나도 인간적인 약함으로 넘쳐 있

음을 느꼈다. 죽은 그를 사랑한 일도 사실이고 사랑받은 일도
사실이었다. 지금도 아직 사랑하고 있다고 나로선 생각하고 있
다. 그러나 나의 마음은 크게 미우라 미쯔요에게 기울어져 갔
다. 마음이라는 것은 나 스스로도 자유로이 되지 않는 것이다.

그런 3월 저녁, 미우라가 찾아왔다. 인사를 나누자마자 그는
말했다.

「홋다 상, 이번에 전근을 가게 되었습니다.」

그는 기쁜 빛이었다. 나는 그 한마디에 나 자신도 알 만큼
얼굴에 핏기가 싹 가시는 것을 느꼈다. 이런 나를 보고서 그는
당황하며 덧붙였다.

「전근이래도 '가구라'동이지요.」

나는 겨우 안심했다. 가구라라면 그의 집에서 다닐 수가 있
는 거리였다.

그가 돌아간 뒤 나는 생각했다. 그의 전근에 나는 왜 눈 앞
이 캄캄해지는 듯한 느낌이 들었던 것일까? 역시 나는 그를
정말로 사랑하고 있는 것일까?

〈하지만 나는 다다시 상을 이렇게도 사랑하고 있는데〉

그렇게 생각했을 때 나는 마에카와 다다시의 유언이 생각났
다.

〈한 번 말한 일, 되풀이하는 것은 삼가고 있었습니다만 나는
결코 아야쨩의 마지막 사람임을 원하지 않았던 점, 이 점을
지금 새삼 말하고 싶은 것입니다. 산다고 하는 일은 괴롭고
또한 수수께끼로 넘쳐 있습니다. 기묘한 약속에 묶여 부자연
스런 아야쨩이 된다면 가장 슬픈 일입니다……〉

마에카와는 인간이라는 것을 잘 이해한 끝에 이런 유언을 나
에게 써 주었던 것이다. 그가 죽었던 당시 나로서는 이 유언을
잘 이해하지 못했다. 특히

〈산다고 하는 일은 괴롭고 또한 수수께끼에 넘쳐 있습니다.〉
라는 말이 갖는 내용의 무게를 나는 미처 몰랐다. 나는 단순했
다. 내 자신에게는 그런 배려가 불필요하다고 까지 마음 속으
로 생각하고 있었다. 그러니까 나는 평생을 마에카와 다다시만
을 생각하며 살아갈 수 있다는 자부심이 있었다.

하나 인간의 마음은 얼마나 변하기 쉬운 것일까. 약한 것이
리라. 이 유언을 읽었을 때 그의 깊은 배려에 놀라면서도 나는
아직도 나라는 인간을 몰랐다.

지금 이렇듯 미우라 미쯔요를 알고 그에게 마음이 기울어지
는 스스로를 어쩔 수 없다고 깨달았을 때, 마에카와 다다시의
유언은 나에게 참으로 큰 버팀목이 되었다.

〈다다시 상은 알고 있었던 것이다. 그리고 변덕스런 나의 모
든 것을 용서해 주고 있는 것이다.〉

정말이지 그가 말하듯이 산다는 일은 괴롭고 또한 수수께끼
가 넘치고 있다. 과연 그 누가 그가 죽은지 1년밖에 안 되어
그와 아주 닮은 크리스찬 청년이 나의 눈 앞에 나타나리라는
것을 예기할 수 있었을까. 나는 미우라 미쯔요에게 이끌리고
있는 현실에 순응해도 좋을 거라고 생각하게 되었다. 이것은
커다란 이해와 사랑에 의한 마에카와의 유언 덕분이었다.

미우라는 그때 이미 나와 마에카와 다다시의 일을 알고 있었
다. 왜냐하면 나의 머리맡에는 마에카와의 늑골이 든 오동나무
작은 상자가 흰 헝겊에 싸여 놓아져 있고 그 옆에는 그의 사진
이 장식되어 있었다. 그런데다 나의 입으로 두 사람의 일을 자
세히 들었던 것이다. 우리들 사이에 비밀은 없었다. 니시나카
이찌로의 일도, 지금 교제하는 벗의 일도, 미우라 미쯔요는 모
두 알고 잇었다. 다만 모르는 것은 내가 그에게 이끌리고 있다
는 점이었다.

그러나 아무리 마에카와 다다시가 나의 변덕스런 마음을 용
서해주든 어쨌든 나는 병자이다. 겨우 변기를 쓰지 않게 되었
지만 종일 깁스 베드 속에 누워 있는 몸이다. 더욱이 나이는
34세, 그보다 두 살 손위이다. 물론 아름답지도 않다. 이런 나
는 이성을 사랑할 자격도 사랑받을 자격도 없다고 생각했다.
그러므로 나는 그에게 내 심정을 고백하는 일이 쉽지가 않았
다.

미열, 자면서 땀을 흘리는 일, 어깨의 결림은 변함이 없었
다. 나는 그런 속에서 여전히 전국 각지에 편지를 통한 친구들
을 사귀었고 또한 나의 병실에도 많은 벗이 찾아들고 있었다.
당시 나의 가족은 부모와 막내 동생, 그리고 고교생인 조카
가 있었다. 아버지는 70살 가까운 연세였고, 어머니도 예순을
오래 전에 지나고 있었다. 그렇지 않아도 돈이 드는 병자인 내
가 매일 편지를 쓴다는 일은 그 만큼 부모에게 경제적 부담을
주는 일이기도 했다. 또한 방문객이 많으면 그 만큼 다과 등의
접대비도 많이 든다. 그러나 어머니는 기꺼이 병문안 온 손님
을 대접해 주셨다. 가사와 간호에 쫓기면서도 점심 때 가까이
온 사람에게는 점심 식사를 내고 저녁 때 찾아온 사람에게는
저녁 식사를 차려 주었다. 그와같은 일을 마다하지 않을 뿐 아
니라 내가 아는 환자들에게 내대신 병문안을 가 주시는 어머니
이기도 했다. 내가 미안해 하자,
「아야짱도, 병문안 오는 사람이 있으면 기쁘지. 내가 기운
   있는 동안에 어디라도 병문안을 가 주겠어.」
어머니는 곧잘 그렇게 말씀하셨다. 덕분에 어머니와 그 환자
들의 어머니들은 간병(看病)하는 사람으로써 절친한 벗이 되기
도 했다. 내 어머니이면서도 훌륭하다고 생각했다. 내 간호로

지치고 있을 터인데 얼굴에 나타내든가 입밖에 내든가 하는 사람이 아니었다. 그러므로 방문객들은 어머니의 태도가 명랑하므로 방문하기 쉽다고 말했다. 특히 미우라는 언제나 변함 없이 웃는 얼굴로 어머니에게 경탄하고 있었다고 한다. 만일 어머니가 간호에 지쳐 시무룩한 얼굴을 한 번이라도 보였다면 마음 약한 미우라는 계속해서 찾아오지 못했으리라. 그러면 나의 운명도 꽤나 다른 것이 되었을 게 분명하다.

그것이야 어쨌든 나는 부모에게 경제적인 폐를 끼치고 있는 일, 아무리 병자라도 어버이에게 자기의 더러운 속옷 빨래를 맡기고 있는 일 등이 안타깝기만 했다. 어떻게라도 나 스스로 돈을 버는 일은 없을까?

그런 것을 생각하고 있었을 때 둘째 올케에게 훌륭한 발을 받았다. 첫눈에 나는, 이것은 상품이 된다고 생각했다. 오랫동안 병석에 있어 세상 일은 모른다. 그러나 아플리케(덧붙인)한 그 발에 아주 신선함을 느꼈다.

곧 대량 생산할 수 있는가, 도매로 살 수 있는가 문의해 보았더니 할 수 있다고 했다. 나는 곧 동생 한 사람에게 의논했다. 동생은 즉시 찬성해 주었고 근무를 하지 않는 날은 판매를 해 보겠다고 말해 주었다.

계획은 들어맞아 거의 전 홋까이도의 유명 백화점으로부터 주문을 받게 되었다.

그리고 좀더 홋까이도적인 상품을 만들어 달라는 주문이 왔다.

그래서 나는 언제나 병문안 해 주는 친구 한 사람에게 나의 구상을 도안화시켜 달라 했고 이밖에 몇 종류의 디자인을 고안하여 스스로 만들기도 하였다. 하지만 자금이 없었다. 누워 있는 내가 직접 만들 수는 없었다. 필요한 것은 자금과 사람이

다. 나는 대담하게도 동생의 친지로부터 35만 엔의 빚을 얻고
제작 쪽은 친구 중의 한 사람인 T씨 부인에게 부탁하기로 했
다. 다행히 그 부인은 솜씨가 아주 깔끔한 사람이었다. 그밖에
나는 너덧 명의 병실동료 주부들에게 제작을 도움받았다.

나는 누운 채로 머리에 떠오르는 천을 차례차례 동생에게 주
문했다. 그리고 틀종이를 만들어 제작하는 사람들에게 천과 함
께 건넸다. 나의 사업은 생각보다 순조롭게 진행되어 어머니에
게 세탁기나 전기 밥솥을 사드릴 수도 있게 되었고 다달이 조
금이나마 용돈을 드릴 수가 있게 되었다.

하지만 나는 그런 속에서 미우라 미쯔요에 대해 필사적으로
잊으려고 노력했다.

48

여기서 나는 당시의 일기를 펴보고 싶다. 유치한 일기이긴
하지만 나에게 있어선 중요한 기념비인 것이다.

3월 2일 열 37도 식은땀.

세쯔꼬 언니, 미와꼬 상, 스카하라 상으로 부터 편지. 스카
하라·다구찌 상에게 엽서.

유리 상의 아기 장례식[유리는 나의 친언니]. 태어나서 고작 14
시간. 장례되기 위해 태어난 아기. 지금은 벌써 땅속에 묻혀
있다. 동생은 부러운 아기라고 말했다. 야스히꼬 상도 그렇게
말할 게 분명하다. 삶의 기쁨을 느끼지 못하는 사람들이 가엾

다.

「내일은 오늘보다 행복할까요?」

라며 자살한 여자.

「어제는 오늘보다 행복했는가?」

라는 물음도 나온다. 나도 인간으로 즐거웠던 시절은 다다시 상과의 5년을 정점으로 하여 무너졌다고 느낀다. 나의 미래는 무엇이 기다리고 있는가. 어둔 생각 뿐. 그러나 나는 빛나는 사랑의 시간들이 내게 주어졌음을 감사했듯이 앞으로의 어떠한 슬픔·괴롬에도 기뻐하지 않으면 안 된다.

지금 나에게는 미우라 상의 존재가 하나의 구원이고 광명이다. 그러나 연애는 하지 않으리라. 연애! 그곳에서 기다리고 있는 것은 불행 밖에 없는 것처럼 생각된다(중략).

나는 관능적이면서도 정신적인 깊은 사랑 없이는 살아가지를 못한다. 만일 깊은 사랑이라면 육체 없이라도 좋다. 그러나 육체만의 사랑은 싫다. 이는 나의 관능이 아직껏 깨지 않고 잠들어 있기 때문일까. 어쨌든 나는 지(知)와 정(情)과 의(意)의 깊고 풍요한 것을 구한다.

그런데 나란 대체 어떠한 인간이지? 잡히지 않는 꿈과 같은 것을 생각한다. 응석받이인데다 불량스럽고 그러면서 깨끗함에 대한 동경을 버리지 못하는 엉터리 여자이다. 인생에 선의와 적극성을 가진 다이쇼(大正: 쇼와이전의 연호[1912-26]) 태생의 로맨티스트. 언제나 수렁에서 허위적거리고 있는 더럽혀진 여자. 이 세상에 「있어도 없어도 좋은」게 아니라 없는 편이 좋다고 말하고 싶은 여자이다.

「당신이 가는 곳엔 반드시 바람이 인다.」

고 누군가 말했다. 그런데도 그것이 조금은 자랑이기도 했던 어리석은 여자. 참말이지, 너는 미우라 상과 연애할 주제도 못돼.

하나님, 저의 모든 것을 부디 용서해 주세요. 하나님, 저는 오늘도 은혜로 넘치면서도 옹졸하게 남을 사랑할 수 없는 여자였습니다. 아무쪼록 모든 사람을 어머니처럼 다정하고 넓은 마음으로 사랑하는 자로 만들어 주십시오. 오늘 매장한 어린 아기의 명을 부디 사랑해 주세요. 저에게 사랑을, 참 사랑을 주세요.

임마누엘 아멘

3월 3일 감기 열 37도 2분. 땀

미우라·히라하라·사이또 다네꼬 상으로부터 편지. 미우라 상은 출장인가? 출장지로부터의 엽서에 무엇인가 정서가 있다. 나도 여행지의 사람을 생각하는 마음이 된다. 「여행」이 갖는 로맨티시즘일까. 마음이 부드러워지는 느낌이다. 와가나이(稚內)까지라면 엄청난 거리. 무사히 돌아옴을 기다린다. '나 카돈베스'는 9년만이라든가. 어린 시절 그 분 이야기를 듣고 싶은 느낌이 든다.

하나님, 오늘도 내게는 죽음과도 같은 하루였습니다. 은총에 의해 이렇듯 기도할 수 있음을 감사드립니다. 냉혹, 질투, 망은(忘恩)의 하루입니다. 부디 예수님을 위해 저를 가엾이 여겨 주십시오.

임마누엘 아멘

3월 7일

스가와라·니시무라·미야꼬시 상부터 편지. 「홋까이도 아라라기」 배달되다. 미우라 상도 나도 투고하고 있지 않다. 웬지 나로선 지금 노래가 되지 않는다. 어느 것이나 졸렬하다.

더 이상 미우라 상에게 접근해서는 안 된다. 나는 자신이 상대편을 행복하게 해 줄 수 없는 인간임을 명심해야 할 것이다. 이를테면 폐인이랄 수 있으니까, 폐인답게 이 세상의 모든 것을 좀더 체념할 일. 나의 몸이 고쳐지기까지는 아직도 머나 먼 길이다. 아야꼬, 너는 남을 사랑할 자격이 없다는 것을 결코 잊어서는 안 된다. 너는 남에게 사랑받을 만한 것이 무엇 하나 없다. 미우라 상의 저 따뜻한 우정을 기대해서는 안 된다.

미우라 상은 결코 공범자가 되어서는 안 되는 사람이다. 언제나 바르다. 저 한 올의 머리카락도 흐트리지 않는 것처럼, (고개를 숙였을 때 덥썩 늘어지는 일도 없는 머리) 그 사람은 언제나 단정한 것이다. 무너지는 일이 없는 사람이다.

하나님, 손을 잡아 주시고 한 걸음, 한 걸음 걷게 해 주세요.

4월 28일

편지도 없다.

다께우찌 선생·다꾸찌 어머님·야스히꼬·니시무라 언니에게 편지. 아라라기에 투고. 왼발 신경통. 몸의 일부가 질끈질끈 아픈 것은 때로는 좋은 일이다.

미우라 상의 꿈. 미우라 상이 발을 다치고(내 자신이 신경통 때문에 꾼 꿈일까) 몸이 아파서 누군지 여자에게 업혀 기차로 고향에 간다고 한다. 여자는 친절해 보이는 중년 여인이었다. 나는 그 사람이 어머니이겠지 생각하며 바라보고 있었다. 기차는 천천히 떠나갔다. 플랫포옴에 우뚝 선 채 나는 마음이 바짝 죄어질 만큼의 애정으로 떠나가는 미우라 상을 응시했다.

오늘 찾아올까 기다리고 있었지만 보이지 않았다. 내일은? 그러나 나로서는 이미 연애는 하지 못한다. 연애를 해서는 안 된다.

5월 1일

미야꼬시 상으로부터 편지.

다다시 상이 의식을 잃고 하늘에 부름을 받아 간지 2년이 지났다. 다다시 상 댁에 백옥분(白玉粉 : 국수) 3다발과 편지를 보냈다. 그 사람이 없는 2년간, 나는 다다시 상을 하루라도 잊지는 않았다. 그러나 다다시 상의 연인으로써 2년은 아니었다. 나의 약한 영혼은 다른 사람 앞에서 흔들렸다. 하지만 다다시 상. 나는 결코 다다시 상을 잊지 않았다.

밤, 다다시 상의 노래 원고를 읽는다.

우리들은 서로 사랑했다. 산책도 했다. 동산에서도 놀았다. 교회에도 갔다. 다방에서도 만났다. 같은 병원에도 입원했다. 삿포로까지 함께 기차도 탔다. 영화도 보았다. 결핵 환자들의 동생회(同生會) 일도 했다. 노래 모임에도 갔다. 둘이서 노래집의 일도 했다. 함께 배웠다. 둘이서 사람을 병문안 했다. 언제나 둘은 함께였었다. 행복으로 넘치고 넘쳐 있던 두 사람. 그 사람 때문에 나는 살고 나 때문에 그 사람은 살았다. 함께 죽으면 행복했다. 그러나 좋아. 나는 이제 다다시 상 이외의 사람은 생각지 않겠어. 누구도 다다시 상처럼 날 사랑해 주지 않는 걸 뭐.

하나님 고마워요. 다다시 상 고마워요.

5월 2일 열 37도.

하루 내내 두통, 혼수를 반복.

다사시 상의 기일(忌日). 다다시 상의 일기를 읽다.

5월 11일

나의 영혼은 굶주리고 있다. 지적인 것, 고도의 정적(靜的)인 것에 굶주리고 있다.

자살한 K씨의 일기를 읽는다. K씨는 멋지고 얄미울 만큼 독창적인 영혼을 가진 사람인 것 같다. 천부적인 시인.

노트에 유언을 조금 쓴다. 죽을 준비는 언제라도 오케이로 해 두고 싶다. 인간은 언제나 죽음을 조용히 기다리며, 그 기습에 놀라거나 해서는 안 된다. 나는 틀렸어.

자기가 생각하고 있는 것보다도 좀더 목숨이 존귀하다는 것. 우리들은 깨닫지 못하는 것은 아닐까. 나의 생명은 예수님의 목숨과 바꾸어 주어진 것이다. 지금 겨우 그것을 알았다. 머리가 아니고 가슴으로 환희를 깨달았다. 나의 생명이 존귀하다는 참된 의미를 알았다. 죄송해요, 예수님.

나의 일기는 내 자신의 마음을 그대로 적어 흔들리고 흐트러져 있었다. 밭의 사업은 내 마음의 생활과는 아무런 관련도 없는 것처럼 차츰 판도를 넓혀간다. 그렇다고는 하나 그 매상의 대부분은 인건비로 쓰이고 빚의 반환으로 충당되었다. 그러면서도 내 손에 얼마간의 돈은 들어오게 되었다. 일생 병이 낫지 않는다 하여도 일할 의지만 있으면, 용돈 쯤은 곤란받지 않는 게 아닌가. 그런 생각을 하게 되었다. 그런 일을 생각하는 것은 역시 장래 생활의 불안보다도 결혼 않고서 살아가고자 소원하는 내 마음 속의 자세였을 지도 모른다.

간도 야스히꼬는 마에카와 다다시를 잃은 나에게 이전보다도 마음씀이 세밀해졌다. 그는 삿포로의 북대에 있었는데 때때로 아사히까와로 돌아왔다. 그리고 반드시 나를 병문안해 주었다.

「어쩐지 아야상은 변한 것 같은 느낌이 들어.」

언젠가 문득 그는 중얼거렸다. 나는 섬칫했다. 그는 나의 주위에 많은 벗이 있음을 알고는 있었다. 그러나 마에카와 다다시의 사후는 자기가 가장 친한 벗이라고 그는 생각하고 있었던 모양이다.

「당신이 최소한 자기의 일만이라도 할 수 있게 되면, 나는 정말로 함께 살고 싶다고 생각하는데.」

그것은 이전에도 그가 하던 말이었다. 이 세상에 남자와 여자가 친구로써 한 지붕아래서 온전할 수 있는 케이스도 있어 나쁠 게 없잖느냐고 그는 그 나름으로 꿈꾸고 있었다. 그러나 나의 심정은 죽은 마에카와 다다시와 새로이 눈 앞에 나타난 미우라 미쯔요에게 쉴새없이 마음이 흔들리고 있었다.

「역시 달라졌어, 어디가 달라졌을까.」

야스히꼬는 아름다운 눈으로서 살피듯이 나를 보았다.

「당신도 바뀌었어요. 어른이 된 걸요, 뭐.」

물의 정(精)과 같은 요사스런 아름다움에서 겨우 탈피하여 그는 한 사람의 어여한 청년으로 바뀌고 있었다.

「다다시 상이란 좋은 사람이었어. 그 사람은 나보다 훨씬 생명력이 있는 사람이었지요. 하지만 뭔가 부자연스럽게 누구에게 빼앗긴 것처럼 죽은 느낌이야.」

야스히꼬는 턱에 희미하니 수염이 있었다. 말투도 어느 덧 어른스럽게 바뀌고 있었다. 그러나 그의 예민한 감수성은 변하지 않았다. 그는 나의 심정이 마에카와에만 기울어져 있지 않음을 재빨리 알아 차렸던 모양이다. 나는 그의 심정을 무시하듯이 말했다.

「야스히꼬 상, 인간을 남자와 여자로 나눈다는 것, 어떻게 생각해요? 인간은 여자도 남자도 아니라는 것, 하나의 명제

로써 생각할 수 없을까? 남녀로 구분하니까 동성애 등 망측
하게 떠오르지만, 인간을 다만 그대로 떼어놓고, 아냐 좀더
파고들어 응시해 보면 재미있는 거라고 생각되지 않아요?」
　간도 야스히꼬는 잠자코 나를 보았고 담배에 불을 붙였다.
무언가 도망치고 있다고 그는 생각한 모양이었다. 뭣이든 서로
이야기할 수 있을 터인 그에게 나는 웬지 미우라 미쯔요의 일
은 이야기할 수가 없었다. 나는 자기가 34살이고 더욱이 깁스
베드에 누워 있으면서 다시금 남을 사랑하고 있다는 것에 무언
지 꺼림칙한 것을 느끼고 있었는 지도 모른다.
　「무언지 쓸쓸해졌어.」
　그는 돌아갈 즈음 그렇게 말했고 손을 내밀어 나의 손을 잡
고, 돌아갔다. 나는 그때 그의 손등에 있는 2센티 가량의 가느
다란 상처 자국을 보았다. 예전부터 있던 상처 자국이었으리
라. 지금까지 그것을 알지 못했던 것이 몹시 이상하게 생각되
었다.
　나는 웬지 그날 밤 연신 미우라 미쯔요의 일이 생각나 견딜
수 없었다. 생각했자 나쁠 게 없잖은가 하는 대드는 듯한 심정
도 있었다. 언젠가 본 프랑스 영화 「눈물젖은 천사」의 장면이
생각났다. 그 영화는 맹인의 사랑이 그려져 있었다. 맹인인 그
는 한 여자를 두고 눈이 보이는 남자와 사랑을 다투는 것이었
다. 그는 결코, 자기는 맹인이니까 불구자이니까 하며 비굴해
지지는 않았다. 나는 그 영화를 보았을 때 그 맹인의 태도에
감동했던 것이다.
　깁스 베드에 누워 있던 미우라보다 두 살이 많든 과거에 사
랑한 사람이 있든 현재의 나는 역시 그를 사랑하는 것이다. 그
것이 나쁘게 뭐란 말인가! 나는 그날 밤 오랫만에 무엇인가
느긋한 생각으로 잠이 들었다.

49

신은 나에게서 마에카와 다다시를 앗아간 대신 미우라 미쯔요를 병문안케 하고 니시무라 선생을 하늘에 부르신 대신 신앙의 한 인도자를 베풀어 주셨다.

당시 나는 앞에서도 말했던 것처럼 많은 요양자와 죄수들과 편지 왕래를 하고 있었다. 그 가운데 S라는 사형수가 있었다. 그는 가나가와 (神奈川縣)의 전 '야쿠자'로서 간부급이었다. 그리하여 마침내 아쓰기(厚本)에서 두 사람의 목숨을 앗고 말았다. 그런 S가 사형수가 되고서 그리스도를 믿게 되었다. 속된 말로 악에 강한 자는 선에도 강하다고 한다. 그는 참으로 진실한 기독교신자가 되었고 같은 죄수를 몇 명이나 기독교로 이끌게 되었다.

그는 나를 죽은 누님과 같다면서 때때로 10엔 짜리 우표를 10매고 20매고 보내 오는 일이 있었다. 그것은 요양 중인 내가 우표값이나 엽서값으로 곤란받지 않을까 하는 배려에서였다.

언젠가 이 S로부터 엽서가 있었다.

「이번에 이스가라시 건지(五十嵐健治) 선생이 홋까이도에 가시게 되었습니다. 삿포로까지라고 했으나 나는 아사히까와의 당신이 계시는 곳을 병문안해 주십사 하고 부탁드렸습니다. 머지않아 방문하실 것으로 생각합니다.」

나는 이스가라시 선생이란 사람이 어떠한 사람인지 몰랐다. 아마 목사일 거라고 짐작을 했다.

그리고 며칠도 지나기 전에 이스가라시 씨로부터 편지가 왔다. 봉투도, 편지지도 삿포로의 그랜드 호텔의 것으로서 어제 치도세(千歲)에 비행기로 왔다고 씌어 있고 아사히까와를 방문해도 좋으냐 하는 내용이었다. 지금부터 14,5년 전의 일이다. 비행기는 극히 일부 사람밖에 이용하지 않던 시대였었다.

나는 얼마간 낙담했다. 내가 아는 목사님들은 누구건 모두 결코 부자가 아니다. 목사라는 직업은 이전에도 썼던 것처럼 너무나도 박봉이다. 그렇건만 이 이스가라시 선생[선생이란 호칭은 국회의원 등 사회적 지위의 사람을 부를 때 사용하는 호칭으로 특별한 뉘앙스가 있다]이란 사람은 얼마나 부자일까. 니시무라 선생이 말씀하신 적이 있었다.

「2등[지금의 1등]을 탈 정도라면 그 돈을 좀더 유효하게 쓰지요. 다만 병자나 노인이 2등에 타는 것은 결코 사치가 아니지만요.」

홋까이도까지 올 수 있는 목사라면 노인은 아닐 거라고 생각했다. 나는 건방지게도 「지금 병세가 좋지 않으므로 어느 분과도 면회할 수 없습니다」고 거절했다. 「그럼 들리지 않습니다만 부디 몸조리 하십시오」라는 답장이 왔다.

그 이후로 이스가라시 씨로부터 「은총과 진려」라는 기독교 팜플렛이 보내져 왔다. 1년 동안이나 한마디도 감사의 편지를 쓰지 않았던 나는 모른 척하기가 마음에 걸려 간단히 답장을 보냈다. 그것은 매우 간단한 것이었다. 그러자 봉함 편지로 답장이 왔다.

「그런 것이라도 읽어 주셔서 고맙습니다.」

나에게 오히려 정중한 감사의 말을 하고 있는 것이다. 그것은 아주 겸손한 편지였다. 이 분은 보통 사람이 아니로구나, 나는 그 인격이 스며 나오는 편지를 거듭 읽었다. 나는 몹시 교만했던 게 아니었을까 송구한 마음으로 다시 편지를 썼다. 그랬더니 한 개의 달력이 왔다. 세계 여러 나라 풍속이 실려 있는 달력이었다. 달력에는 〈白羊舍〉라고 씌어 있었다.

「저희 회사 달력을 보내 드립니다. 병상에 위안이 된다면 다행입니다.」

부끄러운 이야기지만 나는 「백양사」(白羊舍)가 어떠한 회사인지 몰랐다. 클리닝이라 하면 아사히까와의 클리닝점을 연상할 뿐이다. 나중에 안 일이지만, 이 회사는 동양 제1을 자랑하는 클리닝 회사로서 주식도 상장된 큰 회사였다.

나는 씨가 80세의 노인이고 자기 돈으로 비행기를 타고 온 것을 그때 비로소 알았다. 노인이라면 비행기에 타든 호텔에 묵든 좋지 않은가. 목사라고 생각했기에 이국 등지에서 원조를 받는 목사인가 하고 얼마 쯤 신경에 걸렸던 것인데, 나의 마음은 풀렸다. 물론 목사들이 모두 높는 보수를 받고 비행기이건 1등칸이건 탈 수 있게 되는 것을 나는 원하고 있다. 다만 너무나도 불우한 목사가 많은데 혼자만 비행기를 타고 왔는가 하여 얼마 쯤 분개하고 있던 것이었다.

어쨌든 이스가라시 겐지 씨는 돈에는 구애받지 않는 사람처럼 생각되었다. 먼저 보통내기는 아니라고 생각했는데도 불구하고 유치한 인간인 나는 다음과 같은 편지를 썼다.

「당신은 부자이십니까? 부자 따위 저는 무섭지 않습니다.」

정말이지 기묘한 편지를 써 보냈던 것인데 이스가라시 씨는 그런 편지에 아마도 미소지으셨으리라. 나를 점차로 귀여워 해 주셨고 새로이 자기에게 딸이 생긴 것 같다고까지 말해 주셨다.

씨는 니시무라 선생 못지 않은 훌륭한 크리스찬이었다. 29세까지 〈미쓰꼬시〉에서 근무한 뒤 독립하기로 마음 먹었다. 그

독립의 첫째 이유는 주일에 교회에 가서 예배하고 싶다는데 있었다던가. 독립하는 일을 찾는데 이스가라시 선생은 다음과 같은 기준을 정하셨다.

① 주일 예배에 방해가 되지 않을 것.

② 오랜 동안 신세를 진 미쓰꼬시의 영업과 저촉되지 않을 것.

③ 미쓰꼬시는 단골 손님으로 하여 언제라도 드나들 수 있을 것.

④ 자본이 많이 들지 않을 것.

⑤ 거짓말이나 흥정이 필요없을 것.

⑥ 남의 이익이 되며 해로움이 되잖는 것.

이런 것을 〈백양사 50년사〉에서 읽은 나는 경탄했다. 세상의 상식으로 말하면 자기의 경험을 살려 독립하는게 당연하잖은가. 포목점에 근무하고 있었다면 포목을 취급하고, 식당에 근무하고 있었다면 식당을 연다. 이것은 「노렝와께」[노렝은 발을 말하며 일본의 商家에서 헝겊제의 것에 상호를 희게 염색하여 입구에 걸었다. 이것이 곧 간판인 셈이고 그 상가의 특색과 전통을 상징했으며 종업원으로서 일정 기간 근무한 자에게 이런 '노렝'을 나누어 주어, 즉 가게를 내주어 지점처럼 만들었다]의 관습에도 나타나 있는 말이다.

그러나 선생은 달랐다. 10년의 경험을 아낌없이 버렸다. 조금이라도 〈미쓰꼬시〉의 영업에 지장이 있는 직업은 선택하지 않았다. 이상의 기준으로서 이것저것 독립의 직종을 생각한 결과 클리닝업을 시작하게 되었던 것이다.

〈세탁소, 이웃의 때로 밥먹기〉

라는 센류[川柳 : 단까나 하이꾸 비슷한 서민의 시. 주로 익살이나 풍자가 주제로 어구도 짧음]가 있었을 만큼 세탁업은 천한 직업이었다고 한다. 그러나 선생은,

「나와 같은 학문도 재능도 없는 자가 남들이 하고 싶은 영업으로선 도저히 두각을 나타낼 수가 없다. 남이 좋아하는 일보다 싫어하는 일을 해야 한다고 생각했다.」

라고 50년사에 적고 있다.

처음에 선생은 일본 제일의 포목점에서 근무하고 계셨으므로 [미쓰꼬시는 뒷날 백화점으로 발전하여 한국·중국에도 진출했지만 원래는 포목점이었다] 세탁업을 하는 것은 어딘지 부끄러운 느낌이 들었다고 한다. 하나 선생은

「사람의 때커녕 인류의 더러워진 죄를 한몸에 떠맡고 십자가의 괴롬과 치욕을 받으신 그리스도를 생각했을 때, 자기와 같은 인간이 사람들의 때를 씻는 일이 어찌 부끄러울 것인가. 세탁업은 신께서 주신 성스런 일이다. 이 일에 평생을 바치자」

고 결심했다고 한다.

선생은 겨우 창업 1년만에 일본 드라이 클리닝의 창시자가 되셨다.

이런 선생이 쇼와 31년[1956] 6월, 나를 병문안하러 아사히까와까지 와 주시게 되었다. 나는 기다렸다. 선생을 뵙게 됨으로써 미우라 미쯔요에게 어떻게 할 것인지 가르침을 받을 것만 같은 느낌이 들었기 때문이었다.

50

백양사의 이스가라시 겐지 선생이 나를 아사히까와의 집으

로 찾아오신 것은 가랑비가 내리는 6월 어느 날이었다. 선생은
비서인 가네꼬 상과 삿포로의 지점장을 동반하셨다.

베드에 누워 있는 나의 곁에 선 선생은 진심으로 동정을 나
타내고 애정 어린 눈으로 나를 보셨다. 도저히 80대라고는 생
각되지 않는 윤기가 있는 얼굴 빛이었다.

「60대로 보입니다」

나는 말했다. 선생은 초록과 흰색의 꽃무늬인 담요를 내몸
위에 덮어 주셨다. 선생의 병문안 선물이었다. 나에게 즉시 기
도를 해주셨고 찬송가를 불러 주셨다. 찬송가는 내가 좋아하는
273장[우리와 다름]이었다.

    내 영혼을 사랑하는 예수의
    파도는 곤두서고 바람은 날뛰는데
    가라앉는 이 몸을 지켜 주시네
    ………

비서도 지점장님도 크리스찬이었다. 모두들 큰 목소리로 나
를 위해 노래해 주셨다. 이어서 선생은 성경을 읽으며 이야기
를 들려 주셨다. 그것은 구약 성서의 요나서였다.

요나는 예언자이다. 하나님이 니느웨 성읍으로 가라고 했는
데. 요나는 달아나 배를 탔다. 배는 폭풍우와 큰 파도를 만났
다. 배에 탄 사람들은 누구의 죄 때문에 이런 폭풍을 만났는
가, 제비를 뽑기로 했다. 제비를 뽑자 요나에게 맞았다. 사람
들은 요나가 하나님의 명령을 어기고 도망쳐 왔음을 알고서,
요나를 바다에 던졌다. 그랬더니 바다는 곧 잠잠해졌다. 요나
는 큰 고기에 삼켜져 사흘 밤낮을 그 배 속에 있었지만 고기는
요나를 육지에 뱉아 놓았다. 요나는 니느웨로 갔다. 그리고 이

악덕의 성읍 니느웨는 40일 뒤에 멸망한다고 예언했다. 니느웨 사람들은 여호와를 두려워하고 탄식하여 마음을 고쳤다. 요나는 여호와의 명령대로 멸망의 예언을 한 것이었으나 여호와는 니느웨를 용서했고 니느웨는 재앙에서 살아났다. 요나는 몹시 분격했다. 예언대로 되지 않았던 일이 부끄러웠기 때문이다.

「요나가 성에 나가서 그 성 동편에 앉되, 거기서 자기를 위하여 초막을 짓고 그 그늘 아래 앉아서 성읍이 어떻게 되는 것을 보려 하니라. 하나님 여호와께서 박 넝쿨을 준비하여 요나 위에 가리우게 하셨으니, 이는 그 머리를 위하여 그늘이 지게하여 그 괴로움을 면케 하려 하심이었더라. 요나가 박 넝쿨로 인하여 심히 기뻐했더니, 하나님이 벌레를 준비하사 이튿날 새벽에 그 박 넝쿨을 씹게 하시매 곧 시드니라. 해가 뜰 때에 하나님이 뜨거운 동풍을 준비하셨고, 해는 요나의 머리에 쬐며 요나가 혼곤(昏困)하여 스스로 죽기를 구하여 가로되 사는 것보다 죽는 것이 내게 나으니이다. 하나님이 요나에게 이르시되, 네가 이 박 넝쿨로 인하여 성냄이 어찌 합당하냐. 그가 대답하되 내가 성냄에 죽기까지 하더라도 합당하나이다. 여호와께서 가라사대 네가 수고도 아니하였고 배양(培養)도 아니하였고 하룻밤에 났다가 하룻밤에 망한 이 박 넝쿨을 네가 아꼈거늘, 하물며 이 큰 성읍, 니느웨에는 좌우를 분별치 못하는 자가 십 이만여 명이요 육축도 많이 있나니 내가 아끼는 것이 어찌 합당치 아니하냐」

선생은 이 마지막의 장을 읽으시고 나에게 말했다.

「고마우신 일이네요. 우리들의 하나님은 '준비'해 주시는 하나님인 것입니다. 좋은 일도 나쁜 일도 하나님이 우리들을 위해 어김없이 준비해 주시고 있는 거지요. 우리들의 눈에는 나쁜 것처럼 보이는 일이라도 결국은 잘 되기를 바라며 준비

해 주시고 있는 겁니다. 모든 걸 하나님이 준비해 주시는 것
이므로 이렇듯 감사한 일은 없습니다.」

선생은 아사히까와에 숙소를 정하시고 아바시리(網走) 방면,
와까나이 방면으로 강연을 다니셨다. 그리고 그 틈을 내셔서
나를 세 번이나 찾아 주셨다. 드디어 작별의 날 선생은 나의
손을 잡고 눈물을 글썽거렸다. 나중에 내가 완쾌하고서 선생은
이때의 일을 말씀하셨다.

〈가엾게도 이제 남은 생명이 얼마되지 않는구나.〉

그렇게 생각하고 그만 눈물을 지으셨다는 것이었다.

선생의 요나 이야기는 나의 마음을 울렸다. 모든 것은 하나
님이 준비해 주시고 있는 것이다. 이 병도 나에게 있어 필요한
병일 것이 틀림없다.

〈미우라 상의 일도 틀림 없이 준비하고 계시는 거다.〉

불필요한 것을 하나님이 주시지는 않을 게 아닌가. 나는 좀
더 하나님을 신뢰하고 하나님이 주시는 대로 받아가면 되는 거
라고 생각할 수 있었다. 이스가라시 선생과 만나면, 틀림 없이
미우라 미쯔요의 일도 무언가 길이 제시될 게 분명하다고 기대
한 나는 요나의 이야기로서 나 나름으로 해결이 주어진 듯한
느낌이 들었다.

아무리 내가 그를 사랑한들 하나님이 나에게 그를 주시지 않
는거라면, 그것도 또한 할 수 없는 일이라고 생각했다. 이 무
렵부터 나는 〈필요한 것은 반드시 신께서 주신다. 주지 않음
은 불필요하다는 증거이다〉고 믿게끔 되었다. 나는 이전만큼
안달하지 않았다.

51

　나의 병세는 여전히 미열이 계속되고 잠자리의 식은땀도 가
셔지지 않았다. 주에 한 번은 편도선이 부었다. 그러나 조금씩
체력이 회복되는 것을 나는 느끼고 있었다.

　그 날은 맑게 개인 7월 초로서 나의 구두와 몸을 햇볕이 잘
드는 툇마루에 내놓았다. 작은 조카딸이 마루를 뛰어오더니 이
상하다는 듯 말했다.

「잠자는 고모」

　어린 조카들은 나를 그렇게 부르고 있었다.

「이 구두, 누구의 구두?」

「고모의 것이야.」

「거짓말. 고모는 발 같은 것 없지요?」

　그렇게 말하는 것도 무리는 아니었다. 조카가 태어나기 이전
부터 나는 병이 있었고 그녀들은 내가 서있는 모습을 본 일이
없는 것이다.

「고모도 다리가 있단다.」

「응, 정말? 다리가 있다면 보여 줘, 빨리 보여 줘.」

「고모의 이불을 들어보렴.」

　조카는 아직도 반신반의하며 이불 자락을 들쳤다.

「어머, 정말이네! 발이 있어.」

　조카는 놀라서 외쳤다.

「고모, 발이 있는데 어째서 걷지를 않지?」

「고모 아프니까.」

「홍」

조카는 언제나처럼 나의 방에서 동화를 짓든가 노래를 부르든가 하고서 돌아갔다. 나는 이때 내가 완전히 쓸모없는 인간처럼 생각되어 쓸쓸했다. 그리고 우스꽝스럽기도 했다. 이런 내가 누군가를 사랑한다고 하면 우스꽝스런 일이라고 밖에 말할 수 없다고 생각했다. 자기 발로 제대로 설 수도 없는 주제에 어찌 마음만은 격렬하게 사람을 사모하는 걸까.

나는 그 무렵 만일을 위한 유언을 썼고 내 노래를 정리해 두었다. 유언의 중심은 내 시체를 해부해 달라는 것이었다. 이 세상에 태어나 아무런 쓸모가 없는 병자였다. 해부용 시체가 부족한 것을 의학생인 마에카와 다다시로부터 자주 듣고 있었다. 나처럼 여기 저기 결핵으로 좀먹힌 여자는 무언가의 연구에 도움되리라. 하다 못해 죽어서라도 도움이 되고 싶다는 게 나의 소원이었다.

'단까'는 결코 능숙하지 못했다. 그러나 내 나름으로 한껏 노력하며 산 모습을 역시 써서 남기고 싶었다. 자기가 살아왔던 모습을 누군가에게 보이고 싶다는 것은 누구나가 품는 평범한 소원이 아닐까? 나는 그런 노래의 노트를 손에 잡고 있었지만, 문득 생각이 나서 표지에 이렇게 썼다.

「내가 죽거든 이 노트를 미우라 미쯔요 상에게 드리세요.」

그는 나와 같은 신앙인이고, 지금은 같은 아라라기에 속했다. 그러면 나의 노래를 틀림없이 읽어 이해하여 줄 거라고 생각했다. 그리고 무엇보다 내가 지금 이 세상에서 가장 사랑하는 것은 미우라 미쯔요였다.

그때는 확실히 나의 사후에 그 노트를 보아 달라고 할 속셈이었다. 그랬는데 어째서인지 어느 날 나는 그 노트를 미우라에게 건네고 말았다. 그는 희미하니 눈살을 찌푸리고 노트의 표지를 응시하고 있었는데, 〈내가 죽거든〉이라는 글씨를 칼로 깨끗이 긁어냈다.

그는 꾸짖는 목소리로 그렇게 말하고 조용히 미소지었다. 그는 돌아가서 나의 노트를 곧 읽어 주었다. 그리고 내가 마에카와 다다시를 애도하는 노래에 몹시 감동해 주었다.

아내 같이 생각한다고 나를 안아준 그대여, 그대여 돌아오라 하늘 나라로부터.

그 중에서도 그는 이 노래를 사랑의 절창이라고 까지 말해 주었다. 그는 이 노래를 보기까지 여성의 진실을 믿을 수가 없었다고도 말했다. 그리고 또한 이 노래가 자기의 여성관을 바꾸어 주었다고도 말해 주었다.

노트에는 나의 모습이 적나라하게 나타나 있었다. 나와 마에카와의 사랑이 수없이 노래되고 있었다. 그런 서로 사랑하는 모습에 미우라는 감동했던 것이다. 그리고 한 사람의 남성을 진실로 사랑한 나의 사랑에 그도 또한 나에 대해 마음을 깊게 해 주었던 것이다.

그날은 그와 처음으로 만난 날처럼 아름답게 개인 날이었다. 나는 열어 젖혀진 뜰을 베드 위에 일어나 앉아 바라보았다. 송이가 큰 장미가 부풀어 올랐고 나는 무언가 좋은 일이 있을 것만 같은 예감이 들었다. 잊을 수 없는 7월 19일이었다. 미우라 미쯔요로부터 두툼한 봉함 편지가 왔다. 편지에는 당신이 죽는 꿈을 꾸고서 눈물 지으며 1시간 남짓 신에게 빌었다. 관청에 출근해도 얼마동안 눈꺼풀이 부어 있었다고 했으며 나의 이름에 「가장 사랑하는」 글자가 덧붙여져 있었다.

나는 반복하여 그 편지를 읽었다. 마침내 온 것이다. 기다리고 있던 것이. 나는「가장 사랑하는」글자 위에 손을 놓은 채 떨리는 마음을 억누르려고 했다. 기뻤다. 뭐라 말할 수 없는 기쁨이었다. 하지만 한쪽으론, 이래도 괜찮을까 하는 생각도 있었다. 나는 첫째로 언제 나을 지 모르는 병자이다. 그런 나를 사랑하는 그에게 어떠한 행복이 온다는 것일까. 이미 30세가 지난 그가 앞으로 몇 년이나 나를 기다린다는 것이 가능할까? 나의 기쁨은 차츰 무겁게 찍어 누르는 감정으로 바뀌어 갔다.

비록 나았다한들 나는 그의 아이를 낳을 수 있을까? 나는 그의 노래가 생각났다.

혼자 살다 세상을 마치자던 소원이 어느 순간 아버지가 되고픈 생각으로 스치노라.

그는 이전부터 독신으로 일생을 마치고 싶었던 모양이었다. 그것은 신장 결핵으로 한쪽의 콩팥을 제거했기 때문이리라. 또 신앙의 외길로 살고 싶다는 소원도 있었으리라. 할 수 있다면 이 더러움 많은 세상에 깊이 끼어들고 싶지 않다는 생각도 있었을 것이며 또한 여성이라는 것에 그 나름의 불신을 품고 있었기 때문이기도 할 것이다. 하나 그의 마음 속에서는 역시 아버지가 되고 싶다는 소원이 생생히 살아 있는 게 아닐까?

그런 것을 생각하자 나는 역시 병자인 자신을 뒤돌아 보게 되었다.

〈정말로 사랑한다는 것은 어떠한 것일까?〉

나는 펜을 잡고 편지를 썼다.

〈미우라 상, 정말이지 뜻하잖은 편지를 받고서 뭐라고 말씀드려야 좋을지 모를 정도입니다. 가장 사랑한다는 말씀을 읽고 났을 때는 기쁘다든가 분에 넘친다든가 하는 단순한 감동은 아니었습니다. 빈혈을 일으킬 뻔 했을 정도였습니다. 서 있었다면 아마 쓰러지고 말았겠지요. (중략)

저는 여성으로써 당신에게 사랑받겠다고는 원하지 않았습니다. 그것은 당신의 불행을 의미하기 때문입니다. 미우라 상, 저는 병자입니다. 당신을 행복하게 해드릴 것은 무엇하나 갖고 있지 않습니다. 저는 당신이 건강한 젊은 여성과 서로 사랑하여 결혼하실 것을 바라고 있습니다. 미우라 상. 저는 마음 속으로 은밀히 당신을 사랑하는 것만으로도 행복했습니다. 당신이 살고 계신다는 게 기뻤던 것입니다.

편지를 눈물로 적셔가면서 읽고, 눈물고인 채 기도했습니다. 하나님이 만일 저의 사랑을 용서해 주신다면 건강하게 해 주시겠지요. 그러나 지금의 저로선 생활인의 반으로 돌아가는 일마저 짐작도 못할 일입니다. 미우라 상, 당신을 진심으로 사랑하는 까닭에 당신에게 병자인 여자 따위 도저히 떠맡길 수가 없는 겁니다. 제가 병자라는 것이 장차 얼마 만큼 당신의 무거운 짐이 될 것인지 모릅니다. (중략)

과거에 사랑하는 여성과 만나시지 못한 것은, 당신이 모든 여성에게 마음을 닫고 계셨기 때문이 아닐까요? 지금의 자연스런 심정으로서 교회내의 여성이나 직장의 여성과 사귀어 보도록 해 보세요. 틀림 없이 당신의 사랑을 받기에 어울리는 기품 있고 아름다운 건강한 사람과 만날 수 있겠지요. (중략)

하나님, 부디 두 사람이 주님 안에 있으면서 더욱 더 굳건이 서고 주님을 사랑할 수 있게 하시옵기를. 주님의 뜻이라면, 일생을 주님 안에 있는 깨끗한 사랑을 갖고서 사귈 수

있게 하시옵기를. 두 사람의 나아갈 길을 부디 명백하게 주
님께서 가르쳐 주시옵고, 지금 저의 이 어지러운 마음을 용
서해 주시옵소서. 하나님이 최고·최선의 길을 준비하심을
믿을 수 있게 하옵소서. 주님의 이름으로서 아멘.

　요한 일서 4장 12절《어느 때나 하나님을 본 사람이 없으
되, 만일 우리가 서로 사랑하면 하나님이 우리 안에 거하시
고 그의 사랑이 우리 안에 온전히 이루시니라》의 성구를 선
물하겠습니다.

아야꼬

〈미우라 미쯔요님〉

11매에 이른 편지였다.
　그러나 나는 역시 약한 여자였다. 미우라의 사랑을 전혀 거
부할 만큼의 이성적일 수는 없었다. 어느 틈엔가 나는 그를 결
코 누구에게도 양보하고 싶지 않게 되어 있었다.

52

　어느 날 나의 제자가 병문안을 왔다. 그녀는 미우라와 같은
'영림국'에 근무하고 있었다. 그녀는 내 앨범을 보고 있다가
문득 앨범에 시선을 못박은 채 말했다.
　「선생님, 미우라 상을 알고 계셔요?」
　「응, 같은 크리스찬이니까.」
　나는 미우라 상이 직장에서 어떤 사람이냐고 물어 보았다.

「아주 조용한 사람이지요. 점심 때나 휴식 시간 등 혼자서 책을 읽고 있든가 하면 웬지 멋지지요. 제 친구 중엔 그런 사람과 결혼하고 싶다며 동경하는 사람이 있어요.」

그녀는 내가 미우라의 연인이라고는 눈치 채지 못했던 모양이다. 제자인 그녀로서 자기 친구가 동경하는 사람이 설마 옛날의 교사 연인이라고는 생각지도 못했을 게 틀림 없다.

「모두들 동경하고 있지요.」

미우라 미쯔요에 대해 그렇게도 말하고 그녀는 돌아갔다. 그 말을 되씹으면서 그에게 어울리는 상대는 나의 제자 연령이라고 새삼 뼈저리게 느꼈다. 두 살 연상인 나를 사랑하는 그가 딱하기만 했었다. 더욱이 그것도 병자에게.

그뒤 찾아온 그에게 나는 이렇게 말했다.

「미우라 상은 일시적인 동정으로서 저를 사랑하고 계시는 것은 아닙니까. 그것이 영웅심리는 아닌지요?」

그는 분명하게 고개를 옆으로 저었다.

「나의 심정은 한낱 영웅심리나 일시적 동정이 아닙니다. 아름다운 사람이라면 직장에도 교회에도 있습니다. 하지만 나는, 그것보다 당신의 눈물로 씻긴 아름다운 마음을 사랑하는 거예요.」

조용한 목소리였다.

「하지만 나는 보시다시피 병자예요. 사랑해 주셔도 결혼은 할 수 없어요.」

그는 곧 말했다.

「나으면 결혼합시다. 당신이 낫지 않는다면 나도 독신으로 보내겠어요.」

얼마나 고마운 말인가. 나는 정말 감동했다. 그러나 단 한마디, 역시 정직하게 말해 두지 않으면 안 될 일이 있었다.

「미우라 상, 난 다다시 상을 잊을 수 있을 것 같지 않아요.」

나는 여전히 마에카와 다다시의 뼈를 담은 오동나무 작은 상자를 머리맡에 놓고 그 옆에 사진을 장식하고 있었다. 나는 여전히 그의 일을 잊을 수 없었다. 그는 나에게 등을 돌리고 떠나간 사람은 아니었다. 죽음이라는 배의 갑판에 선 채, 나의 쪽을 응시하고 손을 흔들면서 차츰 멀어져 간 사람이었다. 나도 또한 부두에 서서 이미 보이지 않게 된 그를 향해 손을 흔들고 있는 여자다. 아무리 손을 흔들어도 이미 돌아올 사람은 아니다. 그것을 알고는 있어도 나는 여전히 손을 흔들지 않을 수가 없었다. 그런 나의 곁에서 어느 틈엔가 몸을 붙이듯이 서 있었던 게 미우라 미쯔요였다. 그 얼굴도 신앙이나 사상도 마에카와를 너무나도 잘 닮은 미우라였다. 닮았다는 것이 다시금 나를 주저케 만든다. 나는 미우라를 통해 마에카와를 여전히 사랑하고 있는 게 아닌가. 결코 그렇지는 않다고 생각하면서 역시 납득되지 않는 생각도 있었다.

미우라는 그런 나에게 말했다.

「당신이 다다시 상의 일을 잊지 않는다는 게 중요한 것입니다. 그 사람의 일을 잊어서는 안 됩니다. 당신은 그 사람에게 이끌려 크리스찬이 된 겁니다. 우리들은 마에카와 상에 의해 맺어진 겁니다. 아야꼬 상, 마에카와 상이 기뻐할 두 사람이 되도록 합시다.」 미우라의 눈은 눈물로 반짝였다. 나는 그의 손을 잡았다.

「하나님, 당신의 뜻대로 해 주세요. 부디 저희들의 사랑을 깨끗이 하고 높여 주세요.」

두 사람은 단단히 손을 잡은 채 기도했다.

53

미우라는 그 이후로 토요일에도 나를 병문안해 줄 뿐, 특별히 병문안의 수를 늘리는 일은 없었다. 병문안 시간도 대개 1시간 쯤이고 결코 오래 있지는 않았다. 나를 병문안해 주는 벗들 중에는 3시간이나 4시간 이야기하고 가는 사람도 드물지 않았다.

「미우라 상 당신이 제일 빨리 돌아가세요.」

나는 미우라에게 그런 원망을 하는 일도 있었다.

「요양에 방해가 되어서는 안 되니까요.」

그는 그렇게 말하며 결코 인정에 이끌리거나 하지 않았다. 그는 찾아오면 나의 병세를 묻고 성경을 읽고 찬송가를 부르고 신앙이나 단까 등에 관해 이야기했다. 그리고 시간이 되면 함께 기도하고 돌아가는 변함 없는 담담한 태도였었다.

그 자신 오래 않은 일이 있는 탓인지 방문객에 의한 피로를 늘 배려하고 있었으리라. 악수를 하고 있을 때에도 내 손에 악수 때문에 힘을 주는 일조차 그는 겁냈다. 체력 전부를 투병에 기울여 주기를 늘 바라고 있었던 것 같다.

「믿음이란 바라고 있는 사항을 확신하고 아직 보고 있지 않은 사실을 확인하는 일이다.」

하는 성경의 말씀을, 어느 날 그는 종이에 써서 가져다 주었다. 그리고 스스로 액자에 넣고 나를 격려해 주었다. 더욱이 만날 적마다

「반드시 낫습니다.」

그렇게 격려하는 것이었다. 그 탓인지 오랫동안 밖에 나갈 수 없었던 나도 차츰 체력을 키우고 그를 현관까지 배웅할 수 있는 정도까지 회복되었다. 물론 화장실에도 스스로 갈 수 있게 되었다. 화장실에 처음으로 갔을 때의 기쁨을 뭐라고 표현하면 좋을까. 조금 쯤 걸을 수가 있었던 나는 깁스에 오랫동안 누워 있었기 때문인지 처음 한 동안은 몸을 웅크리며 앉을 수가 없었다. 비틀거리면서 몇 번이나 연습하고 마침내 굽힐 수가 있게 되었을 때의 기쁨. 몇 년만에 화장실의 도어를 열게 되는 것인가 하며 나는 눈물지어 가면서 화장실에 들어갔다. 그리고 방에 돌아왔을 때 나는 이제 누구한테도 변기를 치워 달라고 부탁하지 않아도 된다고 생각하자 기뻐 견딜 수 없었다.

건강했을 때 얼마나 무의식으로 살고 있었던 것인가 하고 그때 나는 곰곰이 생각했다. 화장실에 가는 일만 해도 결코 예사로운 일이 아닌 것만 같은 느낌이 들었다. 걷는 것도 서는 것도 결코 쉬운 일은 아니었다고 나는 생각했다. 전국에 얼마나 많은 부자유한 사람들이 있는가. 오늘도 내일도 다만 자기의 발로 서고 싶다 바라고, 자기가 원하는 곳에 가고 싶다고, 단지 그것만을 소원하여 누워 있는 사람들이 지금껏 얼마나 많을까.

나는 서서히 앉아서 식사할 수도 있게 되었다. 지금까지는 반듯하게 누운 가슴에 쟁반을 얹고 그 쟁반을 거울에 비치면서 먹지 않으면 안 되었다. 그것이 눈 아래 직접 상을 볼 수가 있는 것이다. 얼마나 멋들어진 일이었던가. 그것은 정말로 가슴이 떨리는 기쁨이었다. 나는 지금이라도 때때로

〈아, 나는 지금 내 눈으로 밥상을 보면서 먹고 있는 것이

다.〉

하고 별안간 생각하는 일이 있다. 그러나 버릇된다는 일은 무섭다. 걷는 일, 앉는 일, 화장실에 가는 일, 그 하나하나에 감격한 당초의 것을 나는 어느 틈에 잊어 버린 듯한 느낌이 든다.

여기서 생각났지만 내가 꼼짝 못하고 누워 있었을 무렵 친구가 찾아와서,

「오늘 밤의 달은 아름다워, 보여 줄까?」

하고 말했다. 그래서 손거울을 두 개 사용하여 그 달을 포착하며 나에게 보여 주려는 것이었으나 아무리 하여도 나의 손거울에 달을 비치게 하지 못했다.

「되었어요. 정말, 고마워요.」

열심히 달을 보여 주려는 친구에게 나는 그렇게 말하고 문득 쓸쓸해졌던 것이다.

하나 깁스 베드에서 처음으로 일어나고 툇마루에서 바라본 달과 별이 아름다웠던 일, 이 세상에 이렇듯 아름다운 것이 있었는가 하고 나는 외치고만 싶은 심정이었다. 그리하여 사람들은 이런 달이나 별의 아름다움을 깨닫지 못하는 게 아닌가 하며 무엇인지 견딜 수 없는 느낌이 들었던 것이었다.

긴 요양 생활에 의해 주어진 이 하나 하나의 기쁨은, 자칫하면 일상 생활 속에서 잊어 버리고 만다. 그러나 때때로 뜻하잖을 때에 [아아, 나는 내 발로 걷고 있다]든가 생각할 수 있음을 역시 고마운 일이라고 생각한다. 그래서 그것은 결코 잊어서는 안 될 일이라고 생각한다. 지금도 아직 전세계에서 얼마나 많은 사람이 절대 안정의 생활을 강요받고 있는지 모르는 것이므로.

54

　나와 미우라 미쯔요의 아무런 풍파없는 교제는 이런 가운데 조용히 계속되었다. 그런 어느 날, 그것은 아마도 눈이 내리기 시작한 무렵이 아닌가 생각된다. 그가 열흘 쯤 지방으로 출장 갔다.

　그는 출장으로부터 돌아오자 서표(書標 : 책갈피에 끼워두는 잎사귀 따위)나 과일 등의 선물을 가져다 주었지만 동시에 포켓에서 한 통의 편지를 꺼냈다. 무심코 그 편지를 받고서 나는 섬칫했다. 그것은 아름다운 여자 글씨의 편지였다. 그는 말했다.

　「두 사람 사이에는 아무리 작은 일이라도 숨기는 게 없는 편이 좋다 생각했으므로 가져왔지요.」

　역시 보낸 사람은 여성이었다. 나는 재촉받고서 편지를 읽었다. 그것은 오랫 동안 그를 사모하고 있던 여성의 아름다운 마음이 아름다운 문장으로 고백되고 있었다. 나는 마음이 찢기듯 아팠다. 이 젊고 건강한 여성이야말로 그의 반려자로서 어울리는 사람이 아닐까. 편지의 내용을 보아도 여자다움과 총명함이 풍부히 넘쳐 있었다. 더욱이 그녀는 미우라 미쯔요라는 인격을 잘못 없이 포착하고 존경하고 있다.

　「답장을 주셨어요?」

　나는 쓸쓸한 심정으로 물었다.

　「아뇨, 어젯밤 출장에서 돌아왔더니 편지가 와 있어서」

　그렇다면 이 여성은 1주일 이상이나 그의 답장을 기다리고 있는 것이 된다. 가부간에 답장이 기다려질 거라고 나는 생각했다. 미우라는 또 말했다.

「나는 언제나 바람이 불기 전에 문을 닫는 편이죠. 이 사람과도 단둘이서 이야기를 한 일은 없습니다.」

그러며 그는 나의 일을 이 여성에게 알리겠다고 말하며 돌아갔다.

나는 그가 정말로 나의 존재를 분명히 알릴 수가 있을까, 하고 생각했다. 여성이든 남성이든 남으로부터 사랑받는다는 것은 즐거운 일이다. 더욱이 그 여성은 아무리 보아도 나보다 뛰어난 사람으로 생각되기만 했다. 그런 만큼 그의 태도가 위태롭게 여겨졌다. 하나 그런 일을 조금이라도 걱정하는 내 자신이 싫었다. 미우라라는 사람은 그런 엉터리 인간은 아니다. 나는 누구보다도 그것을 잘 알고 있을 터이다. 그런 미우라를 조금이라도 의심한 것을 나는 부끄럽게 생각했다.

며칠 후 그는 다시 이 여성의 편지를 가져왔다. 그것은 진심이 담긴 참으로 아름다운 편지였다.

「병 중이신 사람을 사귀고 계시는데 정말로 실례된 말을 올렸습니다. 하루라도 빨리 회복하셔서 두 분이 행복해 지기를 진심으로 기도드리겠습니다.」

나는 감동했다. 나는 나의 일을 조금도 숨기지 않고 이 사람에게 알린 미우라 미쯔요의 태도도, 그런 미우라에게 이런 편지를 쓸 수가 있었던 여성의 마음에도 깊이 감동했다.

깊이 감동됨과 함께 나는 그 여성에게 미안하다고 생각했다. 그리고 인간은 얼마나 자기도 모르는 사이에 남을 아프게 해주고 슬프게 만드는 것일까 생각지 않을 수가 없었다. 만일 나라는 인간이 없었다면 미우라는 이 여성과 결혼했을 지도 모르는 것이다. 그렇다고 하면 나는 이 여성을 밀어 젖히고서 살고 있다는 것이 되지 않을까. 이 세상에서 한 사람의 인간이 존재한다는 것은 이와같이 유형 무형의 밀어젖히며 살고 있다는 것이 된다. 너무 뽐내서는 안 된다고 나는 곰곰이 생각했다.

그것이야 어쨌든, 당시 30을 지난 미우라에게는 물론 혼담이 몇 개나 있었다. 그를 위하는 직장의 상사로부터도 결혼의 권유는 있었다. 하나 그때마다 미우라는 분명히

「정한 사람이 있습니다.」

고 말하며 거절해 주었다. 언제 완쾌할지 모르는 나의 일을 언제고 당당히 그렇게 잘라 말해 준 그를 생각할 때, 나는 고맙다든가 기쁘다든가 하는 그런 말을 초월한 깊은 감동을 지금도 느끼는 것이다.

55

나의 병실은 여전히 남자나 여자 친구로 번화했었다. 그런 사람들과 나는 주로 성경 이야기를 했다. 때로는 모임을 가지기도 했다. 개중에는 성경을 손에 잡은지 고작 두 달만에 그리스도를 믿은 의학생도 있었다. 그는 현재도 여전히 열렬한 신자이다.

미우라 미쯔요의 사랑과 격려에 보답하고 수많은 우정에 응답이라도 하듯이 나의 몸은 더욱 원기 있게 회복되었다. 외출하는 일도 가능해졌다.

하지만 어쩐 일인지 쇼와 32년[1957]의 가을 무렵부터 나는 환각을 보게 되었다. 나의 그런 환각은 잠이 깰 임시, 눈은 이미

뜨여져 있는데 중국의 장식물과도 같은 빨강이나 녹색의 물체가 공중에 보이는 것이다. 그것이 어느 때는 쇠머리이든가 또 어느 때는 불단이든가 했다. 그리 긴 시간의 환각은 아니었지만 기분이 좋은 것은 아니었다.

의사인 친구는 나에게 연신 북대의 정신과 진찰을 권했다. 그러나 나는 망설였다. 이걸로서 여덟번째의 입원이 되는 셈인데, 그리 가족의 폐만 끼칠 수도 없었다. 한편 입원하고 싶은 심정도 있었다. 건강하게 되었다고는 하나 당시 나의 열은 37도 4분을 밑도는 일이 없었다. 미우라와 결혼한다 하여도 여기서 일단은 정밀 검사를 받는 일이 필요했다. 추운 겨울에 입원하는 것은 싫었으므로 내년에 따뜻해지고 나서 하기로 정했다. 그 정도의 기간이 있으면 나의 발 제작 아르바이트로 조금은 저금이 된다고 생각했다. 미우라와 친구인 의사도 의료비를 대준다고 말했지만 되도록이면 신세를 지고 싶지 않았다.

이리하여 이듬해인 쇼와 33년[1958] 7월 북대 병원에 입원했다. 결핵으로서 오랫동안 누워 있던 인간이라고 하면 사람들은 창백한 여자를 상상할 지도 모른다. 그러나 나는 누워 있던 당시부터 어느 쪽인가 하면 다갈색의 얼굴을 하고 있었다. 의사 중에는 곧잘 얼굴빛이 이렇게도 좋으니까 누워 있을 것은 없다고 핀잔을 주는 사람도 있었다. 몇 년이나 햇빛을 쬐지 않았건만 그을린 것 같은 것은 이상하다고 친구들은 말했다. 친구인 의사도 부신(副腎)에 이상이 있는 게 아닐까 했으며 그것도 조사하게 되었다.

입원은 확실히 7월이었다고 생각한다. 8회의 입원 생활 중 이 입원이 가장 즐거웠다. 왜냐하면 나는 이미 절대 안정을 해야 하는 것이 아니고 2백미터 정도라면 걸을 수도 있었기 때문이다. 잡역 아줌마에게 부탁할 일도 없었다. 세면장에도 갈 수 있었고, 화장실에도 갈 수 있었다. 이는 참으로 즐거운 일이었다.

하나 매일 아침 세면장에 가면서 나는 이상하게 여기는 것이 있었다. 아무도 다른 병실 사람과는 이야기를 나누지 않는 것이었다. 아니 이야기는 커녕 아침 인사도 않는다. 모두들 아침부터 우울한 듯이 이를 닦든가 얼굴을 씻든가 했다. 스스로 세면을 할 수 있는데 이런 얼굴로서 시작하는 하루라면 오죽이나 보람 없는 것일까 하며 나는 생각했다. 나는 세면장에 가면 반드시 큰 목소리로 인사를 했다.

「안녕들 하세요.」

아무도 인사에 대꾸하는 사람이 없었다. 그러나 나는 이튿날도 계속했다. 여전히 똑같았다. 하나 나는 포기하지 않고 매일 아침 인사했다. 1주일 정도 지났을 무렵 겨우 인사에 대꾸하는 사람이 나타났다. 옳거니 싶었다. 나는 재빨리 그 사람에게

「병세는 어떠세요?」

라고 물었다. 마침내 이런 날이 계속되자 아침 세면장의 공기는 변하고 있었다. 1등실의 환자도 보통병실의 환자와도 친해졌고 기분이 좋은 환자는 저녁 식사 후 서로의 병실을 방문하게 되었다.

이곳에도 또한 갖가지의 병자가 있었지만 나만큼 오랜 세월 투병 중인 환자는 한 사람도 없었다. 가장 길어야 6년이었다. 만 12년인 나의 반인 셈이다. 내가 오랜 세월 투병했다는 것만으로 사람들은 차츰 자기 자신의 병을 그다지 무겁게 생각하지 않게 되었다. 나는 내가 오랫동안 누워 있던 일이 남들의 위안이 되었음을 기뻐했다.

나의 병실엔 여섯 명의 환자가 있었다. 「맥없는 병」을 앓는 부인이 어느 날 말했다.

「당신이 입원하고나서 매일이 즐겁기만 해요. 나도 1년 입원
　하고 있지만 이렇게 즐거운 적은 없었어요.」

라고 말해 주었다. 나는 없는 머리를 쥐어짜며 매일 병실의 사
람을 즐겁게 해 주는 일을 생각했다. 놀러온 남자 환자의 등에
여배우의 사진을 살며시 붙이고 그 옆에 「이것은 나의 애인입
니다」고 써 두었다. 장난의 대상이 된 환자야말로 피해자이다.
아무 것도 모르고 자기 병실로 돌아가 폭소를 자아냈다. 그러
나 그런 일로서 오히려 우리들과 친해지고 저쪽도 또 보복할
장난을 생각했다. 이런 식으로 나는 조금이라도 병에서 눈길을
돌리고 싶었다. 병이라는 것을 잊고 있다면 최소한 그 동안은
병자가 아니니까.

　그러는 사이 밤이 되면 「하나님 이야기를 해 줘요」라는 환자
도 나타났다. 이야기를 하고 있으려니까 나의 침대 주위에는
반드시 몇 명인가 모였고, 열심히 귀를 기울여 주었다. 나는
그 진지한 얼굴에 무언가 가슴이 아픈 느낌마저 들었다. 어떤
사람이던 모두 무언가를 구하고 있다고 새삼 생각지 않을 수
없었다.

　이런 어느 날 밤 나는 잠이 오지 않아 간호사 대기소로 약을
얻으러 갔다. 이미 사람들은 잠잘 시간이었다. 그러자 그곳엔
나와 마찬가지로 잠못 이루는 젊은 남자 환자가 와 있었다. 잠
못 이루는 사람끼리 그곳의 긴의자에 앉아 이야기를 시작했다.
체력이 우람한 그 젊은 사내는 연신 자기가 야쿠자라는 것을
자못 힘주며 지껄였다.

　「나를 모두 망나니라고 생각하며 무서워하고 있지요.」

　「그래요, 하지만 귀여운 얼굴을 하고 있군요.」

　「나는 말이요, 도쿄의 시부야에서 싸움을 한 일이 있소. 엄
　청난 난투였지, 백양사 옆에서.」

「어머, 난 백양사를 알고 있어요. 그 가게를 창립한 사람은 아주 훌륭한 사람이죠.」

무슨 말을 하여도 나는 조금도 무서워하지 않았다.

이윽고 그는 가버렸다. 간호사가 말했다.

「당신, 용케도 무서워하지 않네요. 그 사람 무시무시해요. 마음에 들지 않으면 가져간 밥상을 들러엎든가 하거든요.」

하며 형편 없는 난폭자라고 했다. 더욱이 한번은 강제 퇴원을 당했다든가. 하지만 그 젊은이도 결국은 남에게 사랑받고 싶은 쓸쓸한 사람일 거라고 생각했다. 그리하여 1시간 쯤 그와 이야기를 하는 동안에 그가 한 말을 생각했다.

「난 당신이 생각하는 일, 대강은 짐작이 가요. 당신은 하나님을 믿고 있겠지? 나도 어렸을 때 카톨릭 주일 학교에 다녔으니까 대강은 짐작이 간단 말이요.」

그 말에는 어딘가 부드러운 울림이 있었다.

그리고 며칠인가 지나고서 세면장에서 크게 지르는 소리가 들렸다. 얼굴을 씻기는 간호사에게 무엇이 마음에 들지 않는지 한 사나이가 고함을 지르고 있었다. 나는 복도를 지나가면서 큰 목소리로 꾸짖었다.

「누구예요. 남에게 세수를 해달라면서 뽐내는 사람이?」

「무엇이!」

의자에 앉았던 사내가 획 돌아서 이쪽을 보았다. 며칠 전 야쿠자라고 떠들었던 사내였다. 그가 나를 보자 겸연쩍은 듯이 웃고 다시 돌아앉았다. 그리고 그는 그대로 순순히 머리를 감게 했다.

나의 친구인 의사가 이전에 그의 담당이었음을 나중에 알았다.

「그 녀석, 동생처럼 귀여워.」

　친구는 그렇게 말하고 있었다. 나는 불량배라는 인간을 꾸짖은 것은 이때가 처음이었다.

　나는 다행히 뇌파에는 이상이 없었다. 다만 복막이 유착되어 있기 때문에 부인과가 좀 나쁘다는 걸로서, 의사는 초단파를 비추어 주었다. 이 요법이 의외로 효과를 보아 열은 내리고 얼굴색도 희어졌다. 그 뒤로는 아사히까와로 돌아가 초단파를 계속하면 된다고 했다. 그 동안 미우라는 쉴새없이 격려의 편지와 입원 비용의 일부를 보내 주었다. 덕분에 나는 예정보다도 느긋이 입원하여 원기 있게 회복할 수가 있었다.

　이전에 삿포로에 입원했을 때는 한 사람의 친지도 없던 나였지만, 이번 입원에선 백 명 이상의 사람이 병문안을 와 주었다. 그것은 이전에 입원하고 있던 무렵에 얻은 신앙의 선배들이 대부분이었다.

　하지만 나의 마음 속에 아직도 일말의 쓸쓸함이 있었던 것은 물론이다. 예전에 마에카와 다다시가 배운 북대, 그리고 그와 함께 진찰한 적이 있는 북대병원 그곳에 입원한 나에게 쓸쓸함이 없었을 리가 없다. 또한 나를 병문안해 주었던 니시무라 선생은 이 많은 벗들 중에 이미 안 계시는 것이다. 그러나 나는 선생이 병자를 위로하듯이, 마에카와가 사람들을 사랑했듯이 나도 그렇게 되고 싶다고 원하지 않을 수 없었다.

　약 두 달의 입원 생활을 끝내고 나는 나를 기다리고 있는 미우라나 부모한테로 돌아갔다.

56

북대 병원을 퇴원하여 아사히까와에 돌아온 나는 정밀 검사의 결과를 가족이나 미우라에게 보고했다. 혈담이나 각혈로서 죽음의 공포를 자주 나에게 준 공동이 바야흐로 완전히 나아 있다는 것, 카리에스도 7년에 걸쳐 깁스 베드에서 인내한 덕분으로 멋지게 나았음을 서로 기적이라고 함께 기뻐했다.

다만 결핵성 복막염으로 부인과 쪽이 조금 침범되어 있기 때문에 계속해서 초단파 요법을 아사히까와의 병원에서 받게 되었다. 매일하는 통원이 나의 몸을 점차로 단련시켰다. 40킬로그램 남짓이던 체중이 어느 덧 50킬로그램까지 늘었다.

새해가 되어 쇼와 34년(1959)의 정월이었다. 미우라가 제일 먼저 신년 축하를 와 주었다. 신년 초의 예배를 단둘이 가졌다. 성경을 함께 읽고 찬송가를 부르며 함께 기도했다.

「내년 정월에도 와 주시겠지요?」

인절미를 먹고 있던 그는 젓가락을 멈추더니 잠자코 고개를 옆으로 저었다.

「어머! 와 주시지 않아요?」

나는 놀라며 그를 보았다.

「내년 정월엔 둘이서 이 집에 인사하러 옵시다.」

「예? 둘이서!」

그의 말에 나는 가슴이 쿵내려 앉았다. 뭐라 말할 수 없는 기쁨이 가슴에 치밀었다.

미우라가 돌아간 뒤 나는 어머니에게 그의 말을 전했더니 저녁 식사 때 어머니가 아버지께 말씀드렸다.

「여보, 금년엔 장농을 사야만 하겠어요.」

「장농을? 어째서이지.」

「글쎄 아야짱이 시집을 간대요.」

「아야꼬가 시집을? 상대는 누구야, 인간인가?」

아버지는 결코 농담을 말씀하셨던 것은 아니다. 오랫동안 누워 있던 딸이다. 지금도 아직 하루의 태반을 베드 속에서 보내고 있는 것이다. 나이는 38세나 되어 있다. 이런 나에게 결혼 상대가 있으리라고는 친아버지조차 생각도 못했으리라. 세상의 일반 남자가 이런 딸을 데려가 주다니 아버지로선 상상도 할 수 없었던 것이다. 나는 새삼 진실한 사랑에 감동했다.

「미우라 상이 아야꼬를 데려간대요.」

어머니가 말하자 아버지는 기운 없이 말했다.

「하지만, 미우라 상에겐 부인이 있잖아?」

우리 집에는 젊은 청년이며 기혼의 남성 등이 몇 사람이나 드나들고 있었다. 미우라는 그 정월로서 36세였다. 연배로 보거나 그 침착한 행동으로 보거나 기혼자로 여겨졌으리라.

하지만 모든 것을 알았을 때 아버지는 눈시울을 붉히셨다. 세 사람은 저마다의 생각 속에서 젓가락 놀리는 것도 잊고 있었다.

1월 9일, 그의 형님이 정식으로 혼담을 갖고 와 주셨다. 나는 나같은 자를 동생의 아내로 허락해 주신 미우라의 형님에게 진심으로 감사했다. 미우라는 초혼이고 공무원이다. 지금까지 몇 번 혼담도 있었는데 그때마다 그것을 물리치고 나를 기다려 주었던 것이다.

만일 내 동생이 나을 지 안나을 지도 모르는 연상의 병자를 기다리고 있다면, 나는 대체 뭐라고 말할까?

「그런 꿈 같은 일이 실현될 까닭이 없어. 너도 나이를 더 먹
기 전에 다른 사람과 결혼하는 게 어떠니?」

아마도 그런 말을 했을 게 분명했다. 실제 나의 친구인 의사
도 두 사람의 결혼에 반대했다. 친구는

「당신의 몸이 지탱할 수 없으니까.」

하며 위태롭게 여기는 것이었다. 또 어떤 목사는 말했다.

「결혼은 현실입니다. 꿈과 같은 말을 해서는 안 됩니다.」

전혀 남조차 나의 몸을 염려하고 그를 위해서 충고했던 것이
었다. 정말이지 옆에서 보기에 위태위태한 일이었을 게 틀림
없다. 그러나 그의 형님은 이렇게 말했다고 한다.

「좋아하는 사이라면 인연을 맺고서 사흘만에 죽더라도 서로
가 원이 없을 거야.」

어려서 부모를 여읜 미우라는 형님이 부모 대신이었다. 이
따뜻한 말은 우리들을 얼마나 격려했던 것일까.

약혼식은 1월 25일로 정했다. 당시 우리들의 약혼식은 교회
식구 일동 앞에서 올렸다. 두 사람의 약혼을 교회 식구가 축복
하고 두 사람이 결혼에 이르기까지 깨끗하고 진실하게 살 수
있도록 곁에서 지켜 주는 것이다. 약혼자끼리도 깨끗한 교제
속에서 남편이 되고 아내가 되는 날을 위해 보다 신앙에 힘쓰
는 것이다.

약혼식은 1월 25일 주일이었다. 신 앞에서 약혼을 맹세하고
목사님이 기도해 주셨다. 그리고 우리는 약혼 반지가 아닌, 두
툼한 신구약 성경을 교환했다. 성경의 속표지에는 이렇게 쓰여
있었다.

〈약혼 기념

1959년 1월 25일

아야꼬

미우라님〉

　그도 똑같이 내 이름을 썼다. 약혼식에 성경을 교환한다는
것은 의미깊은 일이었다. 두 사람 일생이 하나님의 말씀에 의
해 인도되는 것을 의미하는 것이다.

　　빗발같이 쏟아지는 박수를 받는 우리들
　　약혼의 표시로 성경을 서로 나누면서.

　그의 집에선 형님 부부, 나의 집에서는 부모와 셋째 오빠가
참석해 주었다. 약혼식을 끝낸 우리들은 주례가 되어 주신 아
사히까와 니죠교회의 '다께우찌 아쓰시' 목사 부처의 댁으로
보고를 하러 갔다.

　　내리는 눈이 진눈깨비로 바뀐 거리를 걷는다.
　　오늘부터 그대는 나의 약혼자

　정말 이상한 날씨였다. 아사히까와로선 드물게 심한 눈보라
가 몰아쳤다. 눈이 옆으로 날리며 얼굴을 때렸다. 그러자 그
눈은 금세 비가 되고 또 싸락눈이 되었다. 무언가 두 사람의
다난한 앞날을 예고하는 듯한 악천후였다.
　그러나 나는 문득 하늘을 올려다 보고 놀랐다. 얼마나 이상
한 일인가. 하늘은 바람과 눈과 비와 싸라기가 내리는 복잡한
날씨이건만, 넓은 구름 사이로 태양은 찬란히 빛나고 있는 것
이다. 나는 니시무라 선생에게 들은 말이 생각났다.

「구름 위에는 언제나 태양이 빛나고 있지요.」

나는 정말 그렇다고 생각했다. 두 사람의 일생에는 어떠한 악천후가 있을지 예측못한다. 그러나 어떠한 악천후라도 그 검은 구름 위에는 반드시 태양이 빛나고 있는 것이다. 구름은 이윽고 지나가리라. 하지만 태양은 떠나가는 일이 없다. 우리들은 우리들의 태양인 하나님을 결코 잊어서는 안 된다고 가슴에 깊이 새겼다. 나는 하나님이 두 사람을 축복하며 두 사람에게 날씨를 통해 가르쳐 주시고 있는 것만 같은 느낌이 들어 기뻤다.

57

결혼식은 5월 24일 일요일로 정해졌다. 그런데 결혼식 보름쯤 전에 돌연 37도의 열이 났다. 미우라는

「아무 것도 새로 만들거나 하지 않아도 좋아요. 침구도 지금까지 자고 있던 것이라도 괜찮아요.」

라고 말했지만, 그럼에도 나는 이것저것 결혼 준비에 힘썼다. 그 피로라도 있었던 것일까 열은 좀처럼 내려가지 않았다. 의사는 페니실린을 놓았고 크로마이신을 주었다. 하나 여전히 열은 내리지 않았다. 3일 지나고 4일이 지나자 나는 불안했다. 결혼식까지 앞으로 10일 밖에 안 남았다. 만일 열이 내리지 않는다면, 그렇게 생각하고 아무리 안정하고 주사를 계속 맞아도 여전히 고열이었다.

편지 왕래를 하던 각지의 친구들로부터는 연일 결혼축하나

기념품이 보내져 왔다. 친척은 삼면경이나 장농을 보내 주었다. 그러한 물건들에 둘러싸여 누워 있으려니까 더 한층 마음이 초조했다. 이미 결혼식의 안내장도 발송했다. 준비는 모두 갖추어져 있는데 원인불명의 열이 며칠이나 계속되자 아버지도 어머니도 안절부절했다.

「필요한 것은 반드시 주어진다.」

나는 장농이나 삼면경을 바라보면서 그렇게 생각했다. 만일 미우라와의 결혼을 하나님이 용서해 주시지 않는다면 이런 물건들도 주어지지 않았으리라. 그렇게 생각하면서도 열이 10일이나 계속되자 나는 확신을 가질 수 없게 되었다. 앞으로 4일 안에 열이 내린다 하여도 도저히 식을 올릴 체력은 없으리라. 역시 이 결혼은 하나님이 허락하시지 않는 것일지도 모른다. 나는 차츰 비관적이 되었다.

하나 그런 중에서 단 한사람 미우라만은 태연했다.

「반드시 예정대로 결혼식을 올릴 수 있어요. 우리들을 맺어 주신 하나님을 믿읍시다.」

그의 말은 확신에 넘쳐 있었다. 퇴근길에 매일 나를 병문안하면서 그는 한번도 불안스런 빛을 보이지 않았다.

정말로 열은 내릴까, 식은 올릴 수 있을까? 나는 믿을 수가 없었다. 이틀 전이 되었다. 아버지는 마침내 먼 곳의 친척에게 결혼식 연기의 전보를 치자고 말했다. 최후의 최후까지 나는 부모에게 걱정을 시켰던 셈이다. 나도 아버지의 말에 동의했다. 그러나 미우라는 염려 없다고 말했다. 나는 여전히 불안했다. 당일이 되어 내가 일어날 수 없다면 결혼식은 대체 어떻게 될까? 멀리서부터 모여 준 사람들은 어떻게 되지? 생각할수록 걱정이었다.

하나 미우라의 확신에 넘친 태도는 끝내 바뀌지 않았다. 마침내 모든 일은 그의 확신대로 되었다. 결혼식 전날이 되자 나의 열은 거짓말처럼 내렸다. 페니실린에도 크로마이신에도 내리지 않던 열이 씻은 듯이 내리고 말았던 것이다. 그것은 기적적인 것이기도 했다. 더욱이 열 며칠이나 열이 계속되었건만 몸의 심지까지 확 풀린 것처럼 피로가 완전히 사라지고 없었다. 부모님들은 기뻐하셨다. 나는 새삼 자신의 불신앙을 부끄러워했다.

　「확신을 포기해서는 안 된다. 확신에는 크나큰 보답을 동반한다」

라고 성경에 있음을 나는 잊고 있었던 것이다. 하나님은 내가 결혼하기 위해 가장 필요한 「신에의 완전한 신뢰」를 기대하고 계셨는지도 모른다. 그러나 나는 그런 신뢰를 잃고 다만 걱정하고 있었을 뿐이다.

　「모든 것은 하나님의 뜻대로 되게 하옵소서. 인간의 눈에는 나쁘다고 보이는 일에도 감사를 갖고서 좇을 수가 있게 하옵소서.」

　이것은 당시의 나로서 가장 큰 기도였을 터이다. 하나님이 하시는 일에 대한 유순한 신앙, 나는 그것을 갖고 있다고 자만하고 있었다. 그런데 그것이 열 며칠 동안의 열에 의해 맥 없이 무너졌던 것이다. 나는 새삼 하나님이 하신 일에 감사했다. 그리고 결혼을 앞두고 다만 물질적인 일에만 마음 빼앗기고 있었음을 부끄러워 했다. 가장 중요한 하나님에의 신뢰를 잊고 허둥지둥 날을 보내고 있는 나에게 하나님은 2주간의 원인불명인 열을 내려 주셨던 것이다. 나는 미우라의 신앙에 의지하여 결혼식을 올리는 것만 같은 느낌이 들어 진심으로 부끄러웠다.

58

마침내 5월 24일 아침은 밝았다.

전날은 아사히까와로선 드문 강풍이 불고 있었다. 아사히까와의 오월 바람은 춥다. 이런 추위에선 웨딩드레스가 오죽이나 추울까? 나는 걱정하고 있었다. 그런데 당일은 아침부터 땀이 날 만큼의 바람 하나 없는 좋은 날씨였다. 마치 병 앓고난 나를 따뜻이 감싸 주는 듯한 축복의 날씨였다. 그전에도 그후에도 이렇게 놀라운 5월의 날은 한 번도 없었다 해도 지나친 말은 아니리라.

웨딩마치가 울려퍼지는 교회당을, 나는 그와 함께 조용히 단상으로 나아갔다.

　내 가는 길 언제 어떻게
　될지는 꿈에도 모르지만
　주님의 거룩한 마음대로 되리라.

우리들 두 사람이 선정한 찬송가가 회중 일동에 의해 불려졌다. 신랑인 그는 35세, 신부인 나는 37세, 둘다 초혼이다. 그것만으로도 세상의 보통 젊은 사람의 결혼과는 다른 것을 사람들은 느꼈으리라. 더욱이 그 자리에 모인 사람들은 나의 긴 요양 생활을 알고 있는 것이다. 서로의 어버이, 형제자매, 친척 외에 손님 중에는 나의 많은 벗이 있었다. 일찍이 자살 미수를 한 리에, 나의 결혼에 반대한 의사 친구, 병상의 나에게 익명으로 송금해 주고 있던 제자 '하시모토 나리오', 언제나 나의 병상에 와 있던 사람들, 발 제작의 일을 도와 주고 있는 사람들, 그리고 나를 그리스도로 이끌어 준 죽은 마에카와 다다시의 어머님 마에카와 부인.

사람들은 갖가지의 생각으로 두 사람의 기쁜 모습을 축복해 주었으리라.

때때로 강한 라이트가 번뜩였다. 지난 날의 병실 동료로서 지금은 크리스찬이 된 '쿠로에 쓰토무' 형이 오랜 병상에서 해방된 나에게 축하의 뜻으로 8미리를 촬영해 주고 있었던 것이다.

「병들 때도 건강할 때도 그대는 아내를 사랑하겠는가, 또 남편을 사랑하겠는가.」

주례 '나카지마 마사테루' 목사의 말에 우리들은 깊이 끄덕였다. 나는 끄덕이며 생각했다. 그것은 건강인이 해야할 맹세가 아닐까. 미우라는 일찍이 한 번도 나의 건강한 모습을 본 일이 없었다. 그가 사랑한 것은 오랜 세월동안 침대 옆에 변기를 두고 깁스 베드 속에 드러 누워 있던 내가 아니었던가. 그는 병들 때의 나를 깊이 사랑하고 5년에 걸쳐 나를 기다려 주었던 것이다. 깊은 감동이 나의 마음을 겸허하게 만들었다. 나는 정말로 그의 좋은 아내가 되자고 어린이와 같은 순수한 마음으로 하나님께 맹세했다.

식후 예배당 아래의 유치원 홀에서 축하회가 열렸다. 작은 홀에선 120여 명의 사람들이 가득차 있었다. 회비는 100엔이다. 케이크를 넣은 상자와 홍차 뿐인 조촐한 축하 모임이었다. 그러나 모여 준 사람들은 진심에서 우러나는 축사를 해 주었다.

우선 첫째로 중매이신 '다께우찌 이쓰시' 목사가 인삿말을
했다. 다께우찌 선생은 되도록 이 모임을 빨리 끝내고 약한 두
사람을 해방시켜 주라고 하셨다. 이 선생은 그때까지 내가 소속
한 교회의 목사로서 우리들의 건강을 지금에 이르기까지 항상
걱정해 주시는 고마운 분이다.

이어서 테이블 스피치가 시작되고 이윽고 마에카와 부인이
나의 소속하는 교회측을 대표하여 일어났다.

「아야꼬 상, 축하해요. 이렇게 튼튼해 지는 날이 오리라고는
꿈에도 생각지 못했습니다. 뭐라고 말씀드려야 좋을지 다만,
다만 기적 같아요.」

눈물로 떨리고 있던 부인의 목소리는 거기서 끊겼다. 나는
놀라서 얼굴을 들었다. 부인은 눈에 가득 눈물을 글썽이며 입
술을 깨물고 격렬한 감동을 지긋이 참고 계셨다. 나는 손에 들
고 있던 꽃다발에 살며시 얼굴을 파묻었다. 몇 번이고 절을 하
며 돌아간 마에카와 다다시의 마지막 모습이 눈에 떠올랐다.

나와 마에카와 다다시의 사이를 아는 사람들은 부인의 눈물
이 어떤 눈물인지 틀림 없이 알았으리라. 나는 마음 속으로 마
에카와에게 말했다.

「다다시 상, 고마워요. 저는 미우라 상과 결혼했습니다.」

리에가 한 말이 생각났다.

「아야상, 아야상의 결혼을 제일 기뻐한 사람은 다다시 상 일
지도 몰라요.」

그리고 나는 어젯밤 어머니로부터 건네진 니시나카 이찌로
의 축하 보퉁이를 생각했다. 죽어 헤어진 사람도 살아 헤어진
사람도, 모두 마음이 아름다운 진실한 사람들이었다. 그리하여
미우라 미쯔요 또한 그들에 못지 않은 친절한 사람이었다. 아
무런 볼품 없는 나를, 하나님은 많은 사람들을 통해 사랑하고

이끌어 주고 계시다고 새삼 생각지 않을 수 없었다.

밤엔 철도 회관에서 집안끼리의 조촐한 잔치가 있었다. 아침부터 밤까지 시중해 준 장미 미용실의 미용사가 말했다.

「지금까지 수십 번 신부님의 준비를 했지만 오늘만큼 감격한 일은 없습니다. 아마 일생을 두고 잊지 못할 거예요.」

그날 밤 8시 지나서 우리들 두 사람은 미우라의 형님과 미우라의 처남에게 안내되어 신방으로 돌아왔다. 신방이라고는 하지만 헛간을 개조한 다다미 9조 한칸과 4조 쯤의 부엌이 딸린 작은 집이다.

> 손을 뻗치면 천정에 닿는 한칸 방이
> 우리로서 처음 사는 집이노라.

나중에 미우라가 읊은 집이다. 이 집의 천정은 옆집의 헛간으로 되어 있었고 벽 하나를 사이 둔 저쪽방도 헛간이었다.

> 내집의 천정 위는 이웃 집의 헛간으로 나막신을 울리며 걷는 소리가 난다.
> 벽 저편인 이웃 집 헛간에서 밤도 이슥할 때 장작을 무너 뜨리는 소리 들리네.

미우라는 나중에 이렇게도 노래 부르고 있다.

헛간이든, 한칸 방이든 천정이 아무리 낮든, 우리들에게는 문제가 아니었다.

우리를 안내해 준 형님과 처남이 돌아갔다. 그뒤 나는 미우라 앞에 정중히 두 손을 짚고 절을 했다.

「변변치 못한 자이오니 부디 잘 부탁드립니다.」

「이쪽이야말로 잘」

미우라도 정중히 답례해 주었다. 그리고 두 사람은 진심으로 서 감사 기도를 하나님께 드렸다.

오늘 노래한 찬송가처럼 우리들 인간의 앞날은 언제 어떻게 될지 헤아릴 수 없다. 그러나 어떠한 때에도 두 사람은 신앙 위에 서서 진실하게 살아가겠다고 소원한 것이다. 바람 한 점 없는 따뜻한 봄날 밤이었다.

옮긴이 | 최 봉 식
1944년 서울에서 태어남. 성결신학대학, 조선대 행정대학원에서 수학함.
저서로는 〈신념의 마력〉, 〈길은 여기에〉, 〈이 질그릇에도〉,
〈빛이 있는 동안에〉, 〈그리스도를 본받아〉, 〈천국열쇠〉,
〈고독과 순결의 노래〉 등이 있음.

길은 여기에 (제1부 청춘편)

1판 1쇄 인쇄 / 1992년 4월 25일
1판 1쇄 발행 / 1992년 4월 30일
10판 1쇄 발행 / 2020년 10월 20일

지은이 / 미우라 아야꼬
옮긴이 / 최 봉 식
펴낸이 / 김 용 성
펴낸곳 / 지성문화사
등 록 / 제5-14호 (1976.10.21)
주 소 / 서울시 동대문구 신설동 117-8 예일빌딩
전 화 / (02)2236-0654
팩 스 / (02)2236-0655, 2952

정 가 / 15,000원